CODE

이 책은 1980년 도서출판 明知社에서
최초 발행되었습니다

CODE

김성종

바른책

CODE

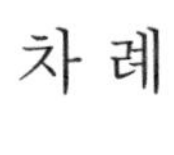

차 례

피투성이의 裸女(나녀)

밤이 되면서부터 비가 내리기 시작했다. 봄비였다.

그는 코트 깃을 세우고 아스팔트 위로 나왔다. 중키에 약간 뚱뚱한 모습 30대였다.

"또 오세요."

뒤에서 호스티스의 외치는 소리가 들려왔다. 고개를 돌리자 비바람이 얼굴을 때렸다. 그는 술집 쪽으로 뚜벅뚜벅 걸어가 호스티스의 팔뚝을 잡았다.

"뭐라고 그랬지?"

"또 오시라구요."

여자가 웃었다. 미모에 팔등신이었다. 풍만한 젖가슴이 흔들렸다. 그는 꿀꺽 침을 삼켰다.

"오늘 밤 나하고 어때?"

그는 웃지도 않고 사무적으로 말했다.

"아이, 취하셨나 봐."

여자가 몸을 틀었다.

"솔직히 말해 너를 먹고 싶어서 그래."

"제 고기는 맛이 없어요."

여자가 소리 내어 웃었다. 그는 주먹으로 여자의 배를 가볍게 쳤다.

"내 방은 써늘할 거란 말이야. 자네 가슴에 파묻혀 자면 따뜻하겠는데…… 어때? 빨리 결정해."

"아이, 급하기두 하셔."

"나한테 지금 4만 원이 있어. 내가 네 젖을 빨아 먹을 수 있다면 모유 값으로 2만 원은 줄 수 있지. 나머지 2만 원은 호텔비와 내일 아침 해장국 값이야."

여자가 또 웃음을 터트렸다. 그리고 갑자기 목소리를 낮추어 속삭였다.

"호텔에서 주무실 거예요?"

"그래, 일류 호텔 더블베드에서 잘 거야."

"아이, 멋져. 30분만 기다려요."

"여기서 어떻게 기다려. R호텔 커피숍으로 와. 거기서 기다릴 테니……"

"알았어요."

그는 다시 빗속으로 내쳐 걸어갔다. 빗발이 차츰 거세어지고 있었다.

시계를 보았다. 11시가 가까워지고 있었다. 하품을 하자 술 냄새가 풍겨 왔다.

R호텔은 바로 5분 거리에 있었다. 그는 힐끔 호텔 스카이라운지 쪽을 올려다보았다.

순간 그의 시야에 무엇인가 나는 것이 들어왔다.

처음 그것은 무슨 물건처럼 보였다. 어둠 속에 묻혀 뚜렷한 윤곽이 잡히지 않았다. 시커먼 물체가 굉장한 속도로 떨어진다고 그는 생각했다. 허공에 칼날같이 일어서는 비명을 듣고서야 그는 자신이 잘못 보았다는 것을 깨달았다. 허연 파편 조각들이 우수수 떨어지는 것이 보였다. 유리 조각 같았다.

"뛰어!"

가슴에서 본능이 성욕처럼 고개를 쳐들었다. 그는 차도를 가로질러 뛰어갔다. 여기저기서 브레이크 거는 소리가

"끼이익—"

하고 들려왔다. 운전사들이 차창을 열고 욕을 퍼부었다.

너무 기막힌 광경이었던지 구경꾼들은 가까이 접근하는 것을 삼가고 멀리 떨어져서 멍하니들 서 있었다. 그는 주기가 확 가시는 것을 느꼈다. 잠시 멍한 상태에서 호흡을 가다듬으며 처참한 광경을 바라보았다.

나체의 여인 하나가 아스팔트 위에 구겨 박혀 있었다. 흙탕물에 젖지 않은 부분의 살결이 유난히도 희었다. 엎어져 있었는데 뒤엉킨 머리칼 때문에 얼굴 모습은 보이지 않았다. 검고 칙칙한 핏물이 머리 쪽에서 물 흐르듯이 흘러나오고 있었다. 짙은 포도

주 색깔이었다. 왼쪽 다리를 조금 오므리고 있는 바람에 엉덩이가 둥그스름하게 퍼져 있었다. 잘 발달된 큰 엉덩이였다. 가는 허리가 꿈틀꿈틀 움직이는 것이 보였다. 그는 숨을 들이켰다. 여자의 오른손이 앞으로 조금씩 뻗어 나가더니 바닥을 더듬었다. 손가락이 바닥을 긁었다.

모두가 쳐다보고 있었다. 순식간에 주위는 구경꾼들로 가득 포위되어 있었다. 그는 시계를 보았다. 11시였다.

여자가 아직 죽지 않았다는 사실이 그를 앞으로 뛰어들게 했다. 그는 여자의 상체를 가슴에 안았다. 체격이 큰 여자였다. 피로 뒤범벅된 여자가 옆으로 힘없이 떨어졌다. 부푼 젖가슴 사이로 흙탕물이 흘러내렸다. 축 처진 여자는 몹시 무거웠다.

"보고만 있지 말고 좀 도와주시오!"

그는 사람들을 향해 소리쳤다. 사람들은 서로 눈치를 보면서 쉽게 움직이려 들지를 않았다. 마침 그 때 경찰 패트롤카가 나타났다. 경찰관 두 명이 사람들을 헤치고 다가왔다.

"뭐요?"

"호텔에서 떨어졌소! 빨리 병원으로 갑시다!"

"죽지 않았소?"

"살았어요."

경찰관 두 명이 각기 여자의 다리 하나씩을 붙들었다. 그는 여자의 어깨를 움켜잡았다.

차 뒷좌석에 여자를 쓸어 넣고 올라타려고 하자 경찰관이 그를 제지했다.

"당신은 뭐요?"

"K일보에 있습니다. 여자가 떨어지는 걸, 목격했죠."

경찰관의 얼굴이 일그러졌다.

"기자요?"

"사회부 기잡니다. 시경에 출입하고 있습니다."

그는 증명을 꺼내 흔든 다음 차 속으로 밀고 들어갔다. 경찰관은 못 이기는 체하고 앞자리로 들어가 앉았다.

경찰관 한 명은 현장에 남고 패트롤카는 곧 출발했다. 사이렌을 울리면서 최대의 속도로 달려갔다. 앞자리의 경찰관이 무전기로 본부에 보고하는 동안 그는 피에 젖은 자신의 손을 들여다보고 있었다. 자신의 행동에 그는 약간 놀라고 있었다. 그런 경험은 처음이었다. 아라비아의 로렌스도 피에 젖은 자신의 손을 들여다보면서 놀라워했었지. 하고 그는 생각했다. 그는 아라비아의 로렌스를 제일 좋아했다.

손뿐만 아니라 바바리코트 전체가 검붉은 피로 얼룩져 있었다. 피가 많이 묻은 부분은 기름처럼 번들거렸다.

옆자리에 처박혀 있는 여자의 나체가 문득 도살해 놓은 짐승의 고깃덩어리처럼 보였다. 피와 흙탕물에 뒤범벅된 육체는 이미 아름다움을 상실하고 있었다.

그는 밑으로 미끄러져 내리는 여자의 상체를 안아 자신의 무릎 위에 올려놓았다. 여자의 입술이 조금씩 움직이는 것이 보였다. 거기다 귀를 갖다 댔다. 모기 소리 같은, 도무지 알아들을 수 없는 소리가 조그맣게 들려왔다. 그는 여자의 어깨를 움켜쥐고 흔들었다.

"큰 소리로, 큰 소리로 말 해봐요!"

앞자리의 경찰관이 뒤를 돌아보았다.

그는 계속 여자를 흔들었다. 여자는 무슨 말인가 하려고 기를 쓰고 있었다. 그는 그 말을 알아들어야 할 의무를 느꼈다.

"좀 더 크게! 큰 소리로!"

"도…… 도…… 도오……"

"도오…… 그 다음 뭐야?"

그는 안타깝게 소리쳤다. 여자의 입술이 경련했다.

"도오…… 쿄……"

"도오쿄!"

"저…… 저……"

그는 숨을 죽였다. 뚫어지게 여자를 내려다보았다. 여자가 갑자기

흐윽!

하고 숨을 들이켰다.

동시에

"적…… 적……"

하고 중얼거렸다.

그것이 마지막이었다. 심하게 경련을 일으키더니 머리를 옆으로 꺾었다. 그리고는 움직이지 않았다.

그는 여자를 부둥켜안은 채 차창 밖을 바라보았다. 빗방울이 창문에 부딪쳐 줄줄 흘러내리는 바람에 밖이 잘 보이지 않았다.

담배를 피우고 싶다고 생각했다.

병원에 닿았을 때 여자는 이미 숨져 있었다.

홍승표(洪承杓) 기자는 R호텔로 다시 돌아왔다. 코트를 벗어 던지고 손을 씻었지만 소맷자락이며 바지 자락에 여전히 피가 묻어 있었다.

이미 통금 시간이 들어섰으므로 사건 현장에는 구경꾼들이 없었다. 호텔 안으로 들어가자 로비에 경찰과 기자들이 몰려 서 있는 것이 보였다.

"웬일이야?"

같은 신문사의 동료 기자가 다가와 물었다. 다른 사람보다 머리 하나는 더 커 보일 정도로 키가 크고 빼빼 마른 기자였다. 야근이 아닌 그가 불쑥 나타났기 때문에 하는 말이다.

"담배나 하나 줘."

그는 동료 기자를 이끌고 엘리베이터를 탔다. 문이 닫히자 그는 재빨리 말했다.

"야, 갈비. 다른 새끼들 눈치 못 채게 해. 이건 대어(大魚) 감이야. 이것 봐."

피 묻은 소매를 보이자 동료 기자의 눈이 커졌다.

"어떻게 된 거야?"

"떨어지는 걸 봤어. 병원에 데려다 주고 오는 길이야. 여자는 죽었어. 몇 층이야?"

"15층이야. 신원이 아직 밝혀지지 않은 모양이야."

그들은 15층에서 내려 뛰듯이 걸어갔다.

여자가 떨어진 방은 1505호실이었다. 5호실 입구는 통제되어 있었다. 그 앞에서 카메라 기자들이 부산히 사진을 찍어 대고 있었다. 안에서는 경찰 감식반이 정밀 검사를 하고 있었다.

특실인 듯 방안은 호화롭게 꾸며져 있었다. 더블베드 위의 흐트러진 시트가 눈에 들어왔다. 중간 창문이 박살이 나 있었다. 휑하니 뚫린 주위로 깨진 유리창이 허옇게 이를 드러내고 있었다. 찬바람이 불어 들어오자 커튼이 마구 흔들렸다.

탁자 위에 브래지어와 팬티가 놓여 있었다. 팬티는 파란 색깔이었다. 그 옆에서 사복의 사나이가 핸드백을 열어 놓고 속에 들어 있는 것들을 하나하나 꺼내고 있었다.

점퍼차림의 뚱뚱한 사나이가 안에서 나왔다.

"단서 될 만한 거 있습니까?"

"없어요."

퉁명스럽게 대꾸하고 화장실 쪽으로 가 버린다.

"숙박 카드에도 안 나와 있나?"

홍 기자는 김민규(金珉奎) 기자의 어깨를 툭 쳤다. 김 기자는 고개를 흔들었다.

"나와 있는데 남자야. 바로 이자야."

김 기자는 호주머니에서 메모지를 꺼내 보였다. 홍 기자는 그것을 빼앗아 들고 들여다보았다.

"박상일(朴相一)……. 42세…… 직업은 상업…… 이거 가짜 같은데……"

"종적도 없이 사라졌어. 여자는 콜걸 아닌가?"

"아닌 것 같아."

"어떻게 알아?"

"그런 것 같아."

그는 문득 여자가 숨을 거두기 전에 마지막으로 중얼거리던 소리가 생각났다.

<도오쿄……> 그리고 <적……>,

<적>은 무슨 뜻일까. 이것은 나 혼자만 알고 있는 사실이다. 단서가 될는지 모른다.

또 하나의 주검

이튿날 조간신문은 모두 R호텔 나체 여인 추락사 사건을 크게 다루고 있었다. 경찰이 발표한 내용에는 사건 경위를 알려주는 것이라곤 하나도 없었다.

아직 죽은 여인의 신원도 밝혀지지 않은 것 같았다. 밝혀진 것은 대강 다음과 같은 객관적인 것들뿐이었다.

①. 사망자의 나이는 30세 내외.

②. 사망 원인은 충격에 의한 두개골 파열.

③. 사망자의 유품으로 추정되는 의류, 핸드백, 화장품 등은 모두 일제.

④. 사망자는 임신 3개월.

⑤. 질 속에서 남자의 정액이 추출됨.

홍 기자는 신문을 놓고 일어섰다. 다른 신문들의 기사는 볼 것이 없었다.

시경 기자실을 나온 그는 R호텔로 갔다. 지난 밤 1505호실 담당 직원을 찾자 그는 이미 수사 본부에 불려 가고 없었다.

수사본부는 R호텔에서 가까운 파출소에 설치되어 있었다. 낯이 익은 젊은 형사를 보고 홍 기자는 어깨를 뚝 쳤다. 객실 담당 직원의 진술을 듣고 있던 젊은 형사는

"아, 오랜만이야."

하며 손을 내밀었다.

"차, 한 잔 하지."

"지금은 바빠서 안 되겠는데……"

"아, 그러지 말고 잠깐이면 돼."

젊은 형사는 홍 기자에게 끌려 나가면서 하는 수 없다는 듯 웃었다.

홍 기자와 비슷한 나이의 박남구(朴南求) 형사는 몹시 마른 몸매에 창백한 얼굴을 하고 있었다. 한 달 전 과로로 쓰러져 병원에 입원해 있다가 이틀 전에 퇴원했다. 병명은 신경성 위장염이라고 했다.

"몸은 좀 어때?"

"별로 좋지 않아."

그들은 다방으로 들어가 커피를 마셨다.

두 사람의 모습은 너무 대조적이었다. 그러나 그들은 기자와 형사라는 관계를 떠나서 잘 어울리는 사이였다. 홍 기자가 박 형사를 알게 된 것은 2년 전 시경을 출입하면서부터였는데, 그들은

인사를 하자마자 금방 가까워져 버렸다. 당신은 선비 같고, 시스터 보이 같고, 계집애 같으니, 형사 직업을 택한 것은 잘못이라는 것이 홍 기자의 박 형사에 대한 힐난이었다. 사실 박 형사는 여자같이 얌전하고 온순한 사나이였다. 그런 사나이가 강력계에서 뛰고 있다는 것은 아무래도 어울리지가 않았다. 그러나 홍 기자는 박 형사의 그 형사 같지 않은 점을 좋아하고 있었다.

"자살이야, 타살이야?"

홍 기자는 커피를 후루루 마셔 버린 다음 잔을 탁 내려놓고 박 형사를 응시했다.

"자살이 아닌 것 같아."

박 형사는 천천히 커피를 마셨다.

"왜?"

"옷 벗고 자살하는 여자가 어딨어. 죽기 전에 남자와 관계를 가진 모양인데. 그렇다면 더욱 자살로 믿어지지가 않아."

"허긴 그렇군. 즐거운 정사를 가진 후 자살한다…… 어쩐지 논리가 맞지 않는군. 신원은 밝혀질 것 같나?"

"쉽지 않을 것 같아."

"유품이 모두 일제라면 혹시 일본에서 온 여자 아닐까?"

"글쎄, 요샌 웬만한 여자라면 모두 외제를 쓰니까 단정할 수야 없지."

홍 기자는 담배를 뻑뻑 빨았다. 그는 망설이다가 말했다.

"내가 정보를 알려주지. 혼자만 알고 있어."

그는 어젯밤 자신이 겪은 일을 자세히 이야기했다. 박 형사의 피로에 잠긴 큰 눈이 차츰 생기를 띠기 시작했다.

"진작 이야기해 줄 것이지. <도오쿄……> <적>이라…… 무슨 뜻이지? 한국말로 말했나?"

"음, 한국말이었어. 분명히 죽기 전에 <도오쿄……> <적> 이라고 했어."

"그럼 한국 여인이군."

홍 기자는 수첩을 들여다보고 나서 물었다.

"1505호실을 얻은 박상일이라는 사나이는 조사해 보았나?"

"응, 조사해 보았는데 가짜야."

"나타나지도 않고?"

"음, 담당 직원 말로는 방을 계약할 때 그자 혼자였다는 거야. 여자가 들어가는 건 보지도 못했다는 거야."

"그 자가 유력하군."

"바로 이 자야. 담당 직원의 진술을 듣고 그린 건데 별로 기대할 수 없어."

박 형사는 호주머니에서 구겨진 몽타주를 한 장 꺼내 보였다. 홍 기자는 그것을 받아 들고 한참동안 들여다보았다.

그려진 사나이의 모습은 나이를 분간할 수 없도록 되어 있었다. 선글라스에 코밑수염을 달고 있어서 알아보기가 어려웠다. 홀쭉한 뺨에 턱이 뾰족하고 광대뼈가 튀어나온 것이 특징이라면 특징이었다.

"변장한 모습이야."

박 형사가 중얼거렸다.

"이거 한 장 가져도 되겠지?"

"음, 좋아."

"좋은 소식 있으면 나한테 먼저 알려줘."

"글쎄, 있을 것 같지가 않은데……"

"아따, 그러지 말고."

그 시간에 한강 하류에서 조그만 목선 하나가 떠가고 있었다. 노를 젓고 있는 사람은 60줄의 늙은 노인이었다.

노인은 원래 강 건너 마을 사람들을 실어다 주는 사람이었는데 두 달 전 그 곳에 거대한 다리가 서면서부터 할 일이 없어지고 말았다. 그래서 요즘은 강 건너 야산에 밭을 일궈 하루 종일 거기서 일하는 것을 낙으로 삼고 있었다. 배를 처분할 수도 없고 또 처분하기도 싫어 노인은 강 건너에 갈 때 여전히 배를 이용했다.

"저 놈의 다리……"

노인은 강을 건널 때마다 자기의 일거리를 빼앗은 다리를 저주하곤 했다.

배 뒤쪽에는 아직 초등학교에 들어간 성싶지 않은 조그만 소녀가 쭈그리고 앉아 있었다. 유난히 눈이 초롱초롱한 예쁜 소녀였는데, 노인은 강을 건너갈 때면 언제나 그 소녀를 데리고 갔다. 그들이 알게 된 것은 작년 겨울이었다. 밤거리에 버려져 울고 있는 소녀를 노인이 데려다 기르게 된 것이었다.

배가 강의 중간에 들어섰을 때, 가만히 앉아 있던 소녀의 눈이 수면의 한 곳을 향해 반짝였다. 소녀는 입에 물고 있던 손가락을

뽑으면서
"할아부지……"
하고 불렀다.
노인은 고개를 돌려 소녀가 가리키는 곳을 바라보았다.
먼저 보인 것은 양말을 신은 사람의 발이었다. 수면에 보일락 말락 하면서 서서히 다가오고 있었다.
"움직이면 안 돼. 거기 가만 앉아 있어!"
노인의 얼굴은 어느새 굳어 있었다.
노인은 노를 놓고 밧줄을 들었다. 올가미를 만든 다음 발이 다가오기를 기다렸다.
가까이 다가온 것을 보니 틀림없는 사람의 발이었다.
"보면 안 돼!"
노인은 소녀에게 소리친 다음 올가미를 발에 걸었다. 그리고 그것을 단단히 죄었다. 그대로 강을 건너갈 수는 없게 되었다. 노인은 배를 돌려, 오던 쪽으로 노를 저었다.
10분쯤 지나 배를 강가에 대고 밧줄을 끌어당겨 보니 남자의 시체가 딸려 올라왔다. 시체는 풍선처럼 팅팅 부풀어 있었다.
"큰일 났군. 이거 어쩌지?"
노인은 침을 두어 번 뱉고는 소녀를 데리고 가까운 파출소로 달려갔다.

점심을 먹고 나서 기자실 소파에 비스듬히 누워 오수를 즐기려던 홍 기자는

"홍, 전화!"
하는 소리에 눈을 떴다.

그는 천천히 일어나 수화기를 바꿔 들었다.

"나야."

"누구?"

"박이야."

"아, 박 형사! 웬일이야? 점심 먹었어?"

"빨리 나와. 사건이야."

"지금 어딨어?"

그는 다른 기자들이 눈치 챌까 봐 긴장을 풀고 물었다.

"제2한강교 쪽으로 나와. 다리를 건너지 말고 오른쪽 둑을 타고 계속 오면 돼."

홍 기자는 수화기를 놓고 기지개를 켰다.

"형사 나리가 나한테 돈을 다 빌려 달라는 데…… 홍, 기자가 형사보다는 나은 모양이지."

다른 기자들의 시선이 자신에게 돌려지는 것을 보고 그는 밖으로 나왔다.

일단 기자실을 나온 그는 계단을 뛰어 내려갔다. 취재차의 운전기사가 보이지 않았다.

"이 친구 어디 갔지?"

차에 올라 욕지거리를 퍼붓고 있자 한참 후에 운전기사가 나타났다.

"어디 갔다 오는 거야?"

"아유, 설사가 나서요."

"자, 빨리! 제2한강교!"

차는 쏜살같이 달려갔다. 차가 달리는 동안 그는 계속 줄담배를 피워 댔다.

현장에 닿은 것은 20여분쯤 지나서였다. 주위에 구경꾼들이 잔뜩 몰려 있었다.

시체 검증이 이미 진행되고 있었다. 박 형사가 그를 발견하고 다가왔다.

"살인 사건이야. 총알이 머리를 관통했어. 그런데 시체를 좀 보라구."

홍 기자는 사람들을 헤치고 안으로 들어갔다.

시체의 이마 한가운데에 구멍이 뻥 뚫려 있었다. 얼굴은 보랏빛이었고 부어 있었다. 물에 씻긴 듯 핏기는 없었다.

"저 노인이 강에 떠내려 오는 걸 발견했어."

홍 기자는 박 형사가 가리키는 쪽을 바라보았다. 주름투성이의 한 노인이 무슨 죄나 지은 듯이 두 손을 모아 잡고 경찰의 질문에 답하고 있는 것이 보였다.

홍 기자는 시체를 다시 내려다보았다. 부릅뜬 눈이 허공을 응시하고 있었다. 코밑에 수염이 달려 있었고 광대뼈가 튀어나와 있었다. 턱이 뾰족했다.

"어디서 본 듯한데……?"

"바로 그거야. 빠르군."

"이럴 수가 있나?"

홍 기자는 호주머니에서 몽타주를 홱 꺼내 펴 보았다.

"선글라스만 끼우면 비슷해."

"그렇군."

"호텔 직원이 곧 올 거야. 입고 있는 옷도 담당 직원의 증언과 일치해."

그 때 경찰 패트롤카의 사이렌 소리가 들려왔다.

폭 발(爆發)

뽀얗게 먼지를 일으키면서 패트롤카가 질풍같이 달려오는 것이 보였다.

"보통 살인사건은 아니 것 같은데……"

홍 기자는 열심히 현장을 메모하면서 중얼거렸다. 박 형사는 동의한다는 듯 고개를 끄덕였다.

패트롤카에서 R호텔의 객실 직원이 내렸다. 청년은 잔뜩 겁에 질려 어깨까지 웅크리고 있었다. 경찰이 이끄는 대로 다가와 시체를 들여다본 그는

"바로 이 사람이 5호실 손님입니다."

하고 말했다.

"틀림없나?"

"틀림없습니다."

시체에서는 신원을 증명할 만한 것이 하나도 나오지 않았다. 호주머니는 모두 비어 있었다.

직원은 증언을 끝낸 다음 한쪽으로 물러서 있었다. 이제 그에게 관심을 기울이는 사람은 아무도 없었다. 홍 기자는 슬그머니 그 옆으로 다가서서 옆구리를 쿡 찔렀다. 그리고 작은 소리로 물었다.

"저 죽은 사람하고 이야기해 봤나?"

"네, 해 봤습니다."

형사인 줄 알았던지 직원은 공손히 대답했다.

"한국말 하던가?"

"네 우리말로 말했습니다."

"한국 사람이란 말이지?"

"네, 그렇긴 한데…… 어쩐지 외국물을 많이 먹은 사람 같았습니다."

"그건 어째서?"

"그냥 그렇게 느꼈습니다. 재일 교포 같기도 했습니다."

"재일 교포라……"

홍 기자는 중얼거리면서 고개를 끄덕거렸다. 머릿속으로 무엇인가 번개처럼 스쳐 가는 것이 있었다. 동시에 그의 표정이 굳어졌다.

뒤늦게 다른 기자들이 몰려들었다. 관할서 출입 기자인 같은 K일보 후배 기자도 끼여 있었다. 홍 기자는 후배 기자를 한쪽으로 끌고 가서 대충 취재 방향을 지시했다.

"이건 육감이지만 말이야. 보통 살인 사건하고는 좀 달라. R호텔 1505호실에서 나체의 여인이 추락사했어. 십중팔구 살해된 거야. 이게 첫 번째 살인이야. 우리는 그 방에 투숙했던 남자가 용의자인 줄 알았어. 그런데 그 사람도 살해됐어. 머리에 총을 맞고 살해됐어. 두 번째 살인이지."

햇병아리 기자가 눈을 빛낸다.

"내 생각에는 두 번째 피살자의 신원도 밝혀질 것 같지가 않아."

"어째서 그렇죠?"

"하여간 그럴 것 같아. 오 기자는 지금부터 신경을 곤두세우고 수사 진행 상황을 체크하라구. 그리고 새로운 사실이 밝혀지는 대로 즉시 나한테 먼저 알려."

"알았습니다."

제4구역 담당 기자인 오창환(吳昌煥)이 장발을 날리며 뛰어가자 홍 기자는 박 형사에게 다가갔다.

"뭐 없어?"

"없어."

박 형사는 두 손을 바지주머니 속에 찌른 채 방관자처럼 서 있었다.

"바쁘게 됐군."

"비상이야."

"정말 부탁이야. 협조하자구."

홍 기자의 말에 박 형사는 아무 대꾸도 하지 않은 채 담배를 꺼내 물었다.

홍 기자는 이 여자같이 생긴 젊은 형사가 여느 형사들보다 탁월하다는 것을 잘 알고 있었다. 일단 사건을 맡아 추적에 들어서는 순간부터 박 형사의 얼굴에서는 여성다운 온화함이 사라져 버린다. 그 대신 냉혹하기 짝이 없는 모습으로 돌변한다. 그리고 무서운 집념으로 사건을 헤쳐 나간다. 박 형사가 그렇게 돌변할 때마다 홍 기자는 그를 <사냥개 같은 놈>이라고 혹평하곤 했다. 그러나 그들은 기자와 형사라는 상극의 관계에 있지만 절친한 친구 사이라는 점에서는 아무도 의심하려 들지 않았다.

기자 생활 10년째인 홍승표 기자는 경찰 출입 기자들을 총지휘하는 사령탑에 앉아 있다. 그의 밑에는 10명의 기자들이 있다. 모두 후배 기자들이다. 그들은 사령탑의 홍 기자를 캡틴 혹은 캡이라고 부른다. 그들은 20개 경찰서를 나눠 맡아 인구 1천만 명이나 들 끓고 있는 비대한 국제 도시 서울에서 일어나고 있는 크고 작은 각종 사건들을 조감한다. 홍 기자는 그들로부터 매일 보고되는 수십 가지의 사건들 중 뉴스감이 될 만한 것들을 골라내어 새로 취재 지시를 내리거나 본사 데스크로 넘기거나 한다. 신문사 간의 취재 경쟁이 갈수록 치열해지고 있기 때문에 잠시도 마음을 놓을 수가 없다. 언제 어디서 굵직한 사건이 터질지 모르기 때문에 신경은 언제나 긴장 상태에 놓여 있다. 혹 가다 굵직한 사건을 놓쳐 다른 신문에 그것이 터지거나 하면 사회부 전체가 초상집이 된다. 자연 기자는 경쟁에 이기기 위해 특종을 노리게 된다. 특종이란 우연히 얻어 걸리는 수가 있고 노력해서 쟁취하는 경우도 있다. 후자의 경우는 쉬운 일이 아니다. 그야말로 전투라고 해도 과언이 아니다. 여기에는 배짱과 모험심, 어떤 난관에도 물러서지 않는 불굴의 의지가 있어야 가능한 것이다.

길게 쭉 찢어진 눈매에 뭉툭한 코, 그리고 두툼한 입술과 강인한 턱으로 조립된, 한마디로 저돌적이고 즉물적으로 생겨 먹은 홍승표 기자는 사회부 기자 생활 10년의 본능으로 대어(大魚)가 수면 위로 꼬리를 치는 것을 보았다. 크기가 얼마인지는 아직 알 수가 없었다. 그러나 그의 본능은 이미 특종 감을 향해 맹렬히 불붙고 있었다.

전화벨이 울렸다. 그는 손을 뻗어 수화기를 낚아챘다. 4호(제4구역 경찰서 출입기자)로부터의 전화였다.

"방금 검시가 끝났습니다. 나이는 40대 중반, 사망 원인은 총격에 의한 두개골 파열, 사망 일시는 25일 밤 10시 전후, 머리를 관통한 총알은 45구경용. 이상입니다."

"사망 일시가 25일 밤이 분명해?"

"네, 분명합니다."

"그럼 그 여자보다 하루 먼저 죽었군. 나중에 죽은 줄 알았는데…… 알았어. 계속 수사를 지켜봐."

수화기를 내려놓고 난 그는 소파에 깊숙이 몸을 묻고는 눈을 감았다. 나체의 여인이 R호텔에서 떨어져 죽은 것은 어젯밤, 그러니까 3월 26일 밤 11시경이다. 사내는 그젯밤에 살해되어 강에 버려졌고, 이틀 후인 오늘 낮에 시체로 발견된 것이다. 문득 죽은 남자가 재일 교포 같았다는 호텔 직원의 말이 생각났다. 거기에 이어 나체의 여인이 숨을 거두기 전에 남기고 간 <도오쿄……적……>이라는 말이 떠올랐다. 40대의 재일 교포라면 우리말을 불편하지 않게 사용할 수 있을 것이다.

조금 후 그는 다른 기자들이 눈치 챌까 봐 밖으로 나와 화장실로 들어갔다. 화장실은 마침 비어 있었다. 그는 안주머니에서 조그만 무전기를 꺼내 들었다. 독일제 최신 소형 무전기인 그것은 1대에 1백 50만 원이나 호가하는 것으로 국내의 신문사 가운데 K일보만이 현재 유일하게 가지고 있었다. 이어폰을 귀에 꽂고 들으면 밖으로 소리가 샐 염려가 없어서 좋았다. 버튼을 누른 다음 그는 제2호를 불렀다.

"아, 여긴 캡, 별일 없나?"

"없습니다."

2호가 굳은 음성으로 대답했다.

"출입국 관리 사무소가 그 구역에 있나?"

"네, 이 구역에 있습니다."

"지금 즉시 그 곳으로 가서 입국자 명단을 조사해 줘."

"누구를 찾는 겁니까?"

"박상일(朴相一), 나이는 40대, 재일 교포일 가능성이 많다. 조사가 끝나는 대로 연락해 줘."

"알았습니다."

기자실로 돌아오면서 홍 기자는 별로 기대를 걸지 않았다. 그런데 1시간쯤 지나 2호로부터 전해져 온 소식은 그를 놀라게 했다. 그는 이어폰을 꽂고 경청했다.

"찾았습니다. 박상일, 46세, 상업, 지날 3월 22일에 입국했습니다. 재일교포 입니다."

"주소는?"

"도오쿄 네리마구(練馬區) 다카마츠죠(高松町) 28번지."

"일본말을 잘하는군."

"웬걸요. 물어본 겁니다."

홍 기자는 메모지를 들고 일어섰다. 그리고 기자실을 나와 국제 전신전화국으로 뛰다시피 걸어갔다.

30분 후 그는 도오쿄 주재 특파원과 통화할 수가 있었다. 도오쿄 주재 특파원인 엄명국(嚴明國) 기자는 그와는 입사 동기로서 허물없는 사이였다. 엄 기자가 도오쿄에 파견된 것은 1년 전이었다.

"이 봐, 나야."

엄 기자가 나오자 그는 버럭 고함을 질렀다.

"나라니, 누구야?"

"이 새끼, 벌써 형님 목소리까지 잊었나?"

"어어, 난 또 누구라구. 아우가 웬일이야?"

"인사는 나중에 하고 듣기만 해. 적으라구. 이름 박상일, 재일교포, 46세, 상업, 주소는 도오쿄 네리마구 다차마츠죠 28번지, 이 사람에 대해서 상세히 알아봐!"

"왜, 무슨 일이야?"

"살인 사건이야!"

"이 사람이 죽었나?"

"그래."

"나보고 수사까지 하라는 건가?"

"잔말 마! 조사하는 대로 연락해 줘!"

"어디로 전화할까?"

홍 기자는 조금 망설이다가 말했다.

"그럴 필요 없어. 내가 다시 연락할 테니까 조사해 둬."

"장가는 언제 가나?"

"일부다처제라면 가지. 자, 수고."

수화기를 막 내려놓고 전화 부스를 내려오는 순간 요란한 폭음이 들려왔다. 건물이 흔들리고 창문 몇 개가 와장창 소리를 내며 깨어지는 것이 보였다. 여기저기서 여자들의 비명 소리가 들려왔다. 홍 기자는 정신없이 밖으로 뛰어나갔다. 사람들이 명동 쪽으로 몰려가고 있었다. 시계를 보았다. 5시 25분이었다. 사람들을 따라 뛰어갔다.

명동 입구 사거리에서 불기둥과 함께 시커먼 연기가 치솟고 있었다. 자동차가 불타고 있었다. 백색의 고급차였다. 갈기갈기 찢긴 차체 사이에서 사람이 움직이고 있는 것이 보였다.

온몸에 불이 붙어 있었다. 팔을 허우적거리는 모습이 흡사 화염 속에서 춤을 추고 있는 것 같았다.

피아트 135

홍 기자는 앞으로 뛰어갔다. 그리고 주머니 속에 항상 넣고 다니는 소형 카메라를 꺼내 다짜고짜 셔터를 눌러 댔다. 필름이 다 할 때까지 셔터를 눌러 댔다.

화염 속에 싸인 사람은 이미 모든 감각을 상실한 것 같았다. 술 취한 사람처럼 비틀비틀 차체 밖으로 나오더니 길 가운데 서서 몇 번 빙글빙글 돌아갔다. 그런 다음 갑자기 동댕이쳐지듯 아스팔트 위로 나뒹굴었다.

그때까지 아무도 구하러 나서는 사람이 없었다. 손을 쓴다는 것은 이미 늦어 있었다. 입을 멍하니 벌리기도 하고, 발을 동동 구르기고 하고, 소리를 질러대기도 하면서 구경꾼들은, 한 사람이 타 죽어 가는 것을 구경만 하고 있었다.

입고 있는 옷이 모두 타 버리자 길에는 시커멓게 그을린 시체

하나가 남았다. 시체에서 허연 연기가 피어올랐다.

홍 기자는 앞으로 더 다가서다 말고 멈칫했다. 사람의 팔 하나가 바로 앞에 떨어져 있었다. 뚝 잘린 부위에서는 아직도 피가 흐르고 있었다. 너덜너덜 뜯긴 천 조각이 팔에 걸려 있었다. 직감적으로 타 죽은 사람의 팔이 아니라고 생각했다. 타 죽은 사람과는 다른 또 한 사람이 차에 타고 있다가 차가 폭발하는 순간 산산조각이 나서 날아가 버린 것이 분명했다.

곧 이어 부근 일대는 수라장이 되었다. 경찰 패트롤카와 소방차가 싸이렌을 울리며 연이어 도착하고 구경꾼들은 어느새 군중을 이루어 밀고 밀리고 하면서 저마다 사건 현장을 자세히 보려고 아우성쳤다.

홍 기자는 무전기의 키를 누르고 6호와 7호를 불렀다.

"캡이다! 둘 다 명동 입구로 즉시 나와!"

다음에는 본사 데스크를 불렀다.

"폭발 사곱니다. 자동차가 폭발했습니다! 빨리 카메라 부탁합니다."

"톱 감인가?"

데스크의 흥분한 목소리가 들려왔다.

"톱 감입니다! 사진 들어갈 자리를 많이 잡아 두십시오! 그리고 시경에 지원병 한 사람 보내 주십시오. 앞으로 자리 비울 시간이 많을 것 같습니다."

"오케이!"

무전기를 끄고 산산조각이 난 차체를 바라보았다. 소방차가 물을 뿌리고 있었다. 승용차의 뒤쪽이 떨어져나가 번호판이 보이지 않았다. 번호판을 찾으려고 눈을 번뜩이는데 정복 경찰이 다가왔다.

"당신 뭐야? 저리 가!"

"K일보 기자입니다."

그는 쳐다보지도 않고 대답했다. 손을 뻗어 우그러진 철판을 뒤로 젖히자 번호판이 나왔다.

"이따 취재하고 저리 가요."

경찰이 그의 어깨를 쳤다.

"이거 왜 이래요?"

그는 눈을 부라리면서 철판을 도로 엎어놓았다. 그리고 수첩에 차번호를 적었다. "(외)2575—" 외교관 번호였다.

홍 기자는 시체 쪽으로 다가갔다. 금테 두른 경찰 간부들이 둘러서 있었다. 시커멓게 그을린 시체는 한국 사람보다 덩치가 훨씬 커 보였다.

정신없이 시체를 들여다보고 있는데 누가 어깨를 또 툭툭 쳤다. 돌아보니 박 형사였다. 날카로운 시선으로 이쪽을 쏘아보고 있었다.

"아, 왔군. 어떻게 된 거야?"

박 형사를 끌고 한쪽으로 물러났다.

"부근에서 폭발하는 소리를 듣고 달려왔지. 소리가 굉장했어. 폭탄이 터진 게 분명해. 경찰은 어떻게 보고 있어?"

"자동차에 폭탄을 장치한 것 같애."

"그럼, 살인이군. 죽은 사람은 누구야? 외국인 같던데?"

"아직 밝혀지지 않았어. 보도 관제야. 중요한 사건인 것만은 분명해. 알아낸 것 있으면 좀 말해 줘."

박 형사의 표정은 여는 때와는 다르게 굳어져 있었다. 홍 기자는 머리를 흔들었다.

"아무 것도 없어."

"아까 뒤지는 거 봤어. 차번호를 적지 않았나?"

"그거야 뭐……"

"비밀로 해 두는 게 좋을 거야. 시끄러워지니까?"

박 형사는 더 할 말 없다는 듯이 저쪽으로 가 버렸다. 어느새 전문가들이 도착해서 현장을 샅샅이 점검하고 있었다.

뒤늦게 각사 기자들이 몰려들어 아귀다툼을 벌이기 시작했다. 그러나 현장 스케치만 할 수 있을 뿐 구체적인 것은 알아내지를 못하고 있었다. 경찰이 약속이나 한 듯 모두 입을 다물고 있기 때문이었다.

땀을 뻘뻘 흘리며 나타난 K일보 기자들은 길이 막혀 혼이 났다며 투덜거렸다. 홍 기자는 6호에게 취재 지시를 내린 다음, 7호를 데리고 그 곳을 떠나려고 했다.

그 때 늙은 사진 기자가 나타났다. 50세 가까운 사진 기자로 20여 년 동안 K일보에 근무해 왔으나 별로 햇빛도 보지 못한 채 젊은 기자들에게 밀려나고 있는 사람이었다.

홍 기자는 그를 한쪽으로 데리고 가 자신의 카메라에서 필름을 꺼내 넘겼다.

"이건 귀중한 필름입니다. 사람이 불타 죽는 걸 찍은 겁니다."

"그래애?"

늙은 임창득(林昌得) 기자는 얼굴의 주름을 펴면서 눈을 크게 떴다.

"완전 독점일 겁니다."

"특종이군!"

"사진을 제가 찍었다는 말 하지 말고 임 선배님 이름으로 게재하십시오."

"안 되지. 그러면 안 되지."

"그렇게 하십시오! 선배님도 햇빛을 보셔야죠! 전 바빠서 먼저 갑니다!"

멍하니 바라보는 임 기자를 남겨 두고 홍 기자는 7호와 함께 그 곳을 급히 빠져나왔다.

시경 교통과에는 마침 과장이 앉아 있었다. 석간 신문을 보다 말고 과장은 안으로 허겁지겁 들어서는 홍 기자 일행을 멀뚱히 바라보았다.

"명동 입구에서 차 폭발한 거 알고 계십니까?"

"네, 알고 있어요. 연락을 받았어요."

대수롭지 않다는 듯 대답한다.

"어떻게 된 사곱니까?"

"글쎄, 아직 모르겠는데요."

홍 기자는 담배를 꺼내 과장에게 권했다. 그리고 자동차 번호를 적은 메모지를 디밀었다.

"이것 좀 알아봐 주십시오."

"이거 뭐지? 외국차 번호 아닌가?"

"그렇습니다."

"바로 이 차가 폭발했소?"

"그렇습니다."

과장은 심각하게 고개를 끄덕이고 나서 부하 직원에게 메모지를 넘겼다.

5분도 못 돼 부하 직원이 돌아왔다.

"이탈리아 대사관 차입니다."

"뭐라구?"

과장의 목소리가 높아졌다. 홍 기자는 입술이 말라붙는 것을 느꼈다.

"차종이 뭡니까?"

"피아트 135, 백색입니다."

그 때 과장 책상 위에 놓여 있는 전화벨이 울렸다. 수화기를 귀에 댄 과장의 안색이 창백해졌다.

"네? 보도 관제하라구요? 네, 알았습니다. (외)2575…… 네네, 기자들은 아직 오지 않았습니다…… 네네…… 곧 보고 드리겠습니다."

수화기를 내려놓고 난 과장은 이마에 번진 식은땀을 닦았다.

"방금 알려준 거 여기 놓고 가시오!"

"머릿속에 이미 들어가 버렸는데 어떻게 꺼내 놓죠?"

홍 기자는 손가락으로 머리를 가리켰다. 과장은 원망스러운 듯 홍 기자를 쏘아보았다.

"절대 비밀로 하라는 지시가 내려왔어요. 제발 안 들은 걸로 하시오."

"염려 마십시오. 여기서 알아냈다고 하지는 않을 테니까."

뛰어나가는 홍 기자를 향해 과장은 큰 소리로 외쳤다.

"여긴 얼씬도 하지 말아요!"

기자실로 급히 걸어가면서 홍 기자는 7호 이민우(李敏宇) 기자에게 지시를 내렸다.

"자넨 급히 외무부로 가서 출입 기자를 만나도록 해. 이탈리아 대사관 차가 폭발했다고 말하고 죽은 사람이 누구누군지 자세히 알아보라고 해. 비밀리에 알아보라고 해!"

"알았습니다. 다녀오겠습니다."

7호를 보내고 홍 기자는 기자실로 들어갔다.

기자실에는 키다리 김민규 기자가 지원 차 나와 있었다.

"무슨 연락 없었어?"

"경찰이 수사 발표를 꺼리고 있어. 어때?"

"굉장했어!"

홍 기자는 머리를 흔들며 소파에 털썩 주저앉았다가 도로 벌떡 일어났다.

"좀 나갔다 올게."

"어디 가는 거야?"

밖으로 뛰어나온 그는 취재차를 타고 이탈리아 대사관으로 달려갔다.

대사관까지는 20분 정도의 거리였다. 이미 해가 지고 날이 어둑어둑해지고 있었다.

대사관으로 가서 직접 부딪쳐 볼 생각이었다. 그러나 그의 시도는 막히고 말았다. 그도 그럴 것이 대사관 정문 앞에는 무장 경관 10여 명이 이미 진을 치고 있었다. 정문에 접근하기도 전에 차는 제지당했다.

"좀 들어갑시다!"

차에서 내려 소리쳤으나 경관은 들어주지 않았다.

"돌아가시오! 출입금지니까 돌아가요!"

"기자라구요!"

"기자 할애비가 와도 안 돼요!"

승강이를 벌이다 홍 기자는 하는 수 없이 차를 타고 시경으로 돌아왔다. 뭔가 큼직한 사건인 것만은 틀림없는 것 같았다.

"6호한테 전화가 왔어."

"음, 뭐래?"

"폭탄으로 밝혀졌나 봐. 무슨 폭탄인지는 알 수 없대. 두 명이 죽었어. 신원은 경찰이 밝히지 않고 있대."

무엇인가 심상치 않은 기미를 눈치 챘는지 다른 기자들의 눈이 번뜩거렸다. 그 때 무전기가 삑삑 울었다. 홍 기자는 이어폰을 귀에 꽂고 피우던 담배를 비벼 껐다. 7호로부터의 신호였다.

"어떻게 됐어?"

"아무 것도 알아내지 못했습니다! 외무부에서 일절 함구하고 있어서 실패했습니다. 정보과와 구주 지역 직원들은 비상이 걸린 모양입니다!"

"제기랄! 알았어! 7구로 돌아가!"

홍 기자는 머릿속으로 사건을 정리했다.

①. 3월 27일 오후 5시 25분 명동 입구에서 승용차가 폭파.

②. 사망 2명, 외국인으로 사료됨.

③. 폭파된 차는 이탈리아 대사관 소속 백색 피아트 135.

④. 이탈리아 대사관에 무장 경관 배치.

⑤. 외무부 관계 직원들 비상.

이 정도면 다른 신문보다 한 발 앞서고 있다고 볼 수 있다. 내일 조간에 터뜨리고 보는 거다.

극비회의(極秘會議)

취임한지 얼마 안 된 경찰국장은 뒷짐을 진채 창가를 왔다 갔다 했다. 거구의 사나이였다. 나이는 갓 마흔. 그 나이에 선배들을 물리치고 국장 자리에 오를 만큼 명석한 두뇌와 훌륭한 수완을 지니고 있었다.

어깨에 붙이고 있는 견장이 몸을 움직일 때마다 불빛을 받아 번쩍번쩍 빛났다. 세 대째의 담배에 불을 붙이려는데 전화벨이 울었다. 다섯 대의 전화기 중 맨 오른쪽에 있는 전화였다. 그것은 장관실과 직통으로 연결되어 있는 전화였다. 책상 옆에 엉거주춤 서 있던 형사과장이 두 손으로 조심스럽게 수화기를 들고 귀를 기울였다.

"네네…… 계십니다!"

형사과장의 표정이 굳어져 있었다. 국장을 향해 수화기를 내

밀며
“장관님으로부터 전화입니다.”
라고 조그맣게 말했다.
형사과장 옆에 함께 서 있던 강력계 반장의 얼굴도 굳어지고 있었다.
국장은 달려들듯 다가와 수화기를 낚아챘다. 그는 시종
“네네,”
하고만 대답했다.
조금 후 국장은 몹시 당황한 모습으로 서둘렀다.
“외무부 장관실로 가야 해. 당신들도 따라와.”
두 사람은 소스라치게 놀란 표정을 지었다. 수사 경력 20년 이상의 그들은 수사계의 베테랑들로 막 50줄에 접어들고 있었다. 그들이 놀란 것도 무리는 아니었다. 장관실에 간다는 것은 처음 있는 일이었던 것이다.
30분쯤 지나 그들은 외무부 장관실 앞에 도착했다. 기다리고 있던 비서가 그들을 회의실로 안내했다.
회의실은 이중 문으로 되어 있었다. 안으로 들어서자 길게 이어진 탁자를 사이에 놓고 몇 사람이 앉아 있었다.
내무부 장관이 눈짓으로 앉으라고 지시했다. 국장은 목례를 한 다음 말석에 조심스럽게 앉았다. 그 옆으로 형사과장과 강력계 반장이 소리 하나 내지 않고 가만히 앉았다. 탁자의 저쪽 끝과 그들이 앉아 있는 곳까지의 거리는 4미터 이상은 충분히 될 것 같았다.

끝에 앉아 있는 사람은 외무부 장관이었다. 그 오른쪽에 내무부 장관이 앉아 있었고, 그 맞은편에는 외국인 두 명이 앉아 있었다. 다시 내무부 장관에 이어 내무부 차관, 치안본부장이 앉아 있었고 그 맞은편에 외무부 차관과 구주 지역 국장, 그리고 외무부 정보 국장과 과장이 자리 잡고 있었다. 경찰국장과 그 직속 부하 두 명은 치안본부장에 이어서 앉아 있었다.

외국인 두 명 중 외무부 장관 가까이 앉아 있는 사람은 주한 이탈리아 대사였고, 또 한 사람은 비서 겸 경호원인 것 같았다.

"자, 그럼 시작합시다. 모두 잘 들어주기 바랍니다."

외무부 장관이 손등으로 입을 가리면서 잔기침을 한번 했다. 이어서 자세를 바로하고 다시 입을 열었다.

"오늘, 그러니까 3월 27일 오후 5시 25분경…… 명동 입구에서 이탈리아 대사관 차가 폭파됐습니다. 이 서류는 경찰에서 조사 보고한 겁니다."

실내는 무거운 긴장으로 덮여 있었다. 누구 하나 움직이려고 하지를 않았다. 모두가 얼어붙은 듯 앉아 있었다. 외무부 장관은 서류를 들어 보인 다음 다시 조용한 목소리로 말을 이었다.

"그 차는 피아트 135 백색으로…… 안에는 이탈리아 대사관 무관과 그 직속 부관이 타고 있었습니다. 이 보고서에 따르면 두 사람 모두 사망했습니다."

꼼짝 않고 있던 사나이들의 몸이 한 번 꿈틀하고 움직였다. 모두가 경악하는 눈길로 장관을 바라보았다.

"좀 더 구체적으로 말씀드린다면…… 무관 루치아노 씨는 형체를 찾아볼 수 없을 정도로 산화해 버렸고…… 부관 알바노 씨는 불길에 싸여 숨지고 말았습니다. 경찰국장, 폭파 원인은 무엇이었나요?"

지적을 받은 국장은 벌떡 몸을 일으켰다.

"조사 결과 강력한 플라스틱 폭탄이 폭파한 것으로 밝혀졌습니다. 시한 폭탄이었습니다."

"알았습니다. 앉으세요."

국장이 앉자 장관이 구주 지역 국장을 향해 고개를 끄덕였다. 신호를 받은 국장은 유창한 이탈리아말로 대사를 향해 설명했다. 이탈리아 대사는 흰 머리칼을 한 손으로 쓸어 넘기면서 침통한 표정을 지었다.

"우리 국내에서 귀국 대사관의 직원 두 분이 살해된데 대해 충심으로 유감의 뜻을 표하는 바입니다."

외무부 장관이 머리를 숙이자 내무부 장관도 상체를 앞으로 굽혀 애도의 뜻을 표했다.

"조속한 시일 내에 범인을 체포하겠습니다."

내무부 장관의 말을 구주 지역 국장이 통역했다.

"결국 한마디로 말해, 우리 국내에서 외국 대사관 직원 두 명이 살해된 겁니다. 이건 우리의 치안이 그만큼 이완되어 있다는 증거일 뿐만 아니라…… 국제적으로 국가의 위신이 크게 추락되는 사건이 아닐 수 없습니다. 우리 정부는 이탈리아 당국으로부터 이에 대한 강력한 항의와 함께 범인을 조속히 체포하라는 요구를 받았습니다."

외무부 장관의 시선이 내무부 장관의 얼굴 위에 머물렀다. 내무부 장관의 얼굴이 벌겋게 달아올랐다.

"잘 알겠습니다. 각하에게도 보고하셨나요?"

"보고 드렸습니다. 사건의 중대성에 비추어 보고 드리지 않을 수가 없었습니다. 각하께서는 전 수사진을 동원해서라도 하루 빨리 범인을 체포하라고 하셨습니다. 매우 대노하고 계십니다."

내무부 장관은 손수건을 꺼내 이마에 번진 땀을 닦았다.

그 때 이탈리아 대사가 천천히 무슨 말인가 했다. 구주 지역 국장이 그 말을 통역했다.

"이번의 살해 대상은 무관 루치아노 씨였습니다. 그렇게 단정할 수 있는 근거가 있습니다. 루치아노 씨는 이탈리아 도시 게릴라를 박멸하기 위해 창설된 특별 수사부의 책임자였습니다. 그가 특수부를 지휘하면서부터 이탈리아 도시 게릴라인 <붉은 여단>은 그 세력이 많이 약화되었습니다. 간부 수 명이 사살되었고, 현재 수감 중인 자만도 15명이나 됩니다. <붉은 여단>은 지하 재판을 열어서 루치아노 씨에게 사형을 선고 했습니다. 그리고 5개월 전에 루치아노 씨를 반드시 살해하겠다고 공언했습니다. 이탈리아 정부에서는 루치아노 씨의 정체가 드러나고 그가 살해 대상에 오르자 서둘러 주한 이탈리아 대사관 무관으로 파견했습니다. 그를 살리기 위한 비상 조치였습니다. 그런데 결국 그는 놈들이 공언한 대로 살해되고 말았습니다."

통역자도 식은땀을 흘리고 있었다. 실로 놀라 자빠질 만한 말이었다.

"그럼, <붉은 여단> 놈들이 우리 국내에 침투했다는 말인가요?"

내무부 장관이 이탈리아 대사를 바라보며 초조하게 물었다. 통역이 그의 말을 받아 대사에게 전해 주었다. 대사는 고개를 끄덕이면서

"본인은 그렇게 믿을 수밖에 없습니다."

하고 말했다.

모두가 경악한 얼굴로 서로를 쳐다보았다.

한동안 무거운 침묵이 계속되고 있었다. 모두가 하나같이 사실을 믿으려고 들지를 않았다. 그 때 내무부 장관이 맨 말석에 앉아 있는 일선 수사관을 돌아보았다.

"어떻게들 생각하나?"

두 사람은 우물쭈물했다. 그러나 지적을 받은 이상 말하지 않을 수 없었다. 형사과장이 입을 열었다.

"저희들은 사실대로 받아들이고 싶습니다."

"그럼, <붉은 여단>이 우리 국내에 침투했다는 말인가?"

"네…… 그렇게 밖에 믿을 수 없습니다. 대사님의 말씀이 사실이라면……"

다시 침묵이 흘렀다. 아까보다 더 긴 침묵이었다.

대사와 비서가 일어섰다. 모두가 따라 일어섰다. 대사는 두 장관과 악수를 나눈 뒤 밖으로 사라졌다. 외무부 차관이 대사 뒤를 따라 나갔다. 분위기는 조금 누그러진 것 같았다.

"그럼 '붉은 여단' 이 침투했다고 보고, 경찰국장은 지금 당장

수사를 개시하게!"

내무부 장관이 근엄한 얼굴로 말했다.

"알았습니다."

경찰국장은 앞으로 머리를 숙였다.

"민완 수사 요원을 총동원해서 수사를 전개해!"

"알겠습니다."

경찰국장은 외무부 장관 쪽을 바라보았다.

"<붉은 여단>에 대한 자료가 있었으면 합니다."

외무부 장관은 상체를 앞으로 기울였다.

"이탈리아 대사관 측에 요구하겠소. 필요하다면 이탈리아 수사진의 협조도 요청해 보겠소. 그리고 특별히 강조해 두고 싶은 것은 모두 것을 극비에 붙여 달라는 거요. 이번 사건이 외신을 타고 전 세계에 알려지면 우리 이미지는 크게 손상됩니다."

"당연한 말씀입니다. 국내적으로도 이탈리아 게릴라가 우리나라에 침투했다는 것이 알려지면 민심이 흉흉해지고, 많은 부작용이 초래될 것입니다. 우리 내무부도 비밀이 새지 않도록 만전을 기하겠습니다."

내무부 장관과 외무부 장관의 시선이 뜨겁게 부딪쳤다.

벽시계가 3월 27일 밤 9시 30분을 가리키고 있었다.

회의가 끝나자 또 하나의 회의가 기다리고 있었다. 이번에는 내무부 장관이 주재하는 회의였다. 회의 장소는 내무부 회의실로 옮겨졌다. 분위기는 어느새 열기를 띠어 가고 있었다. 장관이 직접 수사에 열을 올리고 있어서였다.

"담배 피워도 좋아요. 자, 담배를 피워요."

호탕한 기질의 장관은 부하 직원들에게 일일이 담배 한 대씩을 권했다. 여비서가 커피를 끓여 가지고 왔다.

"<붉은 여단>에 대해서 누구 아는 사람 있나?"

아무도 대답하지 않았다. 아는 사람이 있을 리가 없었다. 왜냐하면 적어도 지금까지는 한국 내에서 도시 게릴라 따위가 설친 적은 한 번도 없었기 때문이다. 그것은 순전히 외국에서 일어나고 있는 남의 문제였다. 그러나 이제 우리에게도 그 불똥이 떨어진 것이다.

심야(深夜)의 국제 전화

"<붉은 여단>이라고 하면 얼마 전에 모로 전 이탈리아 수상을 납치해서 살해한 극렬 테러 단체 아닙니까?"

경찰국장이 조심스럽게 말문을 열었다. 그가 알고 있는 것은 겨우 그 정도뿐이었다.

"아, 이제야 생각나는군. 바로 그 무지막지한 놈들 말이군."

고개를 끄덕이는 장관의 표정이 굳어지고 있었다.

"대로상에서 한낮에 경호원 수 명을 쏴 죽이고 모로 씨를 납치해 갔습니다. 얼마 후에 모로 씨는 피살체로 발견됐습니다."

"끔찍한 놈들이군."

치안본부장이 눈을 굴리면서 주먹을 쥐었다 폈다 했다.

"자신들이 사형선고를 내린 인물을 한국까지 쫓아와서 살해했다는 것은 놈들이 얼마나 극악하고 집요한 놈들인가를 입증해

주는 것이라고 볼 수 있습니다."

강력계장이 말했다. 모두가 수긍이 간다는 듯 고개를 끄덕거렸다.

장관은 커피 잔을 내려놓으며 지시를 내렸다.

"지금 당장 이 수사를 위해 비상조치를 취하도록 하게. 단 수사는 절대 비밀로 하도록……. 필요하다면 다른 수사 기관의 힘을 빌어도 좋아. 합동 수사를 벌이겠다면 그렇게 해도 좋아."

"우리 경찰 수사력으로도 충분히 놈들을 체포할 수 있습니다. 다른 기관의 힘을 빌면 오히려 혼란만 야기됩니다."

경찰국장이 자신에 찬 얼굴로 말했다.

국장으로 취임한 지 얼마 안 된 그로서는 그와 같은 사건이 발생했다는 것이 여간 불운한 일이 아닐 수 없었다. 그럴수록 그는 이번 사건을 직접 자신의 손으로 해결해 보이고 싶었다.

"수사를 전담할 특별 팀이 필요하지 않을까요?"

입이 무거운 치안본부장이 조심스럽게 물었다.

경찰국장은 당연하다는 듯 고개를 끄덕였다.

"물론 특별수사부를 설치하겠습니다. 민완 수사 요원을 총망라해서 반을 편성하겠습니다."

그날 밤 자정, 홍승표 기자는 자기 집에서 도오쿄 특파원 엄명국 기자에게 국제 전화를 걸었다.

"왜 이제 전화하는 거야? 잠도 못 자고 기다리고 있는데……"

현해탄 저쪽에서 볼멘 목소리가 들려왔다. 팬티 바람의 홍 기자는 이불 속에서 튀어 일어났다.

"조사했어?"

"음, 조사했어? 그런데 의외야"

"의외라니, 뭐가 의외야?"

홍 기자는 목이 바싹 타는 것을 느끼면서 수화기를 왼손으로 바꿔 들었다.

"그 사람 말인데, 도오쿄 경시청 살인과 형사야."

"뭐, 뭐라구?"

홍 기자는 뒤통수를 한 대 얻어맞는 기분이었다. 잘못 들은 게 아닌가 해서 다시 한 번 큰 소리로 물었다.

"뭐라고 그랬어? 다시 한 번 말해 봐!"

"도오쿄 경시청 살인과 형사란 말이야!"

"도대체 무슨 말을 하는 거야? 재일 교포 박상일이 살인과 형사란 말이야?"

"그렇다니까! 재일 교포 박상일은 과거의 이름이고, 지금은 일본으로 귀화해서 하마다 시로오(濱田四郎)가 됐어! 나이는 46세, 나오꼬(直子)라는 일본인 부인과의 사이에 아들이 하나 있어."

"잠깐 기다려!"

홍 기자는 버럭 고함을 지르며 탁자에 놓인 메모지 위로 볼펜을 날렸다.

"계속해!"

"도오쿄 경시청에 들어간 건 15년 전이고 민완 형사로 드날

리던 사람이야. 내가 살해됐다고 했더니 경시청 형사들이 믿지를 않아. 한국에 갔을 리가 없다는 거야. 그런데……"

여기서 도오쿄 특파원은 조금 뜸을 들였다. 이쪽이 안달하는 것을 즐기려는 눈치였다.

"뭐야? 빨리 말해!"

"이봐, 맨입으로 돼?"

"이런 빌어먹을……"

"하하, 여기 기자들을 통해서 알아봤는데 말이야……. 최근에 하마다 형사는 일본 적군파 체포에 열을 올리고 있었나 봐. 그 사람 손에 세 명이나 체포됐대. 그래서 적군파에서도 하마다 형사를 조심하고 있었다는 이야기가 있어."

"또!"

"그게 전부야. 지금 아가씨하고 침대에 누워 있는 중이야. 목소리 들어볼래?"

여자의 간드러진 웃음소리와 함께

"하이…… 하이……"

하는 목소리가 달콤하게 귀를 후비고 들어왔다. 홍 기자는 머릿속이 몽롱해지는 것을 느끼면서

"야, 이 후레자식아……"

하고 소리쳤다.

"하하, 오늘 사귄 여대생이야. 목소리 어때?"

"너를 존경한다."

폭음같이 터져 나오는 웃음소리를 들으며 그는 수화기를 철

컥 내려놓았다.

그보다 한 시간 전이었다. 네 명의 사나이가 공항 건물을 급히 빠져나오더니 한 대의 검은 승용차에 올랐다.

김포공항 구내를 빠져나온 승용차는 김포가도를 무섭게 질주했다.

4명 중 2명은 막 도착한 도오쿄 발 JAL기에서 내린 도오쿄 경시청의 형사들이었고, 다른 2명은 그들을 마중 나온 서울 시경의 형사들이었다. 형사들 중 한 사람은 박남구 형사였다.

"어떻게 해서 아셨나요?"

강력계 반장이 옆으로 고개를 돌려 나이가 지긋한 일인 형사를 바라보았다. 일본말로 묻고 있었다.

"도오쿄에 주재하고 있는 한국 기자로부터 들었습니다. K일보라고 하던가…… 그랬습니다."

운전석 옆자리에 앉아 있는 박 형사의 어깨가 조금 움직이는 것 같았다.

"박 형사, 일본말 아나?"

"네, 조금은……"

"이거 어떻게 된 거지? 기자가 먼저 알고 있으니 말이야."

"……"

박 형사는 침묵했다. 반장이 다시 일본말로 물었다.

"박상일 씨…… 아니, 하마다 형사는 무슨 일로 한국에 오셨나요?"

"좀 중요한 일입니다. 이따가 조용한 자리에서……"

일인 형사는 점잖게 질문을 물리치면서 창밖을 바라보았다.

"하긴, 일단 먼저 확인하셔야겠죠. 시체 확인부터 먼저 하시겠습니까?"

"네, 그게 좋겠습니다."

승용차는 김포 가도를 지나 강변도로를 논스톱으로 계속 달리다가 고속도로로 들어섰다. 다시 10분쯤 지나 차는 고속도로를 벗어나 어느 야산 밑에 신축된지 얼마 않된 듯한 하얀 5층짜리 빌딩 앞에 정거했다.

정문을 지키고 있던 경찰이 체크를 끝내자 차는 안으로 조용히 미끄러져 들어갔다. 드넓은 정원이 가로등 불빛에 희미하게 드러나 있었다. 정원을 가로질러 간 차는 빌딩 출입구 앞에 정거했다.

입구로 들어선 그들은 가운을 입은 직원의 안내를 받고 엘리베이터를 탔다. 엘리베이터가 선 곳은 지하 3층이었다.

엘리베이터를 내려서자 으스스한 공기가 그대로 느껴졌다. 모두가 표정이 굳어지고 있었다. 죽음 같은 정적을 밀어내듯 그들은 직원을 따라 침침한 콘크리트 복도를 조심스럽게 걸어갔다.

복도의 양쪽에는 철문이 잇대어 있었다. 40대의 직원은 거침없이 걸어가더니 맨 끝에 있는 철문 앞에 서서 자물통을 열었다. 이윽고 문이 열리면서 강렬한 불빛이 그들의 눈을 찔렀다. 그들은 주춤하다가 직원을 따라 안으로 들어갔다.

10평쯤 되는 방이었는데 출입구 쪽을 제외한 삼면의 벽에 가슴높이의 사다리 형 철제 박스가 꽉 들어차 있었다.

직원이 중간에 있는 박스의 손잡이를 잡아당기자 벌거벗은 시체가 하나 나왔다. 시체는 푸르딩딩 하게 얼어 있었다.

"냉동시키나 보지요?"

일인 형사가 시체 앞으로 다가서면서 물었다.

"네, 박스 안은 냉장고처럼 되어 있습니다."

직원이 무표정한 얼굴로 대답했다. 머리숱이 적은 50대의 사내였다.

시체의 왼쪽 엄지발가락에는 꼬리표가 한 장 붙어 있었다. 거기에 타이프로 이렇게 적혀 있었다.

①. 성명 –미상,

②. 연령 – 40대 중반,

③. 사망일시 – 1979년 3월 25일 22시 전후,

④. 사망원인 – 충격에 의한 두개골 파열.

시체의 얼굴을 들여다보고 있는 두 일본인 형사의 표정이 돌처럼 굳어지고 있었다. 젊은 형사가 먼저 고개를 돌리자 나이 든 형사는 손을 뻗어 시체의 부릅뜬 눈을 덮었다. 그리고 가만히 고개를 끄덕였다.

"하마다 시로오 형사가 틀림없습니다. 애석하군요. 훌륭했는데……."

한국인 형사들은 할 말을 잃고 일본인 형사들을 바라보기만 했다.

"부인과 아들이 하나 있죠. 몹시 사랑했는데……"

"이럴 수가…… 정말 안됐습니다."

반장이 겨우 말했다.

"아닙니다. 우리 측의 실수였습니다. 한국 경찰에 미리 알렸어야 했는데……"

그들은 천천히 방을 나왔다.

"시신을 일본으로 운반해야겠는데…… 되겠습니까?

"아, 그야 어렵지 않습니다. 협조해 드리겠습니다."

"고맙습니다."

밖으로 나온 그들은 다시 차를 타고 어둠 속으로 들어갔다.

"저는 이번 사건이 한일(韓日) 간의 정치 문제로 비화하지 않았으면 합니다. 저희의 실수로 여기시고 눈 감아 주신다면 모든 것을 말씀드리겠습니다."

도오쿄 경시청 살인과를 지휘하고 있는 다니가와(谷川) 형사부장은 이마에 깊이 주름을 잡으면서 강력계 반장을 바라보았다. 반장은 천천히 고개를 끄덕이며 담배에 불을 붙였다.

"상부에서 결정할 일이지만, 저는 같은 수사관의 입장에서 모든 것에 협조할 생각입니다."

앞자리에 앉아 있는 박 형사는 뒤에서 들려오는 조용조용한 목소리에 귀를 기울이면서 어두운 창밖을 물끄러미 바라보았다. 그에게는 문득 어둠이 폭풍전야처럼 생각되는 것이었다.

폭풍전야(暴風前夜)

자정이 지나 3월 28일로 접어들었다.

밤 2시가 조금 지난 시각이었다.

R호텔 15층 5호실은 긴장에 싸여 있었다.

"바로 이 방이 하마다 형사가 얻어 든 방입니다."

"그래요?"

강력계 반장의 말에 일인 형사들은 눈을 굴리면서 새삼스럽게 방안을 둘러보았다.

"그런데 26일 밤 11시경에 이 방에서 신원을 알 수 없는 여인 하나가 추락사했습니다. 그 때 이 방에 하마다 형사는 없었습니다. 하마다 형사가 발견된 건 그 다음날 오후 한강에서였습니다. 검시 결과 여인보다 하루 먼저 살해된 걸로 밝혀졌습니다. 추락사한 여인은 죽기 전에…… 도오쿄…… 적…… 이라는 말을 했습니다. 미처 말을 맺지 못하고 죽었기 때문에 무슨 뜻인지 모르겠습니다."

다니가와 형사부장은 담배를 피워 물다 말고 멈칫했다.

"도오쿄…… 적이라는 말은 아마 도오쿄 적군파를 가리키는 말일 겁니다."

반장과 박 형사는 동시에 눈을 번쩍 떴다.

"적군파(赤軍派)라니, 무슨 뜻입니까?"

"하마다 형사는 적군파를 뒤쫓고 있었습니다. 따라서 여자가 말한 <적>이라는 건 적군파를 가리키는 말일 겁니다."

"그럼 하마다 형사는 적군파를 쫓아서 한국에 까지 온 겁니까?"

"네, 그랬을 겁니다."

너무 충격적인 말이었기 때문에 한국 형사들은 한동안 입을 멍하니 벌린 채 침묵만 하고 있었다. 늙은 일인 형사는 한참 후 조심스럽게 말을 이었다.

"우리는 갈수록 포악해지고 있는 적군파를 박멸하기 위해 최근 따로 작전을 전개했습니다. 대대적인 사냥 작전이었죠. 그 지휘를 하마다 형사가 하고 있었습니다. 그는 우수할 뿐만 아니라 최근 적군파 내에 한국인들이 다수 들어 있다는 정보가 있었기 때문에 이번에 지휘를 맡게 된 겁니다. 그는 일본에 귀화한 재일 한국인이었으니까요."

"아, 그렇군요."

"그의 한국 이름은 박상일 이었습니다. 그는 정체를 숨길 필요가 있었기 때문에 하마다라는 이름 대신 박상일이라는 재일 동포로 위장해서 출국했습니다. 여권은 물론 가짜였지만 그 사실을 아는 사람은 극소수에 불과했습니다."

다니가와 형사 부장은 조금 여유를 두면서 두 사람을 바라보았다. 두 사람은 꼼짝하지 않고 앉아 있었다.

"하마다 형사는 사냥 작전을 전개하면서 그 어느 때보다도 탁월한 솜씨를 발휘했습니다. 적군파 간부 세 명을 체포해서 세상을 깜짝 놀라게 했죠. 사냥 작전은 극비에 속해 있었기 때문에 당사자들 외는 작전의 세부 사항이나 전척 상황, 또는 방향 같은 것을 알 수가 없었습니다. 따라서 하마다 형사가 이번에 서울에 온 것도 경시청 내부에서는 거의 모르고 있었습니다. 나는 그의 위조 여권을 만들어 주어야 했기 때문에 어느 정도 알고 있었습니다만……"

"그럼 한국에서의 수사 내용도 알고 계셨겠군요?"

반장이 성급하게 물었다. 어서 빨리 핵심을 말해 달라는 뜻이었다. 다니가와 부장은 옆에 앉아 있는 젊은 부하를 바라보았다. 젊은 형사는 전형적인 일본인으로 눈썹이 짙고 얼굴이 유난히 희었다. 머리는 스포츠형이었다.

"바로 이 사람이 하마다 형사와 붙어 다니던 야마모도(山本) 형삽니다. 자네가 아는 대로 말해 주겠나?"

"네, 그러죠."

야마모도 형사는 고개를 끄덕하고 나서 똑바로 한국인 형사들을 주시했다. 지금까지는 시종 입을 다물고 조용히 앉아 있었기 때문에 다니가와 부장의 그늘에 가려 별로 드러나 보이지 않았었다. 그러나 일단 좌중의 초점을 받자 불이 당겨진 듯 확 드러나 보였다.

"하마다 선배님은 특출한 분이었습니다. 특출하다는 것은 우수하다는 뜻도 되겠지만 여는 사람과는 다르다는 의미도 됩니다. 그 분은 공을 세우겠다는 생각 같은 것은 조금도 없었습니다. 단지 맡은 바 임무를 묵묵히 수행했을 뿐입니다."

얼굴이 일그러지고 있었다. 몹시 괴로운 모양이었다. 창문 쪽을 한번 바라보더니 자세를 바로 하고 미간을 모았다.

"하마다 선배님은 에이꼬(英子) 라는 여인을 따라서 서울에 온 겁니다. 에이꼬는 재일 한국인으로서 일본에 귀화한 여인입니다. 그리고 몇 년 전만 해도 사루에(猿江)라고 하는 적군파 간부의 애인이었습니다. 하마다 선배님은 에이꼬를 이용해서 사루에를 체포하려고 했었죠. 에이꼬는 하마다 선배님에게 적극 협조하기로 약속했던 모양입니다. 저는 에이꼬를 별로 만나 보지 못했지만 선배님은 비밀리에 줄곧 그녀와 접촉하고 있었던 것 같습니다. 그러던 차에 마침내 기회가 온 겁니다. 그 기회란 사루에란 놈이 몇 년 만에 에이꼬에게 다시 손을 뻗은 겁니다. 놈은 엉뚱하게도 그녀에게 서울로 빨리 와 달라고 요구했습니다. 내용은 단순히 보고 싶다는 거였습니다. 그래서 하마다 선배님은 지난 22일 에이꼬와 함께 서울에 온 겁니다. 저도 선배님과 함께 가려고 했습니다만 선배님은 자기가 일단 먼저 떠난 다음 상황을 봐서 연락해 주겠다고 했습니다. 그런데 이렇게 돌아가시다니 정말 애석

합니다."

"서울에서 하마다 형사가 어떻게 지냈는지 아십니까?"

"거기까지는 모릅니다."

"에이꼬는 왜 경찰에 협조하려고 했나요?"

"그녀는 사루에를 증오하고 있었습니다. 사루에의 아이까지 나았었는데 놈으로부터 버림을 받았습니다. 혼자서 아기를 키우며 술집 호스티스 생활을 했는데 아기가 병들어 죽자 사루에를 더욱 원망하게 됐죠."

"그렇다면 하마다 형사와 에이꼬는 모두 사루에란 놈한테 살해당한 거군요?"

"그렇게 볼 수밖에 없겠죠.

강력계를 지휘하고 있는 김준배(金俊培) 반장의 얼굴이 험하게 변했다. 그렇지 않아도 붉은 얼굴이 더욱 붉어졌다.

"한국에 적군파가 침투했다는 것은 중대한 사태가 아닐 수 없습니다. 적군파를 체포하기 위해 한국에 형사까지 파견했으면서도 우리 수사 기관에 아무런 언질도 주지 않았다는 것은 심히 유감스러운 일이 아닐 수 없습니다."

"실수를 인정합니다. 죄송스럽기 짝이 없습니다. 우리는 모든 것을 조용히 해결하고 싶어서 그랬던 겁니다. 아무쪼록 없던 일로 해주시면 고맙겠습니다. 만일 외교 문제로 비화하면……"

다니가와 형사 부장의 말을 김 반장이 잘랐다.

"없던 것으로 덮어둘 수는 없습니다. 이렇게 중대한 문제를 어떻게 덮어둘 수 있습니까? 상부에 보고해서 우리도 대책을 세워야 합니다. 더구나 이번에 심상치 않은 사건이……"

김 반장이 말하다 말고 멈칫했다. 다니가와 부장의 얼굴은 창백하게 질려 있었다. 어색한 분위기를 바꾸려는 듯이 그 때까지 침묵하고 있던 박 형사가 입을 열었다.

"사루에란 인물은 어떤 자입니까?"

"포악한 자입니다. 극좌 인물로 언제나 큼직한 사건에 관계되어 왔습니다. 필요하시다면 자료를 보내 드리겠습니다."

"물론 필요합니다."

"R호텔에서 추락했다는 여인을 보고 싶습니다."

"피곤하실 테니까 주무십시오. 시체 확인은 내일 낮에 하기로 하고……"

한국인 형사들은 천천히 일어나면서 일인 형사들과 악수를 나누었다.

3월 28일자 K일보 조간은 그야말로 기사다운 기사, 사진다운 사진으로 가득 차 있었다.

아침거리는 흡사 돌풍이 불어 닥친 듯 소용돌이에 휩싸였다. 평소 50만 부 발행하던 것을 20만 부 더 늘려서 찍어냈는데도 정오가 되기 전에 날개 돋친 듯 팔려 버렸다.

온통 거리를 휩쓰는 K일보에 다른 신문사들은 아연실색 할 수밖에 없었다.

다른 신문에는 명동 입구에서 발생한 자동차 폭파 사건이 단순히 객관적으로 그려져 있었고 폭파 원인을 경찰의 위장 발표대로 내연 기관의 가열 때문인 것으로 애매하게 인용 보도하고 있었다. 사망자가 누구인지도 밝혀져 있지 않았고, 경찰이 조사 중이라고만 되어 있었다.

그러나 K일보는 달랐다. 우선 사회면의 거의 절반을 차지하고 있는 생생한 사진들이 그야말로 충격적이었다. 화염 속에서 몸부림치고 있는 사람의 모습, 검은 연기를 내뿜으며 불타고 있는 자동차, 시커멓게 타 죽은 시체, 경악하는 시민들의 모습들이 너무도 생생하게 나타나 있었다. 또한 기사 내용에는 폭파된 차량의 정체와 사망자의 국적 및 이름이 분명히 나와 있었다. 그리고 그 기사를 쓴 기자는 이렇게 못 박았다.

"…… 이것은 분명히 폭발물에 의한 살해 사건이 틀림없다. 백주 대로상에서 이 같은 차량 폭발 사건이 일어났다는 것은 지금까지 전무했던 일로서 시민들에게 큰 충격과 불안을 안겨 주었다. 관계 기관은 사건 내용을 철저히 규명하고 범인을 체포하여 한시라도 빨리 시민들의 불안을 씻어 주어야 할 것이다. 왜 두 명의 외국인이 자동차와 함께 폭파되어야 했을까? 궁금한 일이 아닐 수 없다."

이와 함께 또 다른 충격적인 기사가 있었다.

그것은 3월 27일 한강에서 발견한 남자의 시체가 도오쿄 경시청 살인과의 하마다 시로오 형사이며 그는 적군파를 뒤쫓고 있었다는 기사였다. 그 기사의 제호는

<日本赤軍派(일본 적군파) 韓國(한국)에 상륙?>

이라고 되어 있었다.

K일보의 전화 교환양들은 아침부터 쏟아져 들어오는 전화에 진땀을 흘려야 했다. 문의 전화가 그야말로 빗발치듯 들어오고 있었다.

그러나 누구보다도 충격을 느끼고 고심하게 된 것은 경찰 당국이었다. 극비에 붙여 두려고 했던 사건 내용들이 백일하에 드러났으니 그럴 만도 했다.

정부는 긴급 각료회의를 열어 대책을 숙의했고 관계 장관은 수사 책임자를 호되게 문책했다. 수사 책임자는 K일보 사장을 방문, 항의와 함께 협조를 부탁했지만 백발이 성성한 사장은 마이동풍이었다.

"이미 엎질러진 물을 어떻게 퍼 담습니까? 하루 빨리 사건이나 해결하시는 게 서로를 위해 좋지 않을까요?"

사장은 이렇게 말한 다음 특종을 터뜨린 기자들에게 상을 주기 위해 방을 나갔다.

密室(밀실)의 대화(對話)

"홍승표!"

사회자가 조금 큰 소리로 이름을 불렀다. 두 번째 부르는 이름이었다. 그러나 홍 기자는 나타나지 않았다.

시상식에 모인 사람들은 모두가 어리둥절한 표정을 지었다. 상을 받을 사람이 나타나지 않으니 그럴 만도 했다.

여기저기서 웅성거리는 소리가 나자 비서실장은 낭패한 얼굴이 되어 사장의 눈치만 살폈다. 사장은 스케줄에 따라 빨리 시상식을 끝내고 다음 일을 처리해야 했다. 따라서 언제까지고 기다릴 수가 없었다.

"화장실에 갔나 보군. 자, 시작하지."

사장의 말에 모두가 웃음을 터뜨렸다.

특종상은 그 즉시 결정되어 시상되는 것으로 특종을 터뜨린 기자는 메달과 함께 꽤 값진 선물을 받게 된다. 선물은 일정하지가 않고 사장이 자의로 그때 그때 결정한다. 오메가 시계일 때도 있고 포니 자가용일 때도 있다. 수표로 줄 때도 있다. 이렇게 돈을 쓸 때 가서는 아끼지 않고 쓰기 때문에 K일보는 다른 신문사와 달리 항상 활기에 차 있는지도 모른다.

홍승표 기자가 나오지 않는 바람에 사진 부문에서 특종한 임창득 기자 혼자서 사장 앞으로 나갔다. 사실은 홍 기자가 넘겨 준 필름 덕분에 상을 받게 된 것이지만 그 사실을 아는 사람은 그들 두 사람밖에 없었다.

늙은 사진 기자는 홍기자의 배려가 눈물겹도록 고마우면서도 한편으로는 부끄럽고 꺼림칙했다.

'이 사실을 밝혀야 한다. 아니, 그럴 필요 없다.'

상을 받는 순간까지도 이러한 갈등이 계속되고 있었다. 그러나 그는 결국 아무 말 없이 상을 받고 말았다. 선물로 받은 것은 놀랍게도 13평짜리 아파트 한 채의 입주권이었다. 사회자가 그 사실을 밝히자 장내에는 우레 같은 박수가 터져 나왔다.

50살 가까운 임 기자는 지금까지도 집 한 칸 마련하지 못하고 셋방살이를 전전하고 있는 처지였다. 은밀한 내사를 통해 사원들의 사생활을 소상히 파악하고 있는 사장은 이번에 임 기자에게 작으나마 아파트 한 채를 마련해 주는 용단을 내린 것이다. 쉬운 것 같으면서도 어려운 이 용단에 모두가 감동했고 당사자인 임 기자는 눈시울을 붉히기까지 했다.

홍 기자에게는 자신이 원할 때면 언제라도 갈 수 있는 세계 일주 여행이 선물로 안겨졌다. 본인 대신 사회부장이 앞으로 나가 수상했다.

신문사 안이 이렇게 흥분의 소용돌이에 싸여 있을 때 홍승표 기자는 박남구 형사를 만나고 있었다.

"정말 나한테 이러기야?"

"할 수 없어."

눈을 부라리는 홍 기자를 외면하면서 박 형사가 고개를 저었다. 홍 기자는 지금 박 형사를 갖은 수단으로 어르기도 하고 협박하기도 하고 있었다. 그러나 박 형사는 수사 기밀을 조금도 내놓지 않고 있었다.

"그렇게 사정없이 터뜨리는 사람한테 어떻게 기밀을 알려주겠어? 지금 발칵 뒤집힌 거 몰라? 모두가 야단법석이야. K일보가 터뜨리는 바람에 그러는 거야."

"이것 봐, 내가 누군 줄 아나? 난 신문 기자란 말이야. 내 직업은 터뜨리는 직업이란 말이야. 조금이라도 좋으니까 말해 봐."

"함구령이 내렸어."

"언제는 그런 거 없었나? 상관없어."

"그전하고는 달라. 함부로 입 놀리다가는 혼나."

"그러니까 그만큼 문제가 심각하다 이 말이군?"

"……"

박 형사는 식은 찻잔을 내려다보다 말고 고개를 들었다.

"루치아노와 알바노의 이름은 어떻게 알았지?"

"외무부에 친구가 하나 있어. 술 한 잔 하면서 계집애 붙여 줬더니 말해 주더군. 자, 그 사람들 왜 살해됐지? 범인은 누구야?"

"……"

박 형사는 천천히 고개를 저었다. 홍 기자는 일어섰다가 도로 주저앉았다.

"정말 그러면 재미없어."

"할 수 없지."

"이봐, 그렇게 고지식하게 입 다물고 있으면 돈이 생기나 밥이 생기나?"

"생기는 건 아무 것도 없어. 내가 말해 줄 수 있는 건 이번 사건 두 개가 굉장히 심각한 문제를 일으키고 있다는 점이야."

"적군파가 잠입한 건 확실하나?"

"몰라, 아직 몰라."

"빌어먹을…… 잘해 보라구!"

홍 기자는 화를 벌컥 내면서 일어나 밖으로 나왔다.

적군파의 침투는 엄연한 사실로 굳어진 듯 한 느낌이었다. 일본 적군파는 추적해 오는 하마다 형사를 살해했다.

하마다가 계약해 놓았던 R호텔 1505실에서 추락사한 여인 역시 적군파의 손에 죽었을 가능성이 크다. 그들이 굳이 한국에까지 와서 두 건의 살인을 저지른 이유는 무엇일까? 놈들은 왜 한국에 침투했을까? 분명히 어떤 목적이 있어서 침투했을 것이다. 죽은 여인은 누구일까?

근무처로 들어서자 그를 바라보는 수사관들의 시선이 살벌하게 느껴졌다. 경계의 층이 그 어느 때보다도 두터운 것을 그는 직감적으로 느꼈다.

복도를 꺾어 돌아 기자실이 있는 2층으로 올라가려고 할 때 누가 뒤에서 어깨를 낚아챘다. 돌아보니 강력계 반장이 핏발선 눈으로 쏘아보고 있었다.

"당신, 이리 좀 와."

화가 잔뜩 나 있었다. 웃으면서 지나치려고 하자 팔을 움켜쥐고 끌어당긴다.

"이리 오라니까!"

어느 새 주위로 형사들이 몰려들고 있었다. 홍 기자는 팔을 홱 뿌리쳤다.

"왜 이래요?"

"왜 이래요? 몰라서 묻는 거야. 이것 봐, K일보 때문에 우린 초상집이야! 알겠어? 국장님이 불려 다니고, 수사도 하기 전에 모든 게 엉망이야! 어디가 근질근질해? 왜 잠자코 있지 못해? 잠자코 있으면 다 알아서 줄 텐데 왜 설치고 야단이야?"

평소에 점잖기로 소문난 반장도 지금은 영 달라 보였다. 금방이라도 한 대 칠 것만 같았다.

"그 새끼, 그거 가만 두면 안 됩니다!"

형사들 사이에서 욕지거리가 튀어나왔다. 그러나 손찌검을 하는 사람은 없었다. 그것은 악의 없는 욕설에 불과했다. 홍 기자는 차라리 한 대 얻어맞는 게 속 편할 것 같았다.

"국회에서는 이번 문제를 정치 문제화할 움직임까지 보이고 있어. 모두가 당신 책임이야!"

"그래요? 그거 반가운 소식인데요!"

끄덕도 하지 않고, 오히려 능청을 떠는 홍 기자를 보고 강력계 반장은 주먹을 불끈 쥐었다가 도로 내려놓으면서

"나한테 딸이 있으면 당신 같은 사람을 사위로 삼고 싶어. 화가 나서 그런 거니까 오해는 하지 말라구."

하고 말했다.

홍 기자는 계단을 세 개씩 뛰어올라 갔다. 기자실로 들어가자 키다리가 손을 내밀어 악수를 청했다.

"축하해. 도대체 어디 갔다 오는 거야? 식장에 안 나왔다고 야단인 모양이야."

"바쁘면 못 나갈 수도 있지 뭐."

"이봐, 세계 일주 여행이야. 멋지지 않아?"

다른 신문사 기자들도 부러운 눈으로 그를 바라보았다. 홍 기자는 눈을 휘둥그렇게 떴다.

"나한테 세계 일주 여행을 시킨단 말이지? 그게 상인가?"

"그래. 얼마나 멋있어."

"임 선배는?"

"13평 아파트! 어때?"

홍 기자는 휘파람을 불었다.

"잘 됐군! 잘 됐어!"

"이번 같은 히트는 없었어!"

"시끄러! 이 구더기 같은 자식들아!"

약이 오른 다른 신문사 기자가 소리를 질렀다.

그날 오후 2시를 기해 전국 지방 경찰국장 앞으로 긴급 전문이 내려졌다. 내무부 장관 명의로 된 그 긴급 전문에는 <금일 밤 10시까지 서울시 경찰국장실로 출두하라>는 지시 내용이 담겨 있었다. 거기에는 <수사 책임자를 반드시 동반하라>는 내용도 덧붙여 있었다.

냄새를 맡은 기자들이 내용을 알려고 했지만 경찰은 일체 입을 열지 않았다.

저녁 6시 조금 지나 홍 기자는 광화문 부근에 있는 호텔 커피숍으로 나가 한 친구를 만났다. 외무부에 근무하는 대학 동기였다. 이름이 차동기(車東基)라고 하는 그 친구는 정보 관계 일을 보고 있었다. 평소에는 과묵한 편이지만 분위기가 좋은 곳에서 술이라도 마시게 되면 반대로 입이 가벼워지는 친구였다. 홍 기자는 친구의 그런 약점을 이용해서, 폭사한 두 외국인의 이름과 신분을 알아냈던 것이다.

"너 때문에 내가 특종을 했어. 술 한 잔 안 살 수가 있어야지."

"음, 의리를 지키는 건 좋은 데…… 사실 난 네가 그렇게 터뜨릴 줄은 몰랐지. 하루 종일 불안했어. 구주 지역 담당자들은 하루 종일 시달려서 울상들이야. 외신기자들까지 다녀갔어. 복잡할 것 같아."

차동기는 불안한 듯 주위를 둘러보기까지 했다. 홍 기자는 이 놈의 입을 다시 열게 하기가 쉽지 않겠다고 생각했다. 그러나 열게 하지 않으면 안 된다.

"우리가 만나는 걸 누가 보면 좋지 않은데……"

"조용한 곳으로 가지."

홍 기자는 동기를 데리고 단골 양주집으로 갔다.

"이봐, 나한테 들었다는 말 누구한테도 하지 않았지?"

"염려 마, 너한테 해를 끼치지는 않을게."

양주집 내부는 칸이 밀실처럼 꾸며져 있어서 밀담을 나누기에 안성맞춤이었다.

홍 기자는 술과 함께 미희 두 명을 불렀다. 그리고 처음에는 문제의 이야기는 꺼내지도 않고 술만 마셨다.

이상한 연인(戀人)들

동기는 미희가 따라 주는 술을 넙죽넙죽 받아 마셨다.

얼마 후 술기운이 돌자 표정이 풀어지면서 말이 많아지기 시작했다. 홍 기자는 넌지시 핵심에 접근해 갔다.

"이 봐, 그치들 왜 죽었어?"

"그치들이라니?"

"그 외국인들 말이야"

"아, 난 또 뭐라구……"

동기는 말끝을 흐리면서 흐물흐물 웃었다.

"이유가 뭐야?"

"그건 말하기 곤란해."

말은 그렇게 하면서도 얼굴은 웃고 있었다. 말해 줄 수도 있다는 여유를 보이고 있었다. 홍 기자는 미희들에게 10분 동안 나가 있으라고 말했다.

"하, 이거 또 걸렸군."

"말 못할 게 뭐야? 국가 기밀이라도 돼?"

"그렇지는 않지만…… 상부에서 강력한 지시가 내려왔어. 함부로 입 놀리지 말고 다물고 있으라고 말이야."

"그러니까 내가 비밀을 지키면 될 거 아니야? 너한테 들었다는 말 아무한테도 하지 않겠어."

"이봐, 술 한 잔 사주고 그렇게 사람 병신 만들지 마. 그건 값이 비싸."

"얼마야?"

"너한테 돈 받게 됐어."

씨익 웃고 나서 동기는 마침내 술술 털어놓기 시작했다.

"<붉은 여단> 이라고 아나?"

"대강 알지. 유명한 도시 게릴라 단체 아니야?"

"그래, 루치아노는 바로 그 놈들을 때려잡던 특수 부대의 책임자였어. 그래서 <붉은 여단>은 루치아노에게 사형 선고를 내리고 그를 암살하려고 했어."

"……"

"그 놈들은 자기들이 사형 선고를 내린 인물은 반드시 암살하고야 말지."

"그래서?"

"루치아노는 이쪽으로 피신해 온 거야. 그런데 여기에서 폭사당한 거지."

"그럼 <붉은 여단> 짓이란 말인가?"

"그건 조사 중이라서 아직 단정할 수 없지. 그렇지만 붉은 여단의 소행일 가능성이 제일 높지. 그 놈들 아니면 누가 그 사람을 죽였겠어?"

눈을 부릅뜨고 있던 홍 기자의 안색이 차츰 굳어져 갔다. 그는 입을 벌린 채 한동안 멀거니 앉아 있었다.

"왜 그렇게 바보처럼 앉아 있어? 붉은 여단 정도면 그럴 수도 있는 거 아니야?"

친구는 별로 대수롭지 않다는 듯 말했다. 홍 기자는 손가락으로 동기를 가리켰다.

"외교적으로 어떻게 될 거 같아?"

"뭐, 우선 사과하겠지. 한국에서 그런 범행을 막지 못한 데 대한 사과겠지."

"으음…… 그밖에 다른 정보는?"

"없어."

홍 기자의 머릿속으로 번개처럼 스쳐 가는 것이 있었다.

<적군파>와 <붉은 여단>이 혹시 한국에서 손을 잡은 게 아닐까 하는 생각이었다. 거기까지 생각하자 그는 머리끝이 으스스해졌다.

그렇다면 루치아노에 대해서 그가 단순히 한국으로 피신해 왔다고만 할 수는 없다. 수사 책임자가 범인들의 협박이 무서워 피신해 왔을까? 아니다. 그럴 리가 없다. 오히려 <붉은 여단>을 추적하기 위해 한국에 왔었는지도 모른다. 그러다가 살해됐을지

도 모르지 않는가.

거의 같은 시각.

"빠른 시일 내에 사건을 해결하겠다고 했었지?"

M호텔 15층의 한 방에서는 두 남녀가 벌거벗은 채 침대 위를 뒹굴고 있었다. 약한 조명등 아래서 서로 얼싸안고 뒹굴고 있는 그들의 몸은 땀에 젖어 미끈거리고 있었다.

그들은 아무 대화도 없었다. 다만 거친 숨을 내쉬면서 자신들의 행위에 충실하고 있을 뿐이었다.

잔잔한 물결처럼 부드럽고 섬세하게 움직이다가도 그들은 갑자기 격류에 휩쓸린 듯 신음 소리를 내며 몸과 몸을 맹렬하게 부딪쳐 나갔다.

외부의 눈과 빛과 소음으로부터 완전히 차단된 방안은 두 사람이 내뿜는 거친 숨결과 열기와 땀 냄새로 가득했다.

한 시간이 지났다. 마침내 후~하는 소리와 함께 남자가 먼저 여자로부터 떨어져 나갔다. 두 사람은 죽은 듯이 드러누워 거친 숨을 몰아쉬었다.

조금 후 방안에 불이 들어왔다. 남자가 일어서 있었다. 건장한 체격의 외국인이었다. 떡 벌어진 가슴이 온통 시커먼 털로 덮여 있었다. 금빛의 장발이었고 코밑에 수염을 기르고 있었다. 눈빛은 녹색이었다.

여자가 긴 흑발을 쓸어 올리며 침대 위에서 일어나 앉았다. 동양인이었다. 몸매가 늘씬했고 가슴과 엉덩이가 풍만했다. 큼직한 젖가슴에 달려 있는 유두 빛이 유난히도 검푸른 빛을 띠고 있었다. 허벅지 사이의 털이 밀림처럼 무성했다. 나이는 서른 살 가까이 되어 보였다. 광대뼈가 조금 나오고 입술은 두터워 보였다. 길게 찢어진 눈빛이 한번 성을 내면 무섭게 변할 것 같았다. 그러나 남자와 격렬한 관계를 치르고 난 지금은 눈빛이 꿈꾸듯 풀어져 있었다.

"오랜만이에요."

유창한 영어로 여자가 말했다.

"오랜만이오."

남자가 참대 위에 오른쪽 발을 올려놓으며 역시 영어로 말했다. 남근이 밑으로 축 늘어져 있었다.

"우리가 만났을 때가 언제였지?"

"2년 전 파리에서였죠. 비오는 날 힐튼 호텔에서……"

"아, 그랬군."

남자가 여자의 손을 잡아끌었다.

그들은 함께 욕실로 들어가서 샤워를 했다.

남자가 여자를 등 뒤에서 끌어안으며 키스를 했다. 그들의 머리 위로 따뜻한 물이 쏟아져 내렸다.

"유미코(由美子)……"

남자가 여자의 이름을 불렀다.

"구르노……"

여자도 중얼거렸다.

그들은 다시 흥분했다. 이번에는 말처럼 남자가 뒤에서 공격해 들어갔다.

여자는 신음하며 벽을 손톱으로 할퀴기 시작했다.

그 때 전화벨 소리가 들려왔다. 여자가 몸을 빼고 뛰어나갔다. 물방울이 카펫 위로 마구 튀었다. 특실인 만큼 직통 전화도 가설되어 있었다.

여자는 직통 전화의 수화기를 집어 들었다.

"여기는 Z……"

수화기를 타고 굵은 남자의 영어 발음이 들려왔다. 여자는 젖가슴에 매달린 물방울을 왼손으로 털었다.

"레드 로즈(붉은 장미)……"

암호 확인이 오고 갔다.

"경찰 총 비상…… 수사력이 집중될 것입니다."

"알았어요."

"정체를 파악한 것 같습니다."

"알았어요. 그쪽은 어때요?"

"준비가 거의 끝나고 있습니다."

"Z, 잘해야 해요."

전화가 끊겼다.

암호명 레드 로즈는 창가로 다가가 커튼을 조금 걷어 내고 밖을 내려다보았다.

불야성을 이루고 있는 서울 야경이 한눈에 들어왔다.

"조금만 기다려라. 좋은 선물을 안겨 줄 테다!"

그녀는 왼손을 꽉 쥐고 무서운 눈으로 창밖을 응시했다.

뒤로 돌아서자 남자가 거기 서 있었다.

"무슈……"

여자가 남자의 암호명을 불렀다. 그들은 다시 부둥켜안고 카펫 위로 나뒹굴었다.

탁자 위에 놓여 있는 독일제 9미리 와루사 피스톨이 검은 빛을 내뿜고 있었다.

시간은 자정을 넘어 3월 29일로 접어들고 있었다.

그 때까지 서울 시경 특별 회의실에서는 심야 회의가 계속되고 있었다.

보스들은 모두 사라지고 실무자들만 남아서 실질적인 문제들을 협의하고 있었다.

검토된 문제들을 압축하면 대강 다음과 같았다.

<문제점>

① 일본 <적군파> 국내 침투 확실.

② 이탈리아 <붉은 여단> 국내 침투 확실.

③ 그 밖의 각국 도시 게릴라 침투 가능성 있음.

④ 그들은 한국 내에서 합동으로 모종의 거사를 계획 중인 것 같음.

<대책>

① 별동대(別動隊)를 조직한다.

② 별동대의 본부는 서울 시경 내에 둔다.

③ 본부 산하 별동대는 민완 형사 2백 명으로 구성한다.

④ 각 지방 경찰국 내에도 별동대 지부를 설치한다.

⑤ 각 지방 별동대의 인원은 민완 형사 50명으로 정한다.

⑥ 총 지휘는 별동대 본부장이 한다.

⑦ 별동대는 모든 경찰 수사력을 우선적으로 이용할 수 있는 권한을 가진다.

⑧ 도시 게릴라도 판명된 자에 대해서는 체포 및 사살을 임의에 맡긴다.

⑨ 별동대는 모든 수사 내용을 극비에 붙인다.

⑩ 별동댕의 수사비는 해당 책임자의 재량 하에 무제한 사용할 수 있다.

⑪ 모든 별동대는 3월 29일 상오 9시를 기해 일제히 행동을 개시한다.

특별 회의실에는 20여 명의 민완형사들이 앉아 있었다. 하나같이 굳은 표정들이었다.

실내에는 그들이 피워 대는 담배연기가 자욱이 퍼져 있었다.

권력의 최고 심장부로 부터 특명을 받은 그들은 어느 때보다도 긴장에 싸여 있었다.

별동대를 총지휘하게 된 강력계 반장 출신의 김준배 대장은 숙이고 있던 붉은 얼굴을 쳐들고 두 줄로 나란히 앉아 있는 대원들을 바라보았다.

"이번 작전의 암호명은 <번개 작전> 입니다. 명심해 주기 바랍니다. 전 대원에게는 휴대용 무전기가 지급될 것이니까 비밀을 지키기 위해서도 암호를 사용해 주십시오. 본부는 제 1초소, 부산은 제2초소, 경기도는 제 3초소, 충북은 제 4, 충남은 제 5, 강원은 제 6, 경북은 제 7, 경남은 제 8, 전북은 제 9, 전남은 제 10, 제주는 제 11초소. 각 지부는 지부대로 특별 암호를 만들어 사용해도 좋습니다."

김 대장은 담배를 새로 한 대 피워 물고 나서 말을 이었다.

인터폴의 등장

"그럼 지금부터 수사지시를 내리겠습니다. 메모해 주시기 바랍니다. 첫째로, 현재 국내에 들어와 있는 외국인들을 하나 빠짐없이 체크해 주십시오. 거주지는 물론 동태까지 자세히 조사해 주기 바랍니다. 특히 일본과 이탈리아를 집중적으로 체크해야 합니다. 이상한 점이 있는 자들은 무조건 신병을 확보해서 면밀한 조사를 해주십시오. 둘째, 전국 관광 호텔에 출입하는 외국인들을 수시로 검문해 주십시오. 검문할 경우는 나쁜 인상을 주지 않도록 각별한 주의를 해주기 바랍니다. 셋째, 새로 입국하는 외국인들을 철저하게 조사해 주십시오. 국내에 일단 잠입하면 검거하기가 어려우니까 입국 전에 잡아내는 게 우리한테는 좋습니다. 수사 진행 상황은 수시로 보고해 주기 바랍니다."

별동대 대장의 말이 끝나자 경기 지구(제3초소) 책임자가 손을 조금 들어 보였다.

"제 생각에는 외국 수사 기관의 협조가 필요할 것 같은데 어떻게 생각합니까?"

"그렇지 않아도 협조를 구할 생각입니다."

그 때 문이 열리면서 박남구 형사가 들어왔다. 혼자가 아니고 어느 금발 외국인과 동행이었다.

그 외국인은 턱수염을 기르고 있었다. 거기다가 안경까지 끼고 있어서 나이를 쉽게 알아볼 수가 없었다. 넥타이도 매지 않고 티셔츠 위에 체크무늬의 저고리만 자연스럽게 걸쳐 입고 있었다. 밤 늦게까지 회의를 하고 있는 사람들을 보고 그는 놀라는 표정을 지었다.

대장이 일어나 외국인과 반갑게 악수했다.

"그럼, 여러분에게 인터폴(국제 경찰)의 존 베이커 씨를 소개합니다."

대장은 자신의 옆자리에 외국인을 앉게 했다. 모두가 가볍게 박수를 치면서 환영의 뜻을 표했지만 의외라는 표정이 없지 않아 있었다.

"이 분은 인터폴 서울 지부 책임자입니다."

의외라는 것은 서울에 인터폴이 주재하고 있었다는 사실을 처음 알게 된 때문이었다.

"여러분은 잘 모르셨겠지만 서울에 인터폴 서울 지부가 설치된 건 1년 전이었습니다. 그 동안 인터폴은 우리와 별로 관계가 없이 지내 왔지만 오늘부터는 인터폴의 신세를 우리가 좀 져야 할 것 같습니다.”

다시 박수가 일었다. 베이커는 웃으며 고개를 끄덕였다. 완강한 육체를 지닌 사나이였다.

이윽고 베이커가 영어로 뭐라고 말했다. 그것을 박남구 형사가 능숙하게 통역했다.

“인터폴 본부에, 세계 각국의 게릴라 동태를 체크해 달라고 부탁했답니다. 특히 한국으로 잠입했거나 잠입하려고 하는 게릴라 단체가 있으면 급히 연락해 달라고 했답니다. 베이커 씨는 우리보다 먼저 수사에 착수한 셈입니다.”

통역이 끝나자 다시 베이커가 입을 열었다. 이번에는 좀 길게 말했다. 박 형사는 메모를 하며 그의 말을 경청한 다음 다시 그의 말을 통역했다.

“제일 중요한 것은 도시 게릴라들이 왜 한국으로 몰려들고 있느냐 하는 점입니다. 이 점을 분명히 알아야 수사의 폭을 좁히고 수사를 강화할 수 있습니다. 그들이 노리고 있는 점이 무엇인지 말해 달랍니다.”

실내는 갑자기 무거운 침묵 속으로 빠져들었다. 그도 그럴 것이 아직 그 누구도 게릴라들이 노리고 있는 것이 무엇인지를 모르고 있었기 때문이다. 모든 사람들의 얼굴에 낭패한 기색이 역력히 나타나자 베이커는 알겠다는 듯 고개를 끄덕였다.

이튿날, 그러니까 3월 30일 오후 1시께였다.

S호텔 5층 5호실 앞에서 중년 여인 하나가 서성거렸다. 뚱뚱

한 여인은 큼직한 백을 하나 들고 있었는데, 엘리베이터에서 내릴 때부터 연방 주위를 경계하고 있었다.

이윽고 여인은 5호실 문을 노크했다. 세 번째 노크를 하자 문이 조금 열리면서 남자의 얼굴 하나가 나타났다.

문이 더 열리고 여인이 이끌리듯 안으로 사라지자 달그락하고 문고리를 거는 소리가 들려왔다.

방안에는 삭발한 맨머리의사나이가 소파에 앉아 있었다. 코밑에 약간 수염을 기르고 있었는데 그것이 전체적인 인상을 조금 코믹하게 보이게 하고 있었다.

여인을 안내한 사나이는 호리호리해 보였다. 머리에 기름을 잔뜩 발라 올백으로 빗어넘긴 것하며, 빨간 티셔츠, 손가락에 낀 큼직한 반지 등이 얼핏 보기에 플레이보이 같았다.

그는 친절히 웃으며 중년 여인을 소파로 안내했다. 소파의 사나이는 서른 댓쯤 되어 보였는데, 눈초리에 번득임 같은 것이 있었다. 단단하고 강파른 인상이었고, 오른쪽 이마에 큼직한 흉터가 있었다.

"안녕하십니까?"

"네, 안녕하세요. 우라가와상이신가요?"

"네, 그렇습니다."

맨머리의 사나이와 여인이 일본말로 인사했다.

"그거, 준비해 오셨나요?"

이번에는 호리호리한 사나이가 껌을 짝짝 씹으며 역시 일본말로 말했다.

"네, 준비해 왔어요. 5백이라 하셨죠?"

"네, 그렇습니다."

맨머리의 사나이가 탁자 밑에서 수츠케이스를 들어서 그것을 탁자 위에 올려놓았다. 그리고 케이스를 열고 안에서 일본 지폐 다발을 하나씩 꺼내 놓았다. 고액권 지폐로서 모두 다섯 다발이었다.

"한 다발이 1백만 엔입니다. 세어 보시죠."

발행한지 얼마 안 된 듯 빳빳한 새 지폐를 보자 여인의 두 눈이 빛났다.

여인은 조심스럽게 돈 다발을 하나 집어 느릿느릿 세기 시작했다. 어떻게나 느리게 세는지 5백만 엔을 모두 세고 났을 때는 시간이 거의 30분이나 지났다.

"맞습니다."

여인은 웃고 나서 무릎 위에 올려놓은 큼직한 백을 열고 그 속에서 한국은행권 지폐 다발을 꺼내기 시작했다. 모두 1만 원 권 1백 장 묶음 열 다발이였다. 그중 한 다발은 조금 작아 보였다. 환률을 2대 1로 환산하면 5백 만 엔에 대해 1천만 원을 지불해야 하지만 암거래이기 때문에 커미션 조로 20만 원을 미리 떼고 주는 것이었다.

"모두 9백 80만 원입니다."

"감사합니다."

일인들은 세어 보지도 않고 그 돈을 수츠케이스에 쓸어 넣었다. 여인도 일본 돈을 백에 차곡차곡 집어넣었다.

"이건 비밀이니까 우리 거래를 아무한테도 말씀해서는 안 됩니다."

맨머리의 말에 여인은 웃었다.

"그럼요, 그 점은 안심하여도 됩니다. 비밀을 지켜야 거래가 유지될 수 있으니까요. 또 바꿀 돈 없나요?"

"다시 연락드리겠습니다."

"그럼, 이쪽으로 연락해 주세요. 언제나 연락이 되니까."

여인은 그에게 전화번호가 적힌 명함을 내밀었다.

그런데 그 때 불행한 일이 일어났다.

여인을 따라 일어서던 호리호리한 사나이의 웃저고리 단추가 떨어지면서 저고리가 양쪽으로 벌어졌다. 동시에 옆구리에 차고 있는 피스톨이 밖으로 드러났다. 사나이가 황급히 저고리로 앞을 가리면서 보니 여인의 두 눈이 크게 떠져 있었다.

시선이 마주치자 암달러상은 아무렇지도 않다는 듯 억지웃음을 보이며 문 쪽으로 뒷걸음질 쳤다. 어서 그 곳을 빠져나가야 한다는 생각에 사로잡혀 있는 듯했다.

"바보같이!"

어느새 일어선 맨머리가 동료의 실수를 힐책했다. 긴장감이 감돌았다.

"뭐하고 있어?"

고함을 치자 그 일인은 문 쪽으로 몸을 날렸다. 여인이 막 문을 열려는 것을 뒤에서 덮치자 그녀는

"사람 살려요!"

하고 비명을 질렀다.

두 사람은 뒤엉켜 뒹굴었다. 여인은 자기를 붙잡고 있는 사나이의 손목을 이빨로 물어뜯었다. 뒤쫓아 온 맨머리의 일인이 뒤에서 여인의 목을 왼팔로 휘어 감고 힘차게 끌어당겼다. 여인은 두 손을 허우적거리며 빠져나가려고 발버둥 쳤지만 사나이는 한 치의 틈도 없이 여인의 목을 죄어들었다.

플레이보이처럼 생긴 일인이 앞에서 잭나이프를 꺼내 들고 여인의 가슴을 찌르려고 하자 그는

"그만둬! 욕탕 문이나 열어!"

하고 소리쳤다.

바닥에 허옇게 깔린 지폐 위로 그는 여인을 끌고 갔다. 여인의 얼굴은 푸르죽죽하게 변해 있었다. 숨이 막힌 탓으로 눈알이 충혈된 채 튀어나와 있었고 얼굴은 풍선처럼 부풀어 있었다.

욕조에는 목욕하고 난 더러운 땟물이 가득 들어 있었다. 사나이는 그 속으로 여인의 머리를 처박고 눌렀다. 여인의 상체가 물 위로 불쑥 솟았다. 굉장한 힘이었다. 물을 마신 여인은 콜록콜록 기침을 하면서 숨을 들이킨 다음 다시 물속으로 처박혔다.

여인의 머리는 두 번 다시 수면 위로 올라오지 않았다. 물속에서 괴로운 몸부림을 몇 번 하다가 그녀는 차츰차츰 힘이 빠져 갔다. 5분쯤 지나 여인이 완전히 저항을 멈추고, 수면 위로 꼬르륵 하는 소리와 함께 물거품이 일자 사나이는 후~하고 숨을 내쉬며 상체를 일으켰다.

두 사람은 욕실 밖으로 나와 재빨리 방안을 정리하기 시작했

다. 돈을 모두 쓸어 담고 구겨진 옷자락을 펴고 나자 노크 소리가 들려왔다.

두 사람은 놀란 눈으로 서로를 쳐다보다가 호리호리한 사나이가 문 쪽으로 다가가 조심스럽게 문을 열었다. 맨머리는 피스톨을 꺼내 들고 구석진 곳에 숨었다.

밖에는 호텔 직원이 서 있었다. 직원은 능숙한 일어로 물었다.

"여자 비명 소리 같은 것이 들렸는데, 혹시 여기서 난 게 아닙니까?"

"아, 천만에…… 여긴 여자가 없어요."

일인은 웃으며 문을 닫았다.

드러난 얼굴

점심을 먹고, 커피를 마시고, 목욕을 하고 나서 홍 기자가 시경 기자실로 돌아온 것은 3시 가까이 되어서였다.

기자실은 텅 비어 있었다. 직감적으로 사건이 발생한 것을 알아채고는 심부름하는 소녀를 바라보았다.

"어떻게 된 거야?"

소녀는 보조개를 지으면서 예쁘게 웃었다.

"키다리 아저씨가 이거 주라고 했어요."

홍 기자는 김민규 기자가 써 놓고 간 메모지를 단숨에 읽었다.

<S호텔 505호실에서 살인 사건 발생! 빨리 와라, 이 자식아!>

홍 기자가 땀투성이가 되어 S호텔에 도착했을 때 이미 각 신문사 기자들은 취재를 끝내고 몰려나오고 있을 때였다.

엘리베이터 입구에서 키다리를 만난 홍 기자는 그를 데리고 커피숍으로 갔다.

"여자 암달러상이 죽었어. 목욕탕에 처박혀 죽었어. 담당 직원 말이 그 방에 일본인 두 명이 있었대. 비명 소리가 나서 문을 두드렸더니 일본 놈이 문을 열어 보고는 아무 일 없다고 하면서 도로 문을 닫았대. 그 뒤에 놈들은 줄행랑을 쳤대나 봐."

"놈들 이름은?"

홍 기자는 굳은 얼굴로 물었다.

"투숙객 명단에 나타난 걸 보면 한국인 이름으로 돼 있어. 김기팔(金起八)이라고. 그 방을 애초에 빌린 놈이 한국인이었는데, 방에 들기는 일본 놈들이었다나 봐."

"그 방에 투숙한 건 언제부터였지?"

"3월 5일로 돼 있어. 방세는 한 달 치를 미리 선불했더군."

"그 놈들 인상은?"

"한 놈은 삭발한 데다 콧수염을 기르고 있었고 다른 한 놈은 기생오라비처럼 호리호리한 몸매에 기름을 잔뜩 바른 머리를 올백으로 빗어 넘겼나 봐."

"피해액은?"

"아직 모르나 봐."

그들은 커피숍을 나와 사건 현장으로 올라갔다.

505호실에서는 수사반이 그 때까지 떠나지 않고 자리를 지키고 있었다. 박남구 형사도 그 자리에 있었다. 홍 기자와 시선이 마주치자 박 형사는 얼굴을 찌푸리며 얼른 시선을 돌렸다. 지난 며칠 사이에 얼굴이 많이 수척해져 있었다.

시체는 이미 치워 버렸는지 보이지 않았다.

홍 기자는 박 형사 옆으로 다가가 손가락으로 옆구리를 쿡 찔렀다.

"왜 인상 쓰는 거야! 안면 바꾸기야?"

"조용히 해."

홍 기자는 박 형사를 끌고 창가로 갔다.

"단순 살인강도야?"

"몰라."

박 형사의 말씨는 차가 왔다. 홍 기자는 이죽거리며 웃었다.

"일본 놈들이 여기까지 와서 살인 강도질을 하다니, 처음 있는 일 아니야? 어떻게 생각해?"

"모른다니까."

"꽤 데데하게 구네. 피해액은 얼마야?"

"몰라."

"백은 비어 있었겠지?"

박 형사는 마지못해 고개를 끄덕였다.

홍 기자는 남대문 시장 골목으로 들어갔다. 암달러 골목으로 이름나 있는 곳이었다.

암달러상으로 보이는 중년 여인 몇 명이 길가에 쭈그리고 앉아 수군거리고 있다가 그를 보고 입을 다물었다. 홍 기자는 그녀들을 보고 고개를 꾸벅했다.

"K일보 기잡니다. 이순애 씨 아시죠?"

여인들은 경계의 빛을 띠면서 고개를 끄덕였다.

"사건 아시죠?"

여인들은 묵묵히 그를 바라보기만 했다.

"참 안됐습니다. 피해액은 얼마쯤 되나요?"

"……"

"뭐 숨길 필요 없지 않습니까?"

"형사가 말하지 말라고 그랬어요."

그 중 젊어 보이는 여인이 일어서면서 말했다. 다른 여인들도 따라 일어섰다.

"어떤 형사가 그 따위 말을 하던가요? 혹시 말라빠진 몸매에 얼굴빛이 창백한 형사가 아니던가요?"

"네, 맞아요. 그 형사가 다녀갔어요."

"그 새끼, 형편없는데…… 형님이 오실 줄 모르고……"

"어마, 그럼 그 형사가 동생이세요?"

여인은 눈을 동그랗게 뜨고 물었다. 홍 기자는 웃지도 않고 끄덕했다.

"네, 동생입니다."

"그런데 어쩜 이렇게 다르게 생겼지요?"

"글쎄, 어머니가 바람을 피운 모양이지요."

여자들은 손으로 입을 가리고 웃었다. 그러나 이내 슬픈 표정으로 돌아갔다. 홍 기자는 틈을 노려 다시 물었다.

"이순애 씨는 얼마를 바꾸려고 했었나요?"

"여기서 들었다고 하지 마세요."

"아, 물론이죠."

젊은 여인은 다른 암달러상 여인들의 눈치를 보고 나서 결심한 듯 말했다.

"일본 돈 5백을 바꾸러 간다고 급히 천만 원을 챙겨 갔어요. 돈이 부족해서 여기저기서 빌려 갔다는데……"

"알았습니다. 감사합니다. 헌데 어떻게 연락을 받고 호텔까지 가게 됐나요?"

"글쎄, 그건 잘 모르겠어요."

골목을 나온 그는 국제 전화국으로 달려가서 도오쿄의 엄명국 기자에게 전화를 걸었다. 기다렸다는 듯이 엄 기자가 전화를 받았다.

"아, 그렇지 않아도 전화하려던 참이었어."

저쪽 목소리가 상당히 흥분해 있다는 것을 알자 홍 기자는 긴장해서 수화기를 꽉 움켜쥐었다.

"뭐야? 말해 봐!"

"이쪽 신문들이 상당히 흥분해 있어. 하마다 형사가 서울에서 살해된 걸 알고는 매일 대서특필이야! 그런데 말이야……"

"말해 봐!"

"하마다 형사는 최근까지 사루에(猿江)라고 하는 적군파 간부를 추적하고 있었대. 이건 아직 기사화되지 않은 사실이야. 그리고 지난 22일 하마다 형사는 에이꼬(英子)라는 여자와 함께 한국에 갔었대."

"에이꼬가 누구야?"

"과거에 사루에의 애인이었는데 지금은 아니야. 재일 동포로 일본에 귀화한 여자야. 사루에 한테 버림받고 하마다 형사를 도와주려고 그와 함께 한국에 갔었나 봐."

"그럼 지난번 호텔에서 떨어져 죽은 여자가 에이꼬인가?"

"그럴 거야."

"이봐, 에이꼬의 사진과 사루에의 사진 구할 수 없어?"

"벌써 보냈어."

"어디로?"

"신문사로 보냈어. 오늘쯤 도착할 거야."

"수고했다."

수화기를 철커덕 내려놓고 요금을 치른 다음 홍 기자는 신문사로 달려갔다.

박남구 형사는 도오쿄 경시청 살인과에서 보내 온 자료들을 탁자 위에 쌓아 놓고 한참 들여다보았다.

그것은 일본 적군파에 관한 자료들로 꽤 상세하게 기록이 되어 있었다. 사진은 모두 해서 15장이었다.

그것들을 들고 그는 옆방으로 들어갔다.

그 곳은 조그만 방이었는데, 가운데에 탁자가 하나 놓여 있고, 그 앞에 나비넥타이를 한 호텔 직원이 앉아 있었다.

그 호텔 직원은 겁에 질린 눈으로 박 형사의 움직임을 주시하고 있었다.

박 형사는 탁자 위에 사진들을 펴놓았다.

"바로 이 놈이었어요!"

그 직원은 그 중 한 장을 집어 들고 큰 소리로 말했다.

"틀림없어?"

"네, 거의 한 달 동안 그 방에 있었으니까 낯이 익어요!"

"다른 한 놈은?"

"여기에는 없어요."

호텔 직원을 보내고 나서 박 형사는 뚫어지게 사진을 들여다 보았다.

그가 말 한 사진은 빡빡 깍은 머리, 가늘게 찢어진 눈, 긴 콧날, 가는 입술, 잘 다듬어진 코밑수염, 오른쪽 이마의 흉터 — 바로 하마다 형사와 에이꼬를 살해한 적군파 간부 사루에 준이찌(猿江純一)란 놈이었다.

그는 자기 방으로 돌아와 사루에 준이찌에 관한 자료를 다시 읽었다.

<사루에 준이찌 = 34세. 적군파 행동대원. 제 1조의 조장. 사루에 데이스게(60. 농업)의 장남. 경도대(京都大) 영문과 중퇴. 1972년 1월 7일 도오쿄 검찰청 특수부 부장검사 마쓰노 시게오(松野重夫)를 백주 대로상에서 살해. 1973년 2월 29일 주일 미 대사관 폭파 미수. 1974년 5월 15일 팔레스타인 게릴라와 함께 스위스 항공의 DC-8기를 납치. 인질 12명과 함께 여객기를 요르단 사막에 있는 조르

카에서 폭파 이후 잠적. 무정부주의에서 극좌파로 전향, 마르크시즘의 광신자로 행세. 성격은 포악무도한 것으로 알려져 있음. 야부끼 에이꼬(29 · 은좌클럽 호스티스)와의 사이에 아들을 하나 두었으나 얼마 후 사망.>

박 형사는 어금니를 지그시 깨물면서 회의실로 들어갔다.

거기에는 이미 별동대의 각 조장들 20명이 자리를 잡고 앉아 있었다.

박 형사는 별동대장 옆에 앉아서 사루에의 사진을 높이 쳐들어 보였다.

"암달러상을 살해하고 1천만 원을 강탈해 간 자는 바로 이 자였습니다. 호텔 직원이 조금 전에 확인해 주었습니다. 나머지 한 놈의 신원은 밝혀지지 않았습니다."

긴장과 침묵 속에서 모두가 사루에 준이찌의 사진을 바라보고 있었다.

"이로써 사루에가 서울에 잠입해 있다는 것이 확인되었습니다. 이 사진을 복사해서 전국에 배포하겠습니다. 가능한 한 생포하는 게 다음 수사를 위해 좋습니다."

"생포는 어려울 거야. 그보다 먼저 놈이 자결할 텐데……"

대장이 말했다. 그는 이어서 질문했다.

"놈이 몸을 노출하면서 살인 강도질을 한 이유는 뭐지?"

"글쎄, 확실히 모르겠지만…… 자금이 필요했겠지요. 돈을 바꾸려다가 아무래도 암달러상이 밖에 나가 지껄일 것 같아 죽여 버린 것이겠지요.”

“놈은 머리를 삭발했기 때문에 쉽게 알아볼 수가 있어. 그래도 놈이 밖으로 다닐까?”

“변장하겠지요. 국내 암달러상을 모두 조사해서 최근 누군가가 엔화나 달러를 많이 바꿔 간 사실을 조사해 주십시오. 김기팔은 조사됐습니까?”

“가짭니다.”

“맨 끝자리의 젊은 형사가 재빨리 대답했다.

게릴라, 집결하다

"바보 같은 자식!"

일본말과 함께 여자의 손바닥이 사루에의 뺨을 철썩하고 후려갈겼다.

"얼굴을 드러내고 그런 짓을 하다니, 그런 바보 같은 짓이 어딨어? 여긴 바닥이 좁아서 일단 얼굴이 드러나면 옴치고 뛸 수가 없어!"

이번에는 구둣발로 정강이를 걷어찼다. 사루에는 고통에 못 이겨 얼굴을 찡그렸다.

여자는 길게 찢어진 두 눈을 사납게 치뜨면서 계속 남자를 걷어찼다. 당당하고 위압적인 모습이었다.

바닥에는 조간 신문이 흩어져 있었다. K일보였다. 사회면 톱에 사루에의 사진이 큼직하게 실려 있었다. 다른 신문에는 사진이 없었다.

K일보는 놀라울 정도로 정확하게 보도하고 있었다. 하마다 형사와 에이고를 살해한 것을 비롯, 어제 발생했던 암달러상 살인 사건을 모두 적군파 간부 사루에의 짓으로 단정하고 있었다. 사루에의 정체에 대해서도 비교적 소상히 밝혀내고 있었다.

포악무도한 사루에는 흙빛이 되어 여자 앞에서 떨고 있었다. 저항의 기미는 조금도 보이지 않았다. 철저한 복종만을 보여주고 있었다.

여자는 암호명 레드 로즈(붉은 장미)였다. 적군파를 이끌고 있는 리더였다.

방안에는 다섯 명의 사나이들이 앉아 있었다. 모두가 굳은 표정들이었다.

"용서해 주십시오."

마침내 사루에의 입에서 용서를 비는 말이 흘러나왔다. 레드 로즈는 그 말을 듣자 오히려 더 화를 내면서 미친 듯이 남자를 후려갈겼다.

"그 따위 말이 어딨어? 실수는 있을 수 없어! 실수를 하다니 절대로 용서할 수 없어! 너 때문에 우리 모두가 위험할지도 몰라. 썩 꺼져! 한국을 떠나란 말이야! 그렇지 않으면 내 손으로 죽여 버리겠어!"

여자는 갑자기 품속에서 피스톨을 꺼내더니 총 끝에 소음 파이프를 박은 다음 사루에를 겨누었다.

그 때까지 침묵을 지키고 앉아 있던 사나이들이 우르르 일어나 여자를 만류했다.

"진정하십시오! 사루에 조장의 공적을 인정해서 이번 한 번만 봐 주십시오! 부탁입니다!"

"망할 자식! 빨리 한국을 떠나도록 해!"

"어디로 갈까요?"

"파리에 가서 숨어 있어!"

레드 로즈는 숨을 몰아쉬더니 수화기를 들고 한 곳으로 전화를 걸었다.

"여기는 레드 로즈…… Z를 부탁합니다!"

"여기는 Z…… 신문을 보고 놀랐습니다. 일도 시작하기 전에 그런 실수를 하다니 유감입니다."

"미안하게 됐습니다. 그 건으로 부탁을 드리려고 합니다. 시저의 파리 행을 주선해 주세요. 급합니다!"

"알겠습니다. 준비가 되는 대로 연락드리겠습니다."

"감사합니다."

수화기를 내려놓고 난 여인은 냉수를 벌컥벌컥 마셨다.

한편, 같은 시간

별동대 본부에서는 K일보를 놓고 꽤 시끄럽게 의견이 오고갔다. 모두가 하나같이 분통을 터뜨리고 있었다.

"다른 신문들은 가만있는데, 왜 K일보만 항상 말썽이지?"

대장이 신문을 들고 흔들며 큰 소리로 말하자 박남구 형사가 나섰다.

"다른 신문들은 그렇게 하고 싶어도 못 하고 있습니다. 항상 K일보에 뒤지고 있습니다."

"이래 가지고 어떻게 수사를 하겠어? 우리 쪽에서 누가 정보를 넘기고 있는 게 아니야?"

"그럴 리가 있습니까."

박 형사가 부인했다.

"그럼 K일보 기자들이 우리를 통하지 않고 다른 루트를 통해 취재했다는 건가?"

"그렇습니다."

"담당 기자가 누구야? 그 뚱뚱한 자식인가?"

"네, 홍승표 기자가 맡고 있습니다. 제가 보기에는 우리와 거의 비슷하게 접근하고 있는 것 같습니다."

"접근하다니, 그 자식 겁도 없나?"

"그런 거 상관 않는 저돌적인 기잡니다. 목에 칼이 들어와도 취재를 포기하지는 않을 겁니다."

"그러다가 그 자식, 맞아 죽으면 어떡하지?"

"그럴 거 없이 잡아 가두죠."

별동대원 하나가 시원스럽게 쏘아붙였다. 대장은 고개를 저었다.

"취재 기자를 그럴 수는 없지. 밉기는 하지만 그 친구로서는 자기 직분을 충실히 해내고 있는 거니까!"

"하지만 계속 이렇게 나가다가는 극비 수사고 뭐고 곤란하지 않습니까?"

"벌써 곤란하게 됐어. 이 기사를 보고 사루에 같은 놈은 혼비백산해서 숨어 버릴 거란 말이야. 이렇게 된 바에…… 차라리 놈들이 사고나 일으키지 않고 한국을 조용히 떠나 주면 좋겠어. 그럴 리 없겠지만 말이야."

"홍 기자의 취재를 막을 수 없는 이상…… 그를 보호해 주어야 할 것 같습니다."

박남구 형사의 말에 모두가 어이가 없다는 듯 그를 멀뚱히 바라보았다.

"그렇지 않아도 미워 죽겠는데 보호하다니 무슨 말이지?"

"미운 건 미운 거고…… 홍 기자가 그런 식으로 사건을 파고든다면 어느 땐가는 게릴라와 정면으로 부딪칠지도 모릅니다. 그렇게 되면 십중팔구 살해될 게 뻔합니다. 가정이지만 그 가능성이 많습니다."

침묵이 흘렀다. 모두가 입을 다물고 제각기 생각에 잠겨 있었다. 박 형사의 말에는 일리가 있었다. 한참 후 김 대장이 입을 열었다.

"홍 기자가 눈치 채서는 안 되겠지?"

"물론이죠."

"울며 겨자 먹기군. 할 수 없지. 죽는 걸 보고 있을 수는 없지. 교대로 한 사람 미행시키지."

그 때 전화벨이 요란스럽게 울렸다. 대장이 수화기를 들었다가 표정을 굳히면서 그것을 박 형사에게 넘겼다.

"인터폴의 전화야, 받아 봐."

박 형사는 수화기를 받아 들고 존 베이커와 통화했다.

5분 후 박 형사와 김 대장은 본부를 나와 인터폴 서울 지부로 향했다.

인터폴 서울 지부는 세종로에 있는 25층짜리 신축 빌딩의 15층에 자리 잡고 있었다.

그 곳 출입문에는 아메리카해운 한국지점(The Branch of American Shipping Co.)라는 간판이 조그맣게 붙어 있었다.

안으로 들어서자 열 댓 평쯤 되는 실내에 몇 사람이 앉아 있는 것이 보였다. 박 형사 일행은 옆방으로 안내되어 들어갔다.

존 베이커는 전화를 걸고 있다가 그들을 맞았다. 잿빛 턱수염이 매우 인상적이었다.

"모사드로부터 정보가 들어왔습니다."

인터폴의 사나이는 책상 서랍을 열더니 봉투 하나를 끄집어 냈다. 그리고 내용물을 원형의 탁자 위에 쏟았다.

"모사드라면 어느 기관을 말하는 건가?"

대장이 형편없는 영어로 사나이에게 물었다. 베이커는 벽면의 낮은 선반 위에 놓아둔 지구의의 한 지점을 가리켰다. 바로 이스라엘이었다.

"이스라엘 첩보부의 별명입니다. 보고에 의하면 팔레스타인 게릴라 중에서 가장 극렬 단체인 <검은 9월단>의 간부 하나가 방콕에서 서울행 KAL기에 탑승한 것이 확인되었습니다."

두 한국인의 눈이 커졌다. 충격을 받은 그들은 멀거니 서로를 바라보기만 했다.

"방콕에서 서울행 KAL기를 탄 것은 지난 3월 16일이었습니다. 바로 이 자입니다."

베이커는 크게 확대한 사진 한 장(인물 NO ②)을 내보였다.

선글라스를 낀 모습이었다. 눈썹이 짙고 코밑수염을 달고 있었다. 얼굴형은 길었다. 이마가 좁고 하관이 길게 빠져 있었다. 머리는 약간 장발이었다.

"이 자 말고도 또 하나 있습니다. 역시 같은 그룹의 핵심 인물인데, 뉴욕에서 지난 16일 서울행 노스웨스트기를 탔습니다. 놈들은 같은 날 방콕과 뉴욕에서 서울을 향해 출발한 겁니다. 바로 이 잡니다."

베이커는 옆모습을 찍은 스냅 사진(인물 NO ①)을 가리켰다.

스포츠형 머리에 몹시 말라 보이는 사나이였다. 광대뼈가 튀어나오고 매부리코를 지니고 있었다. 역시 코밑수염을 기르고 있었다.

"그렇다면 <검은 9월단>원 간부 두 명이 또 한국에 잠입했다는 건가?"

박 형사가 통역해 준 말을 듣고 대장이 떨리는 소리로 물었다.

"그렇습니다."

박 형사는 무겁게 고개를 끄덕였다. 김 대장은 급히 담배를 피워 물었다. 담배를 끼고 있는 손가락 끝이 가늘게 떨리고 있었다.

"그럼 도대체 어떻게 된 일이지? 어쩌자고 세계의 게릴라들이 서울로 모여들고 있는 거지. 일본의 <적군파>, 이탈리아의 <붉은 여단>, 팔레스타인의 <검은 9월단>…… 또 어딘가?"

한국 경찰이 놀라는 것도 무리는 아니라는 듯 인터폴의 사나이는 무겁게 고개를 끄덕였다. 그리고 뒤이어 또다시 놀라운 말을 했다.

"서독의 정보국에서도 연락이 왔습니다. 서독 적군파 즉 <바더 마인호프단>의 대원이 파리에서 서울로 직행했다는 겁니다. 역시 지난 16일이었습니다. 놀라운 일입니다."

"이럴 수가 있나? 이게 무슨 날벼락이지? 그 자식들, 어쩌자고 한국으로 몰려오는 거지? 목적이 뭐야?"

"그 목적을 알아내는 것이 급합니다."

박 형사는 서독 적군파 <바더 마인호프단> 대원의 사진을 들여다보았다.

놈은 선글라스를 끼고 있었다. 머리는 장발에 금빛이었다. 입술이 두꺼워 보였다.

알아볼 수 있는 것이라고는 그뿐이었다.

죽음의 타깃

그는 이스라엘 첩보부에서 보내온 극비 자료부터 읽기 시작했다.

▲ 검은 9월단 62 이 이름은 요르단 군이 팔레스타인 난민을 학살한 사건을 기념해서 붙인 것임. 팔레스타인 게릴라 중 가장 극렬한 결사대임. 테러리즘 수출의 전문가들로 구성되어 있는 것이 특징. 최대의 적은 이스라엘이며, 동시에 전 세계의 급진적인 좌익 게릴라 단체들과 긴밀한 관계를 유지하고 있음. 일단 목표를 정한 다음 소집단으로 번개같이 작전을 해치우는 강점을 지니고 있음. 카이로에서의 요르단 수상 암살. 런던에서의 주영(駐英) 요르단 대사 암살 미수. 독일에서 이스라엘에 협조한 혐의로 5명의

요르단인 살해. 로드 공항의 항공기 납치, 이탈리아의 기계 공장 및 파이프 공장 총파업 조종, 뮌헨 올림픽에 참가한 이스라엘 선수단 습격 등 숱한 사건들을 일으킴. 극단적인 민족주의자들인 이들은 민첩한 기동성과 강한 결속력으로 뭉쳐 있으며, 일정한 본부나 사무실도 없이 일이 있을 때만 집결함. 전 세계 게릴라 단체 중 가장 보안이 잘 되어 있음.

▲ 인물 NO ① ═ 성명 미상. 1975년 말 오스트리아의 빈에 있는 OPEC(석유 수출국기구)본부를 습격, 3명의 경비원과 직원을 죽이고 11명의 아랍국 석유상들을 포함한 60명을 인질로 잡은 6명의 테러리스트 중의 하나. 이 자의 인상은 뮌헨 사건의 후속 사건에서 나타난 테러리스트의 인상과 일치하며, 상기한 두 건의 사건에서 보인 행동으로 보아 <검은 9월단>의 간부로 사료됨. 3월 16일 뉴욕에서 서울행 노스웨스트기를 탑승한 것이 확인됨. (뮌헨 사건의 후속 사건은 1972년 10월 29일에 발생. <검은 9월단원>들은 베이루트에서 루프트한자 소속 보잉 707기를 납치한 후 서독에 수감돼 있는 3명의 동료 테러리스트의 석방을 요구함.)

▲ 인물 NO ② ═ 성명 미상. 뮌헨 사건의 후속 사건에서 선보인 바 있음. 1972년 12월 28일 태국의 수도 방콕에서 이스라엘 대사관을 습격한 4명의 <검은 9월단원>들 중의 하나. 이스라엘 순회 대사를 포함한 9명의 이스라엘

관리들을 인질로 잡고 이스라엘 감옥에 갇힌 36명의 팔레스타인 게릴라들의 석방을 요구. 그 후 무사히 탈출. 3월 16일 방콕에서 서울행 KAL기에 탑승한 것이 확인됨.

박 형사는 서독 정보국에서 보내 온 서류들을 검토했다. 그것은 독어와 영어로 타이핑되어 있었다.

▲ 바더 마인호프단 = 일명 서독 적군파. 아나키스트 단체로 출발. 공식 창설 날짜는 1970년 5월 4일. 좌익 학생인 안드레아스 바더와 대학 사회학 여교수인 마인호프가 주동이 되어 창설. 자신들의 이름을 따서 <바더 마인호프>라 명명. 마인호프는 후에 체포되어 감옥에서 목매어 자살함. 극좌 단체인 이들 도시 게릴라들은 좌경 지식인들과 학생들의 은밀한 지지를 받고 있는 것이 특징.

▲ 죽음의 그림자 = 별명임. 본명은 밝혀지지 않음. 1972년 5월 한 미국인 대령 폭살, 함부르크에 있는 스프링거 신문사 건물 폭파, 하이델베르크에 있는 미군 부대 본부 습격 등에서 모습을 나타냄. 지난 3월 16일 파리에서 서울행 KAL기에 탑승.

두 한국인 형사들은 급히 별동대 본부로 돌아와 긴급회의를 열었다.

"3월 16일에 뉴욕, 방콕, 파리를 출발해서 김포에 입국한 외국인들을 모두 체크하도록 해. 40명 씩 3개 반을 편성해서 수사하도록! 이 사진들을 복사해서 모두 한 장씩 갖도록 해! 철저히 조사하도록 해!

대장은 너무 흥분한 나머지 미처 자초자종을 설명하지 않고 지시를 하고 있었다. 박남구 형사가 대신 인터폰을 통해 들어온 정보를 대원들에게 자세히 설명해 주었다. 이야기를 듣고 난 대원들은 하나같이 경악하는 표정들이었고, 벌려진 입들을 다물지 못하고 있었다.

"암달러 조사는 어떻게 됐나?"

"조사 완료됐습니다. 지난 15일 사이에 암달러상들이 사상 유례없는 호황을 누렸습니다. 달러와 엔화가 대량으로 흘러들었는데, 대충 집계한 총액을 보면 달러가 25만 달러, 엔화가 9천만 엔입니다."

나이 든 대원의 보고가 끝나자 대장은 상체를 벌떡 일으켰다.

"그럼 한국 돈으로 전부 얼마야?"

"3억 정도 됩니다."

"뭐라구!"

실내는 찬물을 끼얹은 듯이 조용해졌다.

"그게 말이라고 하는 거요?"

"사실입니다."

"놈들의 거사 자금인 것 같습니다."

박 형사가 단정하듯 말하자 모두가 그를 바라보았다.

"돈을 바꿔 간 자들은 하나같이 처음 보는 자들로 정체불명입니다."

보고자가 무슨 실수나 한 듯이 말하자 대장은 주먹으로 탁자를 쾅하고 쳤다.

"그럼 한 놈도 걸린 놈이 없단 말이오?"

"네, 그렇습니다."

"놈들이 그 많은 돈을 바꿔 갔으면 도대체 뭣에 쓰려고 그러는 거지?"

대장은 박 형사를 바라보았다. 박 형사는 머리를 저었다.

"알 수 없습니다."

"미치고 환장할 노릇이군."

4월의 첫째 날 오후 2시.

일제 슈퍼살롱 한 대가 신촌 로터리를 가로질러 가다가 삼륜차와 충돌했다.

연탄을 잔뜩 실은 삼륜차가 오른쪽에서 달려오다가 슈퍼살롱의 오른쪽 앞부분을 들이받은 것이다.

삼륜차에서 내린 운전사는 얼굴이 벌겋게 달아오른 것이 대낮부터 술깨나 마신 것 같았다.

로터리 한켠에 오토바이를 세워 둔 채 교통정리를 하고 있던 교통순경이 급히 충돌 현장으로 달려왔다.

교통순경은 먼저 슈퍼살롱 운전대에 앉아 있는 사나이에게 차를 길 한쪽으로 붙여 놓도록 지시한 다음 차 안을 유심히 바라보았다. 차 안에는 운전사 외에 뒷좌석에 한 사람이 앉아 있었다.

장발에 선글라스를 끼고 코밑수염이 조금 자란 그 사나이는 좌석에 폭 파묻힌 채 미동도 하지 않고 담배를 피우고 있었다.

"공항에 가야 해요! 급하니까 나중에 처리합시다!"

운전사가 항의하자 교통순경은 머리를 저었다.

"이것 봐, 이렇게 우그러진 차를 몰고 어디로 가겠다는 거야? 급하면 택시 타고 가지 그래!"

순경이 삼륜차 쪽으로 다가서는 순간 슈퍼살롱이 그대로 앞으로 달려갔다.

"저 새끼가!"

교통순경은 화가 잔뜩 났다. 급히 오토바이 쪽으로 달려가 무전기로 연락을 취한 다음 도주차를 쫓아가기 시작했다.

사이렌을 울리며 달려가는 경찰 오토바이를 행인들이 걸음을 멈추고 서서 바라보았다.

슈퍼살롱은 교통 신호를 무시하고 쾌속으로 질주해 갔다. 달리던 차들이 경적을 울리며 황급히 비켜나는 사이사이를 용케 빠져나가고 있었다.ㅋ

교통순경은 차 뒤를 바싹 쫓았다. 오랜만에 도주차를 추적하는 드릴과 함께 스피드가 주는 쾌적한 기분이 한층 가슴을 뿌듯하게 해주고 있었다. 그는 직감적으로 상대가 심상치 않은 자들이라고 생각하고 있었다.

바로 그 때

"탕……"

하는 총소리와 함께 슈퍼살롱 뒤쪽 창문이 와르르 깨졌다.

행인들은 푸른 물체가 공중으로 수 미터 치솟다가 길바닥 위로 떨어지는 것을 보았다. 떨어진 것은 물체가 아니라 교통순경이었다. 주인을 잃은 경찰 오토바이는 인도로 뛰어들더니 은행 정문을 들이받고 처박혔다.

슈퍼살롱은 제2한강교 위에서 경찰의 제지를 받았다. 그러나 상관하지 않고 그대로 질주했다.

김포가도에 들어선 차는 미친 듯이 달려갔다. 무전 연락을 받은 공항 경비대는 공항으로 들어오는 차량들을 모두 제지시킨 다음 차도 위에 철제 바리케이드를 설치했다. 그와 함께 길 양편으로 M16 소총을 든 경비대원들이 포진했다.

5분 후, 질주해 오는 슈퍼살롱의 모습이 시야에 하얗게 들어왔다. 슈퍼살롱은 햇빛을 안고 고기비늘처럼 번쩍이며 달려오고 있었다.

수십 개의 총구가 겨누어진 가운데 총알처럼 날아오던 슈퍼살롱은 바리케이드 앞에서 갑자기 급브레이크를 밟으면서 오른쪽으로 방향을 돌렸다.

그와 동시에 경비대원들의 총이 차바퀴를 향해 불을 뿜었다.

슈퍼살롱이 배가 꺼지듯 밑으로 차가 푹 가라앉자 차 속에서 사람이 하나 튀어나왔다. 장발에 선글라스를 끼고 있었고 오른손에는 피스톨을 움켜쥐고 있었다. 뒤이어 운전대에서 또 한 사람이 나왔다. 장발의 사나이와는 달리 그는 머리 위로 두 손을 번쩍 들고 있었다.

길가에 숨어 있는 구경꾼들은 숨을 죽인 채 그 광경을 지켜보고 있었다.

무거운 정적이 흐른 다음 손을 들고 있던 자가 살려 달라고 외치기 시작했다. 장발의 사나이는 갑자기 자기의 머리칼을 잡아당겼다. 가발이 벗겨지고 맨머리가 나타났다. 그는 뭐라고 외치면서 손을 들고 있는 자를 향해 방아쇠를 당겼다. 손을 들고 있는 자가 비명을 지르며 길바닥 위로 나뒹굴자, 지체하지 않고 경비대원들의 총구가 불을 뿜었다.

차도 한가운데서 맨머리의 사나이는 춤을 추듯이 빙빙 돌아갔다.

"아아아악!"

길고 긴 울부짖음과 함께 마침내 사나이의 몸뚱이는 벌집이 된 채 길 위로 나뒹굴었다.

삼각(三脚)의 정글

열기로 눅눅히 녹아 있던 까만 아스팔트 바닥 위를 검붉은 핏물이 질퍽하게 적셔 주고 있었다. 구름 한 점 없는 파아란 하늘에서는 한낮의 태양이 열기를 내뿜고 있었다.

홍 기자는 길바닥에 걸레처럼 처박혀 있는 시체들을 멀거니 바라보았다. 도무지 그와 같은 일이 일어났다는 사실이 믿어지지가 않았다.

수사관들과 기자들이 뒤엉켜 법석을 떨고 있는 한켠에서 그는 그 자리에 못 박히듯 꼼짝하지 않고 서 있었다.

그의 옆으로 박남구 형사가 다가왔다. 몹시 피로한 듯 눈이 충혈 되어 있었다.

"담배 한 대 줘."

홍 기자가 잠자코 담배를 내밀자 그는 그것을 피워 물면서

"왜 바보같이 서 있어?"
하고 물었다.

홍 기자는 턱으로 시체 쪽을 가리켰다.

"사루에 아닌가?"

"그래, 그 놈이야."

"또 한 놈은?"

"몰라."

"어느 나라 사람이야?"

비로소 홍 기자는 눈에 초점이 모아졌다. 박 형사는 고개를 저었다.

"몰라."

"시종 모른다는군. 아무리 그래도 알아낼 수 있어."

"경고해 두겠어. 목숨이 위험할지 모르니까 너무 깊이 파고들지 마."

두 사람의 시선이 강렬히 부딪쳤다.

홍 기자는 '쿡' 하고 웃었다.

"우정인가 협박인가?"

"천만에. K일보 때문에 우리가 골탕 먹는 건 둘째 문제야. 그보다도 놈들이 자네 목을 노릴지도 모르니까 하는 말이야."

"고맙군. 참고하지."

코웃음 치는 홍 기자를 박 형사는 웃지 않고 쏘아보았다.

"농담이 아니야. 저렇게 길바닥에 쳐 박히고 싶지 않겠지."

"나보다도 자네 걱정이나 해. 초상집 찾아가고 싶지는 않아."

"나중에 가서 후회하지 마."

박 형사는 홍 기자를 노려보고 나서 사람들 사이로 사라졌다.

홍 기자는 시내로 들어가는 차 속에서 문득 박 형사가 한 말이 생각났다. 그 말을 들었을 당시에는 대수롭지 않게 생각했던 것이 시간이 지나자 어느새 가슴 한복판에 가시처럼 들어와 박히는 것을 깨달았다.

농담치고는 좀 진지한 내용인 것 같았다. 그런 때에 일부러 그런 말을 해줄 수 있는 사람은 박 형사뿐일 것 같았다.

그는 자기도 모르게 표정이 굳어졌다. 손바닥이 어느새 땀으로 축축이 젖어 있었다. 너무 지나친 비약이라고 생각했지만, 왠지 박 형사의 말이 뇌리에서 사라지지 않았다.

그는 그 길로 시경 기자실로 가지 않고 본사로 향했다.

이미 연락을 받은 K일보 편집국은 술렁이고 있었다. 이제는 모든 기자들이 도시 게릴라 침투에 대해 신경을 곤두세우고 있었다. 자연히 사건의 흐름을 누구보다도 깊이 알고 있는 홍 기자에게 관심을 집중하고 있었다.

사회부장과 편집국장이 기다렸다는 듯이 안으로 들어서는 그를 데리고 별실로 들어갔다.

"어, 어떻게 됐어?"

말을 조금 더듬는 버릇이 있는 편집국장이 와이셔츠 소맷자락을 걷어 올리며 물었다. 30년을 K일보에서만 봉직한 그는 뭉턱코에 주독이 몰린 탓인지 코끝이 항상 불그죽죽했고 그래서

'딸기코' 라는 별명을 지니고 있었다.

"죽은 놈은 사루에가 틀림없고, 그 밖에는 경찰이 입을 다물고 있어서 알 수는 없습니다."

"차를 추적해 보았나?"

"경찰이 번호판을 떼어버렸습니다."

"보도 관제 하라고 또 연락이 왔어."

사회부장이 두터운 안경 너머로 눈을 빛내며 말했다. 오른쪽 빰이 잔뜩 부풀어 있었다.

"하옇튼 이번 사건은 어마어마한 것이 분명해. 매일 판매 부수가 치솟고 있어. 다른 신문들은 전멸이야. 저녁에 나하고 술이나 한잔하지."

딸기코가 씰룩이는 것을 보면서 홍 기자는 머리를 흔들었다.

"술 마실 시간은 없고…… 부탁이 하나 있습니다."

"음, 뭐든지 말해 봐."

"취재반을 따로 편성했으면 좋겠습니다. 이번 사건을 전담할 특별 취재팀 말입니다. 경찰 꼬리만 밟다가는 다른 신문과 마찬가지가 됩니다. 경찰은 지금 별동대를 조직해서 맹렬히 수색을 벌이고 있는데 우리는 속수무책입니다. 지금까지는 서막이라 우리가 기선을 잡았지만 이제부터는 사정이 다릅니다."

"좋아, 당장 팀을 만들어. 우선 사장님을 만나 보지. 그렇지 않아도 홍 기자를 만나고 싶어 하니까."

홍 기자는 얼굴을 찌푸리며 뒤따라갔다. 특종을 터뜨린 이후 자신이 특별 취급을 받는 것 같아 기분이 좀 언짢았다.

사장실로 들어가자 키 작은 50대 사나이가 벌떡 일어나며 손을 불쑥 내밀었다. 대낮인데 취기로 얼굴이 벌겋게 달아올라 있었다.

"기분이 좋아서 술 한 잔 했어. 창간 이래 요즘처럼 기분 좋아 보기는 처음이야. 홍 기자, 정말 장해!"

사장은 홍 기자의 어깨를 두드리며 껄껄거리고 웃었다.

"멋있어! 아주 멋있단 말이야! 조금 전에 어떤 관리한테서 전화가 왔어. 높은 자리에 있는 사람인데 기사 좀 삼가 달라고 말이야. 어림없는 소리 말라고 호통을 쳤지."

"다름이 아니고……"

사장이 말을 그치기를 기다렸다가 편집국장이 입을 열었다. 국장의 설명이 끝나기도 전에 사장은 탁자를 두드렸다.

"빨리 팀을 만들어! 원하는 대로 다 들어줘! 취재비는 무한정으로 써도 좋아! 전용 취재차도 몇 대 마련해 줘! 가장 우수한 기자들로 팀을 만들도록 해! 김 국장, 지금까지 그런 것 하나 만들지 않고 뭐하고 있었어!"

"즈, 즉시 만들겠습니다."

"홍 기자, 필요한 거 말해 봐."

홍 기자는 사장이 내미는 담배를 받아 들었다.

"제가 보기에는 이번 사건의 취재는 여느 취재하고는 다르다고 봅니다."

"음, 그렇지. 당연하겠지."

"목숨을 내걸어야 할 경우가 없지 않아 있을지도 모릅니다.

그리고 외부에서 상당한 압력이 들어올지도 모릅니다. 그래서 무엇보다도 취재팀이 안전하게 거처를 정하고 합숙 할 수 있는 장소가 필요합니다."

"따로 방 하나를 내주지."

"신문사보다는 호텔 같은 곳이 좋습니다. 방이 두 개 달리고 직통 전화가 있는 넓은 특실이면 아주 적당할 것 같습니다."

기상천외한 요구에 세 사람은 잠시 어리벙벙해 있었다. 홍 기자는 사장이 자신의 요구를 들어주든 안 들어주든 상관없다고 생각했다.

"팀 조직은 저한테 맡겨 주시면 좋겠습니다. 노련한 기자라고 반드시 적합하다고는 볼 수 없으니까요."

사장은 명석하고 판단이 빠른 사람이었다.

"제일 고급 호텔의 특실을 얻어! 먹고 마시는 것도 최고급으로 해도 좋아! 그 밖에 필요한 것은 자네 마음대로 결정해! 무엇이든지 들어줄 테니까. 그 대신 반드시 독주를 해야 해! 알았어?"

"알았습니다. 그 대신 저도 한 가지 조건이 있습니다."

"음, 뭐야?"

"기사는 반드시 신문에 게재해 주십시오! 하나도 빠뜨리지 말고……"

"압력에 굴하지 말라 이거지. 이 사람, 나를 뭘로 아는 거야!"

사장은 눈을 부라리다가 다시 껄껄거리고 웃었다.

별동대 본부 취조실은 살벌한 분위기에 싸여 있었다.

그곳은 지하실이었기 때문에 내부는 여름이 아닌데도 후덥지근했다. 여섯 명의 사나이들 모두가 흥분과 긴장 속에 땀을 흘리고 있었다.

여섯 명 중 한 명은 실내 중앙에 놓여 있는 4각의 긴 탁자 앞에 고개를 숙이고 앉아 있었다. 탁자 위에 놓여 있는 전기스탠드의 강렬한 불빛이 곧장 그 사나이를 향하고 있었다.

그 맞은편에 별동대 김 대장이 앉아 있었다. 나머지 4명은 그 주위에 늘어서 있었다.

시간은 4월 2일 새벽 3시를 가리키고 있었다. 모두 한숨도 자지 못해 피로한 모습이었다.

"변창호! 고개 들어!"

고함소리에 고개를 숙이고 있던 사나이가 자세를 바로 했다. 갓 마흔쯤 되어 보이는 훤한 인상의 사나이였다.

"자고 싶나?"

"네."

몹시 지치고 겁먹은 표정으로 사나이가 대답했다. 김 대장은 탁자를 두드렸다.

"바른대로 대답하면 내보내 준다. 그렇지 않으면 여기서 나갈 수 없어."

"바른대로 대답했습니다. 더 이상 어떻게 말하라는 겁니까?"

사나이는 울듯이 대장을 바라보았다.

"거짓말하지 마! 형한테서 슈퍼살롱을 선물 받았다면서 형에 대해서 아무 것도 모르다니 말이 돼? 말이 되느냐 말이야!"

"모를 수도 있는 거 아닙니까?"

"슈퍼살롱이면 최고급 차야. 그런 차를 전화 한마디로 빌려줘? 더구나 상대가 누군지도 모르면서?"

"형님 부탁을 받고 빌려준 것입니다."

"전화를 걸어온 놈은 어느 나라 말을 했지?"

"한국말을 했습니다. 재일 교포라고 하면서 형님 이야기를 했습니다. 마침 저는 그 전에 일본의 형님으로부터 편리를 봐주라는 전화 연락을 받았던 참이라 빌려준 겁니다."

"아무리 그렇다고 하지만 보지도 않고 빌려 줄 수 있어?"

"저는 지방에 가 있었다고 하지 않았습니까? 부산에 가 있었는데 집에서 그 쪽으로 전화가 온 겁니다. 그래서 집사람한테 빌려주라고 한 겁니다.

박남구 형사는 한쪽 어두운 곳에서 가만히 변창호를 지켜보고 있었다.

육체(肉體)의 향연

신문을 받고 있는 자는 무교동에서 제법 큰 맥주홀을 경영하고 있었다. 홀을 경영한 지는 1년쯤 된다고 했다. 그 전에는 일정한 직업도 없이 무위도식했다. 그런 자가 1년 전에 시내 요지에 맥주홀을 차리고 고급 외제차를 굴리고 있다니, 아무래도 수상한 점이 많았다. 신원 조회 결과 사기 전과 5범임이 드러났다. 사기 내용은 굵직한 것이 못 되고 하나같이 자질구레한 것들이었다.

"그건 그렇다 하고…… 도대체 무슨 돈으로 맥주홀을 차렸지? 그 정도로 차리려면 억대는 가져야 할 텐데……? 그것도 사기해서 얻은 건가?"

"아, 아닙니다."

"그럼 무슨 돈으로 홀을 차렸어? 어디서 돈이 난 거야?"

"처, 처갓집에서 도와준 겁니다."

그러나 그 대답은 거짓이었다. 조사 결과 그의 처가는 시골에서 어렵게 농사를 지으며 살아가고 있는 처지였다.

4월 2일, 날이 새고, 점심때가 지나고, 다시 저녁이 찾아왔지만, 변창호는 횡설수설하기만 할 뿐 바른대로 불지를 않았다.

시간을 다투는 일인 만큼 입을 열 때까지 기다릴 수도 없었다. 강제로 자백을 받아야 했다.

"할 수 없다. 우리도 즐기는 방법은 아니지만 더 이상 지체할 수 없어."

지쳐서 나간 김 대장 대신 심문을 맡은 박남구 형사는 곁에 있는 두 대원에게 눈짓을 했다. 두 대원이 손을 뒤로 돌려 수갑을 채우자 변가는 항의했다.

"왜, 왜 이러십니까? 제가 무슨 죄가 있다고 이러십니까?"

"가만있어."

수갑에 밧줄을 붙들어 맨 다음 그 끝을 천장에 고정되어 있는 고리에 끼우고 잡아당기자 팔이 등짝 위로 치켜 올라갔다. 그 상태에서 몸이 공중으로 붕 뜨자 관절이 마주치는 소리가 우두둑 났다.

"아그그그그…… 아이고, 나 죽네!"

변은 비명을 지르며 혀를 빼물었다. 눈이 튀어나오고 이마의 핏줄이 지렁이처럼 꿈틀거렸다. 얼굴은 시뻘겋게 달아 있었다.

체중 85킬로그램의 사나이가 팔을 뒤로 해서 천장에 매달렸으니 그 고통이야 가히 짐작하고도 남음이 있었다.

"이래도 대답 못 해?"

"아이고, 나 죽네! 아이고! 아이고!"

아무리 고통을 호소해 봐야 누구 하나 들어줄 것 같지 않았다. 수사관들은 싸늘한 눈초리로 그를 노려보고 있었다. 그 중에서도 탁자에 앉아 담배를 피우고 있는 깡마른 형사가 가장 무서워 보였다.

"이건 시작이야. 우리가 당신한테 가할 수 있는 고문은 3백 가지가 넘어. 시작부터 이러면 되나."

박 형사는 탁자에서 천천히 일어서더니 변가의 몸을 휙 잡아 돌렸다.

변가의 몸뚱이가 허공에서 팽이처럼 돌아갔다. 피를 토하는 것 같은 비명이 지하실 안을 가득 채웠다.

"아이구! 그만! 그만! 마, 말하겠습니다."

돌리는 것을 멈추자 변가의 바짓가랑이 사이에서 물이 줄줄 흘러내렸다. 오줌을 싸고 있었다. 공중에서 풀려 내려온 그는 팔을 움직이지 못한 채 한동안 흐느껴 울었다. 자기 딴에는 그렇게 당한 것이 몹시 서러운 모양이었다. 오줌으로 질퍽하게 젖은 바지를 그대로 입은 채 그는 탁자 앞에 다가앉아 마침내 술술 입을 열었다.

"1년 전 슈퍼살롱과 함께 저의 형님이 돈을 대주셨습니다. 그 돈으로 홀을 차린 겁니다. 형님은 모든 걸 비밀로 해 달라고 하셨습니다."

"형 이름은?"

"변창식입니다."

탁자 위에서는 녹음기가 돌아가고 있었다.

변창호가 그의 형과 헤어지기는 30년도 훨씬 전인 일제 때라고 했다. 당시 20대인 변창식은 일본 와세다 대학 경제학부에 재학 중이었는데, 종전 무렵 소식이 끊겼다. 고향의 부모가 모두 세상을 떠나고 변창호는 고향을 떠나 떠돌이 생활을 했기 때문에 형과의 소식이 두절될 수밖에 없었다.

"그런데 어떻게 형을 만났지?"

"2년 전 제가 수원 교도소에 있을 때 어떤 사람이 면회를 왔었습니다. 재일 교포라고 했습니다. 형님의 부탁을 받고 왔다고 하면서 출옥하는 대로 도오쿄로 전화를 걸어 달라고 했습니다. 그래서 두 달 후 출옥하자마자 전화를 걸었습니다."

"그 전화 번호 가지고 있나?"

"없습니다. 그 전화는 사용하지 않으니까 앞으로는 사용하지 말라고 했습니다."

30여 년만의 형제의 전화 상봉은 아주 감격적인 것이었다. 창호는 기억에도 어슴푸레한 형의 모습을 생각하면서 엉엉 울었다. 부모가 모두 별세했으며 자신이 얼마나 고생하고 있는가 하는 것 등을 나중에 가서 너절하게 늘어놓았다. 형이 사업으로 돈을 벌었다는 이야기를 듣고는 놓칠세라 바싹 늘어붙은 것이다.

형이 그 동안 어떤 모습으로 변했으며 정확히 무슨 사업을 하고 있는지 그는 알 리 없었다. 형은 자신에 관한 모든 것을 모호한 상태로 얼버무렸다. 막대한 돈이 굴러들어 오고 고급 외제차가 생기는 바람에 창호는 하루아침에 알부자가 되었다. 자연 질문을 삼가게 되고 형이 시키는 대로만 하게 되었다. 형은 주소도 전화번호도 가르쳐 주지 않았다. 언제나 자기 쪽에서 전화를 걸어오거나 사람을 보내거나 했다.

"그 동안 부탁받은 일을 말해 봐."

"별로 없습니다."

"아무 거라고 좋아. 사소한 거라도 좋으니까 말해 봐."

"돈을 준 적이 있습니다. 형님한테서 전화가 왔는데, 어떤 여자가 찾아갈 테니 자기앞 수표로 5천만 원을 주라고 했습니다. 야부끼 에이꼬라고 하면 무조건 따지지 말고 돈을 내주라고 했습니다."

박 형사는 R호텔에서 추락사한 에이꼬의 사진을 들이밀었다.

"이 여자인가?"

"네, 바로 이 여잡니다."

변가의 눈이 빛났다.

"돈을 주었나?"

"네, 주었습니다. 형님 신세를 지고 있는 처지에……"

"그것이 언제였지?"

"지난 3월 하순경이었습니다."

"3월 26일 전이겠지. 이 여자는 26일에 죽었으니까."

박 형사는 땀을 닦으며 일어섰다. 얼굴빛이 창백했다.

같은 날 밤, 도오쿄 거리에는 비가 내리고 있었다. 오후가 되면서부터 내리기 시작한 비는 밤이 되자 더욱 세차게 내리고 있었다.

K일보 도오쿄 주재 특파원인 엄명국 기자는 클럽의 구석 자리에 앉아 연방 트림을 해대고 있었다. 초저녁부터 마신 술에 그는 거나하게 취해 있었다.

배우처럼 미남인데다 말솜씨가 좋은 그는 영어, 불어, 일어에 능통한 수재였다. 1년 전 아내와 성격이 맞지 않아 이혼한 그는 현재 홀가분한 몸이었지만, 이국 생활이라 항상 가슴 한쪽은 외로움에 젖어 있었다.

"에이꼬에 대해서 정말 아무 것도 몰라?"

그는 곁에 앉아 있는 나이 든 호스티스를 흐릿한 눈으로 곁눈질했다. 빼이 홀쭉한 그녀는 주름살을 지우려고 화장을 짙게 하고 있었지만 나이만은 속일 수가 없었다.

"죽은 사람에 대해서 자꾸 묻는 건 모욕이에요."

여자는 입술을 내밀면서 담배 연기를 길게 내뿜었다.

'빌어먹을……'

엄 기자는 속으로 중얼거렸다. 에이꼬와 평소에 가까이 지낸 여자를 찾느라고 그는 고생이 막심했다. 그런데 막상 찾고 나니 여자가 입을 다물고 있는 것이다. 화가 날 수밖에 없었다.

얼마를 주면 이 여자의 입을 열게 할 수 있을까. 몸으로 때울까. 그러고 싶지는 않다. 생각 끝에 그는 1만 엔을 탁자 위에 올려놓았다. 여자는 그것을 후?하고 불어 버렸다.

엄 기자는 바닥에 떨어진 지폐를 집어 거기에다 1만 엔을 더

얹어 그녀의 손 위에 올려놓았다 여자는 웃으면서 그것을 털어 버렸다.

"왜 이래? 난 더 이상 줄 수 없어. 이제 줄 수 있는 건 이것뿐이야."

그는 손바닥으로 사타구니를 가리켰다. 여자는 인조 속눈썹을 스르르 감으면서 말했다.

"제가 필요한 건 바로 당신 같은 아담이에요. 이렇게 비 오는 밤이면 땀으로 목욕을 하고 싶어요."

엄 기자는 침을 꿀꺽 삼켰다. 갑자기 으스스 한기가 느껴졌다. 당황한 기색을 보이지 않으려고 그는 억지로 웃어 보였다. 빨리 결정해야 한다.

이 늙은 여우의 기분을 나쁘게 해서는 안 된다. 서울에 있는 홍 기자가 밉살맞게 생각되었다.

"좋아, 갑시다."

여자는 묘하게 웃으면서 그를 따라 나왔다.

조금이라도 돈을 아끼려고 그는 값싼 호텔로 찾아들어 갔다.

뒷골목에 있는 삼류 호텔이었는데 밖에서 보기보다는 깨끗하고 조용한 편이었다.

이왕 이렇게 된 거 철저히 해치우자. 그는 방안으로 들어서자마자 옷을 훌훌 벗어던졌다. 여자도 그를 노려보면서 천천히 옷을 벗었다.

벌거벗은 여자의 몸은 생각보다는 의외로 풍만해 보였다. 젖가슴은 무겁게 늘어져 있었고 배에는 군살이 주름을 이루고 있었지만 그런 것들이 오히려 노장다운 저력을 보여주고 있었다.

여자는 많이 굶주려 있었던 것 같았다. 뒤로 다가서서 허리에 팔을 두르자 흐흑 하고 숨을 들이키면서 마치 처음 남자에게 안겨 보는 숫처녀처럼 몸을 부르르 떨었다.

"멋있어요."

여자가 그의 그것을 주무르면서 말했다. 그는 여자의 두 다리 사이로 자신의 오른쪽 다리를 밀어 넣었다.

"이름이 뭐지?"

"후미에(文枝)……"

뜨거운 숨결이 확 끼쳐 왔다.

"아, 난 너무 무시당해 왔어. 남자들은 나를 거들떠보지도 않았어요. 매일 나는 공만 쳤어요."

여자는 어느새 기쁨의 눈물을 흘리고 있었다. 눈물에 얼룩진 화장기가 얼굴을 지저분하게 만들어 주고 있었다.

특별 취재본부(取材本部)

4월 3일 새벽 3시.

M호텔 10층 1호실의 직통 전화벨이 요란스럽게 울렸다. 소파에 앉아 졸고 있던 젊은 기자가 눈을 번쩍 뜨면서 수화기를 집어 들었다.

"도오쿄다! 캡을 바꿔!"

바로 옆에서 걸려 온 전화처럼 쩔렁하고 울린다.

젊은 기자는 옆방으로 뛰어가 팬티 차림으로 침대 위에 처박혀 자고 있는 홍 기자를 흔들어 깨웠다.

"도오쿄에서 전화왔습니다. 전화 왔다구요!"

홍 기자는 술 취한 사람처럼 비틀거리며 일어나 옆방 전화와 연결되어 있는 전화통의 수화기를 집어 들었다.

"나다! 에이꼬에 대한 정보다!"

정신이 번쩍 든 홍 기자는 볼펜을 집어 들었다.

"듣고 있어?"

"응, 빨리 말해."

"이 자식아, 이 정보를 어떻게 얻은 건 줄 아니?"

"어떻게 얻었어?"

"몸을 팔아 얻은 거다! 하룻밤 남창(男娼)이 됐단 말이다. 제기랄……"

"재미 봤겠군."

"뭐라구? 수고했다는 말은 하지 않고 뭐가 어째?"

"여자하고 하룻밤 자는 것도 수곤가?"

"임마, 다리가 떨린다, 떨려! 후들후들 떨린단 말이야! 네 놈의 새끼는 취재한답시고 호텔에 진을 치고 앉아 있는데, 난 이거 뭐야?"

"빨리 말해 봐! 무슨 정보야?"

"형님이라고 불러 봐."

"형님!"

"좋아, 그럼 말하겠다. 죽은 에이꼬와 친했던 후미에라는 여급의 말에 의하면…… 이 여자는 굉장한 색골이야…… 색골이라고 써!"

"알았어, 이놈아."

그의 웃음소리가 잠시 수화기를 울리자 홍 기자는 얼굴을 찌푸렸다.

"에이꼬가 죽기 바로 전에 전화를 걸어왔대. 자기는 지금 위험한 게임을 하고 있는데 거기서 벗어나 도망치고 싶다고 말이야. 목소리가 매우 초조하더래. 그러면서 현재 자기 수중에 한국돈 수천만 원이 있는데 그걸 가지고 아무도 모르는 곳으로 가겠다고 그러더래. 그 때 에이꼬는 R호텔에서 전화를 건 거야. 하마다 형사가 얻어 준 방에서 말이야. 그러다가 살해된 거지."

"그것뿐이야?"

"또 있어. 자기가 어떤 형사를 배신하는 바람에 그 형사가 살해됐다는 거야. 아마 하마다 형사겠지."

"음, 그래서?"

"만일 자기가 죽게 되면 사루에를 비롯한 적군파의 손에 죽을 거라고 했대. 에이꼬는 한국에 잠입한 적군파 요원이 댓 명쯤 되는데 그 중에는 여자도 끼여 있다고 말했어. 그리고 그들은 모종의 거사를 준비하고 있는데…… 그 일을 암호명 Z라고 불렀다는 거야. Z는 또 어떤 인물을 가리키는 암호명이었대. 사루에가 전화를 걸 때 Z라는 말을 여러 번 들은 모양이야."

"그리고?"

"더 이상 밝혀진 게 없어. 그게 전부야."

"도대체 그 모종의 거사라는 게 뭐야?"

"몰라."

"그걸 알아야 해! 그걸 알아야 한다구! 그걸 알아내지 않으면 안 돼!"

홍 기자는 탁자를 두드려 댔다.

"참, 하나 빠뜨린 게 있어. 도움이 될지 모르겠어."

"말해 봐!"

"에이꼬는 심부름으로 자주 제주도에 다녀왔는데, 거기가 그렇게 살기가 좋더라고 자랑하더래."

"제주도……?"

홍 기자는 수화기를 내려놓고 맞은편 벽을 응시하다가 갑자기 벌떡 일어났다.

"제주도 가는 첫 비행기가 몇 시에 있지?"

"9시 30분에 있습니다."

"석 장 준비해!"

그는 커피포트의 플러그를 콘센트에 꽂고 나서 다시 방안을 어정거렸다. 삼각팬티 바람의 그는 한마디로 살찐 돼지 같았다. 어깨가 떡 벌어지고 엉덩이가 여자처럼 드넓게 펴진 것이 다부진 모습이었다.

물이 끓자 그는 탁자 위에 앉아 커피를 타 마셨다. 언제라도 커피를 끓여 마실 수 있도록 방에는 필요한 물건들이 준비되어 있었다.

침대 위의 시트가 벗겨지면서 앳된 처녀의 얼굴이 나타났다. 헝클어진 머리칼 사이로 드러난 얼굴은 갸름해 보였지만 까만 두 눈은 당돌한 빛을 띠고 있었다.

"어머, 제가 타 드릴 건데……"

여자가 시트로 몸을 싸면서 말했다.

"푹 자둬. 바빠질 테니까……"

홍 기자는 커피 잔을 들고 창가로 다가가 커튼을 젖혔다.

여자는 두 남자가 보고 있지 않다는 것을 확인하자 재빨리 옷가지를 집어 들고 욕실로 뛰어 들어갔다. 위에는 녹색의 반팔 티셔츠를 입고 있었지만 아래는 팬티 바람이라 하체가 눈부시게 빛나고 있었다. 포동포동 살이 오른 것이 귀여운 모습이었다.

홍 기자는 유리창에 뚜렷이 반사된 처녀의 뒷모습을 쏘아보다가 커피를 후루루 마셨다.

그가 M호텔 특실을 취재본부로 정한 뒤 선발한 인원은 그 자신까지 합해 모두 10명이었다. 모두 남자 기자로, 기자 경력 2년이 채 못 된 신출내기 들이었다. 노련한 기자들을 젖혀놓고 신출내기들을 선발한 것은 그 나름대로 생각이 있어서였다.

첫째, 노련한 기자들은 명령을 잘 듣지 않았다.

둘째, 노련한 기자들은 순수성이 결여돼서 그만큼 사명감이 적다. (이 점에서 그는 자못 동료 기자들에 대해 불만이 크다. 자기 자신에 대해서도 사건 브로커 같은 기분이 들 때가 없지 않아 있었다.)

셋째, 취재가 위험한 만큼 처자식 있는 노 기자들을 끌어들이고 싶지 않았다.

결국 그는 신출내기들은 상기한 단점이 적기 때문에 이번 일에 적당하다고 판단했고, 그래서 그들만으로 특별 취재팀을 구성한 것이다.

각 부서에서 몸이 건장하고 순발력 있어 보이는 기자들을 한두 명씩 선발했는데, 어디까지나 극비로 했다. 갑자기 10명의 기자들이 한꺼번에 없어지면 비밀이 탄로 날 염려가 있기 때문에 병가원을 내게 하기도 하고, 광고부 같은 곳으로 이동시켜 거기서 빼내 오기도 했다.

9명의 풋내기 기자들은 캡틴으로부터 그들이 선발된 이유와 목적을 듣자 일제히 환호성을 질렀다. 그 동안 억눌려 있던 정열이 한꺼번에 폭발한 듯 그들은 열광했다. 그리고 캡틴에게 선발해 주어 영광이며 고맙다는 말을 수없이 했다. 홍 기자는 미소도 띠지 않은 채 그들에게 말했다.

"이건 단순한 취재가 아니라 하나의 전쟁이라고 생각해야 해. 생명을 걸고 달려들지 않으면 안 돼!"

"각오하고 있습니다. 명령만 내리십시오!"

몸이 건장한 기자가 대꾸했다.

"호텔 특실을 취재본부로 이용하게 할 정도라면 본사에서 얼마나 기대가 큰 줄 알거야. 취재가 끝날 때까지는 귀가하지도 말고 사적인 생활도 일절 금해. 모든 게 극비니까 아무한테도 하고 있는 일을 이야기해서는 안 돼!"

그런데 남자들만 있느니 너무 삭막했다.

누군가가 여기자 하나 끼어 넣으면 어떻겠느냐고 농조로 말했다. 홍 기자는 좋은 아이디어라고 생각했다. 여기자가 한 사람 있으면 분위기도 달라질 것이고 한층 활기를 띠게 될 것이다. 그러나 가장 문제가 되는 것이 잠자리였다. 아무리 뱃심이 좋다 해도 열 명의 청년이 우글거리는 곳에서 배겨낼 처녀는 없을 것 같았다.

홍 기자는 안명라(安明羅) 기자를 떠올렸다.

지난해 입사해서 수습 딱지를 막 뗀, 그야말로 풋사과 냄새가 물씬 나는 햇병아리 여기자였다.

지금은 문화부에서 일하고 있는데 솔직히 말해서 홍 기자는 첫눈에 그녀에게 반해 버렸다. 그 동안 별별 여자를 다 겪어본 노총각으로서는 정말 뜻밖의 충격이었다. 아름답고 패기 넘쳐 보이는 그녀의 모습을 볼 때마다 그는 뒤에서 와락 안아 버리고 싶은 충동을 느끼곤 했다. 그러나 그 답지 않게 행동은 답보 상태였다. 소년처럼 가슴이 뛰어 아직까지 말도 걸어 보지 못하고 있었다. 너무도 싱싱해서 손을 뻗기가 두려울 정도였다.

그렇다고 언제까지고 구경만 하고 있을 수도 없었다. 그렇지 않아도 다른 총각 기자들이 그녀를 노리고 있는 것을 불안하게 생각하고 있던 참이었다.

마침내 그는 용기를 내어 안 기자를 불러냈다. 대선배가 부르는데 안 나올 리가 없다. 그러나 몹시 의아한 눈치였다. 홍 기자는 담배를 연달아 피우면서 조그만 두 눈을 껌벅이다가,

"지금 몇 살이지?"

하고 물었다.

안 기자는 초롱초롱한 눈으로 그를 똑바로 바라보면서 불만스럽게 대답했다.

"스물 셋이에요."

"그럼, 나하고 열한 살 차이군."

"네?"

"아, 아무 것도 아니야. 다름이 아니고……"

그는 땀을 닦고 나서 비로소 용건을 이야기했다.

그런데 놀라운 일이 일어났다. 그것은 전혀 뜻밖이었다. 틀림없이 거절당할 것이라고 생각했는데 그게 아니었다. 그의 말이 끝나기가 무섭게 그녀는 손뼉을 치면서

"어마, 멋있어……. 제발 끼워 줘요!"

하고 소리쳤다.

당돌하고 모험심이 강한 아가씨였다.

"잠자리가 제일 문제야."

"그게 무슨 상관이에요! 문화부 일은 따분해서 싫어요! 끼워 줘요! 잠자리 같은 거…… 아무래도 상관없어요!"

"호이, 좋아! 비밀이야."

그는 손을 내밀며 악수를 청했다. 안 기자는 스스럼없이 손을 내밀었다. 조그맣고 보드라운 손이 왠지 땀에 촉촉이 젖어 있었다. 솜털이 보송보송 자란 그 하얀 손등에 입을 맞추고 싶은 것을 그는 겨우 눌러 참았다.

번개 작전

별동대원 하나가 안으로 뛰어 들어왔다. 벽시계가 오전 9시 20분을 가리키고 있었다.

"홍승표 기자가 행방불명 됐습니다."

스포츠형으로 머리를 짧게 친 그 대원은 홍 기자 보호 임무를 맡고 있던 형사였다.

장방형의 탁자를 둘러싸고 앉아 있던 사나이들의 시선이 일제히 그 대원에게 향했다.

"뭐라구? 언제부터?"

누구보다도 놀란 사람은 박남구 형사였다. 그는 벌떡 일어섰다가 도로 주저앉았다.

"2일 오후부터 보이지 않습니다."

"그럼 왜 이제야 보고하는 거야?"

박 형사는 후배 형사를 노려보듯이 하고 물었다.

"설마하고 기다리다가 이렇게 늦었습니다."

"신문사에 연락해 봤나?"

"네, 친구라 하고 알아봤더니 출장 갔다고만 하고 자세한 건 말하지 않습니다."

"그럼 납치된 게 아니군. 난 또 행방불명이라고 해서 나쁜 쪽으로만 생각했지."

긴장에 싸여 있던 사나이들의 얼굴에 안도의 표정이 나타나면서 분위기가 어수선해졌다.

"출장을 간 거 보니까 핵심에 접근하고 있는 것 같습니다."

박 형사가 오른쪽으로 고개를 돌려 대장에게 말하자 대장의 눈이 허공을 깊이 응시했다.

"홍 기자를 찾아내도록 해! 전국에 수배해! 그러다가 살해라도 당하면 큰일이야!"

"알았습니다."

박 형사가 고개를 끄덕여 보이자 홍 기자를 담당하고 있는 형사가 다시 뛰어나갔다.

박 형사는 탁자 위에 흩어져 있는 서류를 집어 들었다. 서류 위에는 <번개작전> 이라는 붉은 글씨의 스탬프가 찍혀 있었다. 그는 첫 장을 넘기고 읽기 시작했다.

<지난 3월 16일 입국한 각국 도시 게릴라에 대한 수사 보고>

▲ NO ①. 에 대한 수사 = 지난 3월 16일 뉴욕 출발 서울행 노스웨스트기로 김포에 내린 인원은 총 179명. 국적별로는 한국인 52명, 미국인 110명, 일본인 5명, 이스라엘인 2명, 프랑스인 3명, 이란인 2명, 사우디아라비아인 3명, 이집트인 1명, 영국인 1명임. 이들 중 그 동안 출국한 수는 171명. 아직 국내에 있는 8명 중 6명은 거주지가 확실하며 조사 결과 이상 없음. 행방이 확인되지 않은 자는 프랑스인 1명과 영국인 1명. 프랑스인의 이름은 <장 폴 알렝(Jean Paul Allen)> – 상용 복수 여권 소지, 여권 번호는 M12905, 나이는 37세. 입국 카드에 나타난 주소는 파리 몽파르나스 5번가 27번지. 직업은 상업. 영국인의 이름은 <토마스 킹(Thomas King)> – 관용 여권 소지, 여권 번호는 S35775, 나이는 41세. 입국 카드에 나타난 주소는 런던 웰링톤 가 35번지. 직업은 영국 외무성 관리.

▲ NO ②. 에 대한 수사 = 지난 3월 16일 방콕 출발 서울행 KAL기로 입국한 인원은 총 121명. 국적별로는 한국인 50명, 태국인 23명, 미국인 21명, 일본인 9명, 프랑스인 4명, 자유중국인 5명, 독일인 3명, 영국인 2명, 인도인 2명, 필리핀인 1명, 덴마크인 1명임. 이들 중 출국한 수는 112명. 아직 국내에 있는 9명 중 거주지와 신원이 확인된 자는 8명. 이들 8명은 모두 혐의가 없음. 행방이 아직 확인되지 않은 자는 독일인 1명. 이 독일인의 이름은 <칼 민츠(Karl Mintz)> – 상용 복수 여권 소지. 여권 번호는 M1124. 나

이는 45세. 직업은 상업. 입국 카드에 나타난 주소는 프랑크프루트 2번가 53번지.

▲ <죽음의 그림자>에 대한 수사 = 3월 16일 파리 출발 서울행 KAL기로 입국한 인원은 총 162명. 국적별로는 한국인 67명, 프랑스인 29명, 미국인 21명, 일본인 32명, 영국인 10명, 이스라엘 1명, 요르단인 1명, 독일인 1명임. 이들 중 출국한 수는 159명. 나머지 3명에 대한 수사 결과 1명은 혐의 없음. 행방이 알려지지 않은 자는 일본인 1명과 이스라엘인 1명. 일본인의 이름은 <아리요시 미쓰꼬(有吉光子)> - 방문 여권 소지. 여권 번호는 42997. 나이는 29세. 직업은 디자이너. 입국 카드에 나타난 주소는 동경도 문경구 수도(東京都文京區水道) 5의 29. 이스라엘인의 이름은 <모세 다니엘(Moses Daniel)> - 방문 여권 소지. 여권 번호 4913. 나이는 42세. 직업은 교사. 입국 카드에 나타난 주소는 텔아비브 메인스트리트 5의 257.

모두가 타이핑된 서류를 읽고 있었다.

김 대장은 대원들이 모두 읽기를 기다렸다가 하나하나 짚어 나갔다.

"장 폴 알렝에 대한 흔적은 있나?"

"입국 날짜부터 더듬어 보았는데 숙박업소에 그런 이름을 가지고 투숙한 자는 한 명도 없었습니다."

담당 조장이 떨떠름한 표정으로 대답했다.

"그렇다면 인터폴을 통해 이 자의 신원을 확인해 보도록 하지. 프랑스 경찰에 직접 조회할 수 있으면 좋겠는데, 거래가 없으니 원……"

대장은 입맛을 다시고 나서 다음으로 넘어갔다.

"토마스 킹이라…… 관광 여권을 가진 외무성 관리라면 영국대사관에서 알 것이 아닌가?"

"그렇지 않아도 조회해 봤습니다. 그런 관리가 대사관에 온 적은 없답니다. 본국에 신원을 알아보겠다고 했습니다."

형사 같지 않게 생긴 곱상한 조장이 대답했다.

"흔적은?"

"없습니다."

"칼 민츠…… 이 자는?"

"계속 수사하고 있습니다. 아직 걸린 바 없습니다."

"인터폴에 부탁해서 신원을 조회해 봐."

"알겠습니다."

3조장은 뚱뚱했다. 땀을 몹시 흘리고 있었다.

"미꾸리지 같은 자식들…… 일본인 아리요시 미쓰꼬는 여자 아닌가?"

"네, 그렇습니다."

"방문 여권을 소지했다면 방문처가 있을 것 아닌가?"

"네, 있습니다. 입국 카드에는 의류 메이커인 오성물산(五星物産)을 방문하는 것으로 되어 있는데, 알아본 결과 오성에서는 그런 여자 초청한 적 없답니다."

"가짜군. 도오쿄 경시청에 당장 신원 조회 부탁해! 살인과의 다니가와 형사부장을 찾아서 나를 바꿔 줘!"

명령이 내리자 제 5조장은 재빨리 밖으로 뛰어나갔다.

"모세 다니엘의 직업은 교사로 나와 있는데…… 이 이스라엘 인의 방문처는 어딘가?"

"서울 종로구 Y동 328번지 김일국으로 되어 있는데…… 그 번지에 그런 사람은 없습니다. 그 번지는 현재 공원입니다."

"이 자도 인터폴에 부탁해!"

대장은 탁자를 두드렸다. 흥분으로 얼굴이 붉어져 있었다.

'Z의 내용은 무엇일까? 또 누구를 가리키는 것일까?'

비행기가 김포 상공을 벗어나 평온한 위치에 접어들자 홍 기자는 상체를 뒤로 젖히고 허공을 멀거니 바라보았다.

하늘에는 구름 한 점 없이 맑았고, 태양이 눈부시게 빛나고 있었다.

에이꼬가 도오쿄의 후미에에게 전해 준 말 가운데 Z라는 말이 몇 시간 동안 그의 뇌리 속에 박혀 떠나지 않고 있었다. Z의 내막과 정체를 알면 사건의 초점이 잡힐 것이다. 그것을 위해 그는 지금 혹시나 해서 제주행 비행기에 오른 것이다.

생전에 에이꼬는 누군가의 심부름으로 제주도에 자주 다녀왔다고 했다. 무엇 때문에 그녀는 제주도에 가곤 했을까? 어쩌면 제주도에서 키포인트를 잡아낼 수도 있을지 모른다. 그래서 그는 아침 일찍 첫 비행기에 오른 것이다.

일행은 모두 세 명이었다. 안명라 기자와 이태기(李泰基) 기자가 그와 동행이었는데, 이 기자는 우람한 체격이라 보디가드 격으로 안성맞춤이었다.

두 남자 사이에 안 기자는 포근히 앉아 있었다. 안개처럼 퍼져오는 달콤한 여자 냄새에 홍 기자는 벌써부터 취하는 것 같았다.

'지금 요 계집애를 데리고 신혼여행 가는 거라면 얼마나 좋을까! 아, 그 달콤함이여!' 뜨거운 피가 솟구쳐 오르는 것 같았다. 그는 자리를 고쳐 앉으며 한숨을 내쉬었다.

그가 안 기자를 동행시킨 것은 첫째 함께 여행하고 싶어서였고, 둘째는 혹시 여자가 필요하게 될지도 모르기 때문이었다.

"제주도 가 봤나?"

"아뇨, 처음이에요."

안 기자의 투명한 눈이 유난히 반짝이고 있었다. 홍 기자는 혹시 자신이 지금 탐욕스런 표정을 짓고 있지나 않을까 해서 일부러 딱딱한 얼굴로 돌아갔다.

"대학에서는 뭐 전공했어?"

"불문학이에요."

"아, 그래……"

"선배님은요?"

눈이 부셔서 차마 마주 바라볼 수가 없었다. 그는 시선을 돌린 채 담배를 뽑아 물었다.

"난…… 고고학을 공부했지."

"어머, 그래요? 영 다른 코스네요."

"그런 셈이지."

한 시간쯤 지나 KAL기는 제주 상공에 들어섰다. 푸른 바다와 점점이 떠 있는 섬들을 보고 있는 동안 비행기는 어느새 기수를 내리고 활주로에 접근하고 있었다. 15분 후 그들은 택시를 타고 공항을 벗어났다.

안 기자는 시종 미소를 머금고 있었고, 이 기자는 언제나처럼 무뚝뚝한 표정이었다.

홍 기자는 일류 관광호텔인 S호텔로 차를 몰게 했다. 어떤 가능성을 찾을 수 있는 곳이라면 아무래도 일류 호텔일 것 같은 생각이 들었기 때문이다.

얼마 후 그들은 호텔 앞에서 택시를 내렸다.

S호텔은 신축된 지 얼마 안 된 매머드 호텔로 바로 바닷가에 우뚝 솟아 있어서 전망이 기가 막히도록 좋았다.

그들은 2층에 있는 커피숍으로 올라가 우선 커피부터 한 잔씩 마셨다.

이상한 사람들

"아, 저 갈매기 봐!"

안 기자가 커피를 마시다 말고 하늘에 그림처럼 떠 있는 갈매기를 가리켰다. 하얀 치아가 촉촉이 젖은 입술 사이로 반짝이는 것이 보였다.

홍 기자는 미소하면서 갈매기를 바라보았다.

검은 점이 박힌 갈매기는 날개를 편 채 공중에 가만히 떠 있었다. 움직이지도 않고 그렇게 떠 있는 것이 신기해 보였다.

"어마, 어쩌면 저렇게 움직이지도 않고 떠 있지……"

"상당히 외로워 보이는군. 아마 수놈일 거야."

"어떻게 그걸 아세요?"

안 기자의 눈이 반짝였다.

"암놈은 저렇게 혼자 있는 법이 없지. 언제나 수놈의 호위를 받거든. 저놈은 아마 애인이 죽었거나 아니면 애인하고 헤어졌을 거야."

"어떻게 그렇게 잘 아세요?"

"군대 생활할 때 해안 경비 초소에 2년 동안 근무했었지. 밤낮으로 수평선만 바라보는 게 일과였으니까."

이 기자는 커피를 마시고 나서 하품을 하고 있었다.

"우선 여기다 방을 하나 정하지."

"맨 꼭대기에다 얻어요. 전망이 좋을 거예요."

안 기자의 말에 홍 기자는 미소로 대답했다.

그들은 커피숍을 나와 프런트 데스크로 다가갔다.

"맨 위층에 방 하나 부탁합니다. 트윈이면 좋겠는데……"

"맨 위층은 안 됩니다."

프런트 계원이 사무적으로 대답했다.

"왜요?"

"20층은 모두 차 있습니다."

"몇 층까지 있나요?"

"21층까지 있는데 21층은 스카이 라운지입니다."

"관광철도 아닌데 그렇게 방이 동이 났나요?"

프런트 계원은 길게 말하기 귀찮다는 듯 잠자코 고개를 끄덕이다가는

"20층만 그렇고 다른 층은 많이 비어 있습니다."

라고 말했다.

"그래요? 20층이 전망이 좋아서 그러나?"

"……"

홍 기자는 상대의 기분 따위는 아랑곳하지 않고 내키는 대로 물어 댔다.

"좋아요, 19층을 부탁합시다."

곱상하게 생긴 직원 한 명이 그들을 안내했다.

복도를 사이에 두고 4대의 엘리베이터가 서로 마주보고 있었다. 한쪽에 두 대씩이었다. 그들이 서 있는 쪽의 한 엘리베이터 문에는 <특별용>이라는 팻말이 붙어 있었다. 특별용과 나란히 서 있는 엘리베이터에 오르면서 홍 기자는 직원에게 물었다.

"특별용은 누가 사용하는 건가?"

"특별한 사람들이 사용합니다."

"특별한 사람들이라니, 나도 특별한데……"

직원이 씨익 웃었다.

"이를테면 재벌이나 특권층들 말인가?"

"글쎄요, 뭐라고 할지……"

직원은 묘하게 웃으면서 얼버무리는 것이었다. 직원을 바라보는 홍 기자의 표정이 굳어지고 있었다.

그들이 얻은 방은 19층 5호실이었다.

그들을 안내하고 돌아서는 직원을 홍 기자가 붙들었다. 팁을 두둑이 주면서 물어볼 말이 있다고 하자 직원은 순순히 소파로 다가와 앉았다.

"지금 이 호텔에 엘리베이터를 특별히 이용하는 그 특별한 사람이 있다는 건가?"

"네, 잘은 모르지만……"

직원은 함부로 말한다는 것이 꺼림칙한지 몹시 망설이는 눈치였다.

"괜찮으니까 이야기해 봐요."

"왜 그렇게 거기에 관심을 가지고 계신가요?"

"음, 신문사에 있기 때문이지."

홍 기자는 기자증을 내보였다가 얼른 집어 넣었다.

"아, 기자시군요."

"음, 그래. 그래서 호기심이 많은 거야."

"그렇다면 저기…… 제가 말했다는 말은 누구한테도 해서는 안 됩니다. 함부로 입을 놀리지 말라고 해서……"

"아, 물론…… 그런 건 염려하지 마."

직원은 머뭇거리다가 마침내 입을 열었다.

"사실은 저도 확실히 알지는 못해요. 단지 20층 전체를 외국인이 전부 사용하고 있고…… 그리고 그 사람들이 엘리베이터를 하나 전용하고 있죠. 다른 손님이 20층을 요구하면 방이 모두 나갔다고 그러죠. 거기는 특별히 허락받은 사람 외에는 출입할 수가 없어요. 돈이 굉장히 많은가 봐요."

3명의 기자들은 하나같이 긴장된 빛을 보였다. 홍 기자는 직원의 얼굴에서 눈을 떼지 않고 물었다.

"그럼 그 외국인이 20층 전체를 전세라도 냈단 말인가?"

"아마 그런가 봐요."

"어느 나라 사람인데……?"

"잘 모르겠어요. 모든 게 비밀이니까요."

"숙박 카드를 보면 알 거 아니야?"

"그런 것도 없어요."

"몇 사람이나 돼?"

"글쎄요, 한 서른 명 남짓 될 거예요."

"20층에는 방이 모두 몇 개 있나?"

"스물다섯 개 있어요."

"그 사람들이 온 건 언제야?"

"지난 달…… 아니, 저 지난 달, 그러니까 2월 초순경에 왔어요. 올 때 어마어마했죠."

2월 초순, 눈발이 희끗희끗 날리는 어느 날 저녁 무렵이었다고 했다.

일단의 외제 고급 승용차의 행렬이 경찰의 삼엄한 호위를 받으며 S호텔로 들이닥쳤다. 공항에서 달려온 듯했다. 나중에 들은 얘기로는 항공사의 정규 노선 여객기가 아닌 특별 전용기편으로 도착한 사람들이라고 했다.

외제차는 모두 해서 10대였다. 그 중에 가장 중요시되는 차가 한 대 있었다. 검은빛 나는 그 차는 미제 캐딜락이었는데, 행렬의 중간에 위치하고 있었다. 호텔 앞에서 행렬이 멎자 앞뒤에서 10여 명의 사나이들이 뛰어내려 캐딜락을 에워쌌다. 완전한 인의 장막이었다. 그 장막 사이로 캐딜락 문이 열리면서 밍크코트로 몸을 감싼 여인 하나가 밖으로 내려서는 것이 보였다. 짙은 선글라스를 끼고 있어서 얼굴을 알아볼 수는 없었다. 빨간 입술이 멀리서 보기에도 유난히 육감적이었다.

그녀는 머리에도 털모자를 쓰고 있었다. 그녀를 따라 어린 남매로 보이는 소년 소녀가 내렸다. 남자아이는 열 서너 살쯤 되어 보였고, 여자아이는 열 살이 채 못 된 것 같았다. 남자아이가 흑발인 데 비해 여자아이는 긴 금발이었다. 맨 마지막으로 검은 털에 흰 점이 박힌 큰 개 한 마리가 유난히 커 보이는 귀를 흔들어 대며 뛰어내렸다.

첫 눈에도 그들 세 명은 가족인 듯했다. 그들이 움직이자 모두가 따라 움직였다. 그들이 멈춰서면 나머지 사람들도 똑같이 걸음을 멈추었다. 그들을 둘러싼 10여 명의 건장한 사나이들은 빈틈없는 장벽을 구축하고 있었다. 그들의 뒤를 약간 격이 떨어져 보이는 여인들과 남자들이 따라갔다.

일행은 모두 30명쯤 되어 보였다. 그들은 이미 예약이 된 듯 엘리베이터를 타고 20층으로 올라갔다.

그날부터 20층은 외부인의 출입이 통제되고 완전한 베일에 가려지게 되었다. 엘리베이터 4대 중 1대도 20층 사람들만을 위해 통제되었다. 그들이 왜 거기에 와 있는지, 그리고 어느 나라 사람들인지 아는 사람은 아무도 없었다.

그들은 식사며 청소 및 그 밖의 잡무를 그들 스스로가 해결했다. 듣기로는 쿡이며 청소부, 미용사까지 데려왔다고 했다.

이야기를 듣고 난 홍 기자 일행은 아연했다. 들어서는 안 될 것을 들은 것처럼 그들은 한동안 멀뚱히 앉아 있었다.

"듣기로는 무슨 왕족이래요. 그런데 남편은 없고, 부인만 자식들을 데리고 왔어요."

"왕족? 어느 나라의……?"

홍 기자가 뭉툭한 코를 씰룩하고 움직였다. 직원은 고개를 흔들었다.

"모르겠어요. 왕족이라고만 들었어요. 그리고 어마어마하게 돈이 많다고 들었어요."

"그 여자 좀 볼 수 없나?"

"가끔 볼 수 있어요. 아들 딸하고 개를 데리고 가끔씩 바닷가를 거닐곤 하는데 언제나 색안경을 끼고 있어서 어떻게 생겼는지 얼굴을 알아볼 수 없어요. 그렇지만 몸매는 기막히게 빠졌어요. 얼마 전에 비키니 차림으로 수영하는 것을 봤는데, 몸 하나 기차던데요."

직원은 안 기자를 흘끔 보면서 멋쩍게 웃었다.

"물론 경호가 엄중하겠지?"

"아이고, 말도 말아요. 그 여자가 밖에 나와 거닐면 경호원들이 열나게 설쳐대요. 그 여자 부근엔 개미새끼 한 마리 얼씬 못 하게 해요. 처음에는 부러워 보였는데…… 나중에는 그 여자처럼 불행한 여자도 없다는 생각이 들데요."

"왜?"

"아, 생각해 보세요. 사람 접촉을 못하니 얼마나 외롭겠어요. 돈이 아무리 많대도 그런 생활은 정말 못 하겠대요."

"우리 한국 경찰도 그 사람들을 보호하고 있나?"

"네, 형사들이 언제나 쫙 깔려 있어요. 그렇지만 한국 형사들은 밖에서만 서성거리는 것 같아요."

"몇 명쯤 되나?"

"그걸 제가 어떻게 압니까? 그 사람이 그 사람 같은데……"

"으음…… 고마워. 자, 이거 받아. 그리고 좋은 소식 있으면 수시로 알려줘. 한 건에 만 원씩 팁을 줄 테니까."

만 원짜리 한 장을 더 받아 든 직원은 연방 머리를 숙이며 일어섰다.

"저한테 들었다는 말 절대 하지 마십시오."

"아 물론……. 남자끼리의 약속인데…… 그건 염려하지 마."

직원이 나가자 홍 기자는 흥분을 감추지 못하고 서성거렸다. 조금 뒤 그는 수화기를 집어 들고 서울을 부탁했다.

5분도 못 돼 취재본부의 전화벨이 따르르 울렸다. 이윽고 찰칵하는 소리와 함께

"네, 뭘 드릴까요?"

하는 암호 물음이 들려왔다.

"캡이다! 사진부의 임 기자를 빨리 보내! S호텔 19층 5호실이다! 무비 카메라와 망원 렌즈도 준비해 오라고 그래. 극비다!"

수화기를 철컥 내려놓는 홍 기자 이마에 땀이 번지고 있었다.

금발녀(金髮女)의 정체(正體)

①. 장 폴 알렝 – 가명, 위조 여권 소지(인터폴 보고).

②. 토마스 킹 – 가명, 위조 여권 소지(영국 외무성 보고).

③. 칼 민츠 – 가명, 위조 여권 소지(인터폴 보고).

④. 아리요시 미쓰꼬 – 가명, 위조 여권 소지(도오쿄 경시청 보고).

⑤. 모세 다니엘 – 가명, 위조 여권 소지(인터폴 보고).

행적이 밝혀지지 않은 5명은 이로써 위조 여권을 소지하고 밀입국한 게릴라로 밝혀졌다.

달리 그들을 해석할 여지가 없었다.

"이들은 여벌로 위조 여권을 여러 개씩 가지고 있을 가능성이 큽니다. 가지고 있는 여권이 위태롭다고 생각될 때 다른 것으로 대체할 겁니다."

"빌어먹을, 그게 문제야!"

박남구 형사의 말에 김 대장은 맞장구를 치면서 주먹으로 탁자를 두들겼다.

"다섯 명, 여자까지 낀 다섯 명의 게릴라! 어떻게 생겨 먹었는지 모르지만 일단 체크에 걸렸어! 기어코 잡아내고야 말겠다. 이 놈들 외에 또 몇 명이나 있을까?"

"아마 몇 명은 더 있을 겁니다. 아리요시 미쓰꼬는 일본 적군파일 겁니다."

김 대장은 고개를 끄덕이면서 서류철 속에서 사진 한 장을 꺼내 벽에 압정으로 고정시켰다.

"바로 이 여자가 일본 적군파의 보스야! 도오쿄 경시청에서 보내 온 자료에 들어 있었어!"

모두가 아연한 눈으로 벽에 붙은 사진을 바라보았다.

"날카롭게 생겼어. 눈이 길게 찢어지고 광대뼈가 튀어나온 것이 독하게 생겨 먹었어. 이름은 시모다 유미꼬(下田由美子)…… 나이는 31세…… 암호명 레드 로즈…… 붉은 장미라는 뜻이지. 파리 솔본느 대학에서 현대 미술을 전공했지. 알려진 것은 그것뿐이야. 잔인무도한 것으로 정평이 나 있어."

그것은 크게 확대된 흑백 사진이었다. 머리를 길게 기른 여인이 가늘게 찢어진 눈으로 웃고 있었다. 서른 살쯤 되어 보이는 강인한 인상의 여인이었다.

"그렇다면 아리요시 미쓰꼬가 혹시 유미꼬 아닐까요?"

"그럴 가능성이 크지. 적군파에 여자들이 몇 명 있다고 하는데…… 아무래도 큰 거사라면 보스가 나타날 법하지."

"망할 년 같으니라구! 내 손에 걸리기만 해봐라. 다리몽댕이를 분질러 놓고 말테다!"

다혈질의 대원 하나가 쏘아붙이는 것을 대장이 가로막았다.

"함부로 덤비지 말고 조심해! 보통 여자가 아니니까! 남자들까지 부하로 거느리고 있을 정도라면 얼마나 드센 여자인가를 알 수 있을 거야."

그 때 전화벨이 울렸다. 박 형사가 수화기를 귀에 댔다가 김 대장에게 넘겼다.

"도오쿄에서 전화입니다."

김 대장은 낚아채듯 수화기를 받아 들고 일본말로,

"아, 다니가와상……"

하고 말했다.

10분쯤 지나 그는 수화기를 내려놓고 통화하는 동안 메모해 둔 것을 잠시 들여다보았다. 이윽고 그는 고개를 번쩍 쳐들고 둘러앉은 대원들을 바라보았다.

"도오쿄의 다니가와 형사부장으로부터 변창식에 대한 보고가 들어왔다!"

모두가 자리를 고쳐 앉으며 긴장한 표정을 지었다. 김 대장은 몹시 흥분해 있었다.

"변창식은 조총련 정보 책이야!"

"네? 뭐라구요?"

소스라치게 놀라는 대원들을 향해 김 대장은 손을 들어 보이고 말했다.

"조총련 정보책이라면 평양과 직접 선이 닿는 막후 실력자야! 놀라운 일이다!"

"그럼 이번 사건의 배후에 조총련이 있다는 말씀인가요?"

"조총련이 아니지. 조총련은 중간 정거장이고…… 배후는 평양이야. 거기가 바로 사령탑이야."

이번에는 모두가 입을 다물었다. 너무 놀란 나머지 입을 여는 것조차 두려워하는 것 같았다.

"변창식은 일제 때 와세다 대학 경제학부에 다니다가 일경에 체포되어 해방될 때까지 2년 동안 옥살이를 했어. 공산주의 운동을 했기 때문이야. 해방 후 그가 어떻게 지냈는지는 밝혀지지 않았어. 최근에 갑자기 부상한 인물이라 경시청이 은밀히 내사했던 모양이야. 그러나 대수롭지 않게 여기다가 우리 부탁을 받고 심상치 않은 인물이 된 것을 안거지. 최근에는 부쩍 평양에 다녀오는 빈도가 잦다는 거야."

"대장님, 도오쿄에 한번 다녀오셔야 되지 않겠습니까?"

박 형사의 말에 김 대장은 당연하다는 듯 고개를 끄덕였다.

"그렇지 않아도 오늘 비행기로 떠나야겠어. 자리가 있는지 좀 알아봐 줘."

말석에 앉아 있던 대원이 밖으로 뛰어나갔다.

4월 4일 오후 2시경. 남쪽에 있는 섬 지방이라 4월인데도 한

낮은 조금 더운 편이었다.

S호텔 19층 5호실의 창문에는 아까부터 4명의 남녀가 창가에 달라붙어 해변을 바라보고 있었다.

호텔 앞 백사장에는 금발의 여인 하나가 소년 소녀와 개 한 마리를 데리고 한가롭게 거닐고 있었다. 여인은 짙은 선글라스를 끼고 있어서 얼굴을 알아볼 수가 없었다.

그녀는 검정색 비키니 수영복 위에 가운을 걸치고 있었다. 때때로 여인이 호텔 쪽으로 몸을 돌릴 때마다 미끈하게 뻗은 육체의 앞부분이 가운 사이로 드러나 보이곤 했다.

늙은 사진 기자 임창득은 연방 셔터를 눌러 대고 있었고 홍 기자는 망원경으로 여체를 살피기에 정신이 없었다.

여인은 몸가짐이 우아했다. 그러면서도 어딘지 모르게 도발적인 분위기를 띠고 있었다.

여인은 갑자기 가운을 벗어던졌다. 선글라스도 벗어던졌다. 풍만한 육체가 태양 아래 눈부시게 드러났다. 터질 듯이 부푼 젖가슴이 흔들렸다. 히프의 볼륨이 거대해 보였다. 마침내 그녀의 몸이 바다 속으로 뛰어들었다.

셔터 누르는 소리가 찰칵찰칵 들려왔다. 경호원들이 물가로 움직이는 것이 보였다.

소년과 소녀는 개와 함께 뛰어다니고 있었다.

여인은 매우 능숙한 수영 솜씨를 지니고 있었다. 순식간에 바다 가운데로 나가더니 조그맣게 보였다.

어느새 경호원 두 명도 물속으로 뛰어들어 여인 쪽으로 헤엄쳐 가고 있었다. 여인은 놀리기라도 하듯 점점 멀리 헤엄쳐 나가고 있었다.

"어머머, 저 여자 겁도 없나 봐."

안 기자가 새끼손가락을 입에 문 채 말했다. 같은 여인으로서 일종의 질투 비슷한 감정을 느끼고 있는 것 같기도 했다.

"안 기자는 수영할 줄 알아?"

"못 해요."

안 기자는 화가 난 듯 대답했다. 홍 기자는 여전히 망원경을 눈에 댄 채

"저 여자 몇 살이나 돼 보여?"

하고 물었다.

"글쎄요, 외국인들은 나이를 종잡을 수가 없어서…… 몸이 좋은걸 보니까 젊은 여자 같은데요."

이태기 기자가 제법 아는 체하며 말했다.

"40은 못된 것 같고, 서른은 넘은 것 같고…… 한 서른 댓쯤 돼 보이는데요."

사진 기자의 말에 홍 기자는 동감이라는 듯 끄덕였다.

셔터를 정신없이 누르고 난 임 기자는 이번에는 무비카메라를 돌리기 시작했다. 다르르 하고 필름 돌아가는 소리가 기분 좋게 귓속으로 흘러들어 오기 시작했다.

한 시간쯤 지나 여자가 물속에서 나왔다. 뒤따라 나온 경호원들은 녹초가 된 듯 비틀거리고 있었다.

햇빛을 받아 물방울이 반짝거리자 여인의 육체는 그야말로

더 한층 눈부시게 빛났다.

"야, 멋진데……. 선글라스를 벗으니까 상당한 미인이야."

홍 기자는 망원경을 안 기자에게 내주었다.

"날씬한데요."

안 기자는 망원경을 들여다보면서 말했다.

그 때 노크 소리가 들렸다. 이 기자가 문 쪽으로 다가가 살그머니 문을 열자 호텔 직원이 문 앞에 서 있었다.

"저기, 드릴 말씀이 있어서요."

"아, 들어와."

직원은 주위를 살피고 나서 재빨리 안으로 들어섰다.

"좋은 소식 알려 달라고 해서 왔지요."

"음, 그래. 좋은 소식 있어?"

"좋은 소식일지 모르겠습니다."

"아무거나 좋으니까 말해 봐."

"그 외국인들 말입니다. 매일 호텔을 나와 차를 타고 어디를 다녀오고 있습니다. 서귀포에 다녀온다고 들었습니다."

"그래? 서귀포에는 왜?"

"거기다 어마어마한 별장을 짓고 있다고 합니다. 벌써 오래 됐다고 합니다. 여자가 여기 오기 전부터 짓고 있었답니다. 그리고 여자도 한번 거기에 갔다 왔다고 합니다."

"그래, 좋은 소식이군. 어마어마한 별장이라…… 좋았어."

홍 기자는 보상금 1만원을 직원 손에 쥐어 주었다.

"고마워, 계속 부탁해."

직원이 나가고 나자 홍 기자는 방안을 빙빙 돌았다.

"거대한 별장이라…… 아예 제주도에 묵을 셈인가?"

"남의 가난한 나라에 와서 되게 폼을 잡는데요. 도대체 국적이 어딥니까?"

이 기자가 눈을 부라리며 말했다.

"글쎄 말이야, 곧 밝혀지겠지. 내일은 서귀포에나 가 봐야겠군."

조금 뒤 그는 취재본부로 전화를 걸었다.

"네, 뭘 드릴까요? 커피를 드릴까요? 저를 드릴까요?"

"캡이다! 임마, 까불지 마! 5호, 6호는 즉시 비행기로 내려와! 지원요청이다!"

심야(深夜)의 침투

초승달이 희미하게 빛나는 밤이었다. 홍승표 기자는 안명라 기자와 함께 모래밭 위를 거닐고 있었다.

홍 기자로서는 가까스로 마련한 기회였다. 여자와 단둘이 가지고 싶은 기회란 어디까지나 자연스럽게 마련해야 한다는 것을 그는 잘 알고 있었다.

"아, 좋아요."

안 기자가 달콤한 목소리로 바다를 바라보며 말했다. 미풍에 그녀의 머리칼이 날리고 있었다. 코끝에 스치는 머리 냄새가 향기로웠다.

그녀는 숫제 구두를 벗어 들고 맨발로 모래밭을 걷고 있었다. 파도의 끝이 발을 적시는 것을 즐거워하면서 그녀는 연방 탄성을 지르곤 했다. 홍 기자 역시 실로 오랜만에 모든 것으로부터 해방

되어 순진한 기쁨에 젖어 들고 있었다. 그가 마음에 꼭 드는 여자와 함께 이렇게 밤에 바닷가를 거닐어 보기는 난생 처음 있는 일이었다.

그래서인지 그는 처음부터 마치 순진한 소년처럼 가슴이 두근거리고 있었다. 그 귀중한 기회를 잃을까 봐 자못 두려움을 느끼기조차 했다.

얼굴을 만져주는 듯한 부드러운 바람과 파도 소리와 어둠이, 그리고 모래밭 위에 그들만 있다는 사실이 두 사람의 감정을 밀착시켜 주고 있었다.

바다와 하늘이 서로 맞닿은 먼 수평선을 가리키며 안 기자가 말했다.

"저기 수평선 너머로 멀리 떠나고 싶어요, 정처 없이……"

"나하고 떠날까?"

그는 가만히 그녀의 손을 감싸 쥐었다. 그녀는 움찔하고 놀라는 것 같다가 그대로 잠자코 고개를 끄덕였다.

"정말?"

"네…… 정말이에요."

물론 거짓말일 것이라는 것을 그는 잘 알고 있었다. 그러나 분위기가 그러한 거짓말을 강요하고 있었다.

그녀의 손은 조그맣고 보드라웠다. 언제까지고 쓰다듬고 싶은 그런 손이었다. 그가 이끌자 안 기자는 말없이 따라왔다. 그녀는 블루진 바지에 티셔츠 차림이었다.

그들은 일에 대해서는 한마디도 나누지 않았다. 홍 기자는 황금 같은 기회에 그런 따위의 이야기를 하고 싶지 않았다. 신경은 오직 그녀를 품에 안는데 집중되고 있었다. 노총각의 순수한 열망이었다. 여자와의 관계를 언제나 즉물적으로 처리했던 그로서는 그것은 놀라운 변화라고 할 수 있었다. 솔직히 말해 그것은 변화가 아니라 그 동안 감춰져 있던 순수한 감정이 기회를 맞아 밖으로 드러나기 시작했다고 보는 것이 옳을 것이다.

그녀의 손을 놓고 대신 그는 그녀의 허리에 팔을 둘렀다. 그녀는 저항하지 않았다. 부드러운 바람과 바다 내음에 절어 버린 듯 무기력하게 그에게 안겨 왔다. 다만 그를 바라보는 두 눈만이 새로운 빛으로 반짝이고 있을 뿐이었다.

그는 한 손으로 여자의 머리칼을 쓰다듬었다. 안 기자의 머리가 뒤로 젖혀졌다. 감동 어린 표정이 환히 드러나면서 목마른 듯 그를 올려다본다. 입술이 젖은 듯했고, 조금 벌어져 있었다.

여자만의 독특한 냄새에 홍 기자는 취하는 듯했다. 가슴이 뜨거워지면서 피가 역류하는 것 같았다. 더 이상 참을 수 없다고 생각했다. 입으로 고백한다는 것은 우스운 일이었다. 그는 훅하고 숨을 들이키는 것과 동시에 안 기자를 와락 안아 버렸다.

"아……"

처녀는 낮게 신음하면서 도리질했다. 그러나 여성 특유의 조건 반사적인 나약한 저항에 불과했다. 홍 기자는 으스러지게 처녀를 죄면서 입술을 덮쳐눌렀다.

"아…… 안 돼요……"

그것은 그녀의 마지막 말이었다. 그리고 항복을 뜻하는 말이기도 했다.

촉촉이 젖은 입술이 남자의 입속으로 걷잡을 수 없이 빨려 들어가는 동안 그녀는 꿈꾸듯 눈을 감고 있었다.

입술을 완전히 자기 것으로 만들어 버린 홍 기자는 승리에 도취했다. 어릴 적 처음으로 꿀맛을 보았을 때의 그 감미로움을 그는 장성한 지금 다시 맛보는 것 같았다. 달콤하고 향기로운 입술이었다. 가냘피 떨고 있는 처녀의 모습이 가슴 저리도록 아름다워 보였다.

그는 좀 더 대담해졌다. 뒤에서 여자를 끌어안고 두 손으로 가만히 젖가슴을 감싸 쥐었다. 뭉클한 감촉이 전류처럼 몸속으로 흘러들었다. 입술로 그녀의 길고 하얀 목을 더듬었다.

"아…… 미워요."

파도 소리 때문에 여자의 목소리는 잘 들리지 않았다.

그 시간에 섬 남쪽 중문(中文) 부근에 조그만 배 한 척이 소리 없이 접근하고 있었다. 조그만 배였는데 눈에 띄는 것을 염려해서인지 불도 끄고 엔진 소리도 내지 않은 채 그림자처럼 접근하고 있었다.

그 곳은 파도가 세고 암초가 많아 배가 접안하기 여간 어려운 곳이 아니었다. 그런데도 불구하고 배는 악착스럽게 접근하고 있었다.

깎아지른 벼랑 밑으로 들어서자 배는 교묘하게 어둠 속에 묻혀 버렸다. 움푹 들어간 데다 나무가 자라고 있어서 낮에도 밖에서는 그 곳이 잘 드러나지 않았다.

갑판 위에서 몇 사람이 재빨리 움직였다. 상자 같은 것들을 갑판 위로 끌어내 놓고 있었다.

이윽고 그들 중의 하나가 야광시계를 들여다보았다.

10분쯤 지나자 벼랑 위에서 밧줄이 흘러내려 왔다. 밧줄 끝에는 쇠갈고리가 달려 있었다. 한 사람이 밧줄을 휘어잡은 다음 갈고리를 궤짝에 걸었다. 그리고 줄을 흔들자 궤짝이 공중으로 떠올랐다.

완전한 침묵 속에서 이루어지고 있는 행동이었다. 그런 대로 움직임이 신속하고 정확했다.

여섯 개나 되는 커다란 나무 궤짝이 그런 식으로 벼랑 위로 올라갔는데, 걸린 시간이 한 시간 정도 되었다.

다음에는 한 사람씩 줄을 타고 벼랑을 기어올랐다. 그 정도의 벼랑에는 아주 익숙한 듯 그들은 대담할 정도의 기민성을 보이며 벼랑을 기어 올라갔다. 그들의 기술은 모두 전문적인 록클라이머 이상이었다. 한 마디로 특수 훈련을 받은 사나이들임을 알 수 있었다.

그런데 네 번째 사나이의 차례가 되었을 때였다. 사나이는 돌연 줄을 잡아 주는 사람의 가슴에 칼을 깊이 박았다.

"으악!"

가슴을 움켜쥐고 비틀거리는 상대를 향해 사나이는 다시 한 번 무자비하게 칼을 찔렀다. 마침내 상대가 쓰러지자 사나이는 상대의 호주머니를 뒤져 무엇인가를 꺼낸 다음 시체를 물속에 던져 버렸다.

이윽고 네 번째의 사나이 역시 밧줄을 타고 벼랑 위로 잽싸게 올라갔다.

벼랑 위에 모인 사람은 모두 해서 8명이었다. 그들은 서로 악수를 나누었다. 그들 중 하나가 맨 마지막으로 올라온 사나이에게 물었다.

"처리했나?"

"네."

"어떻게?"

"바다에 던져 버렸습니다."

"그대로……?"

"네……"

"바보 같은 자식…… 무거운 것을 달아야지 시체가 떠오르면 어떻게 하려고 그래?"

"……"

"조그만 실수가 의외로 큰 결과를 가져온다는 걸 명심해! 보스라면 너를 가만 두지 않았을 거다! 나한테 걸린 걸 다행으로 생각해!"

"하! 감사합니다!"

대화는 모두 일본말이었다.

"오느라고 수고 많았다! 자, 출발!"

두 명이 앞장서서 길을 인도했다. 나머지 사나이들은 궤짝을 들고 그 뒤를 멀리서 따라갔다.

숲을 벗어난 곳에 한길이 있었다. 앞장서 가던 자들이 멈춰 서서 정지신호를 보내왔다.

사람을 가득 태운 버스 한 대가 먼지를 일으키며 서귀포 쪽으로 달려갔다.

숲속에는 조그만 삼륜차가 한 대 대기하고 있었다. 그들은 차속에 궤짝을 부린 다음 그 위를 호박 덩굴로 덮었다.

4월 5일, 흐린 날씨였다.

박남구 형사는 아침부터 초조했다. 수배한 홍 기자가 아직도 종적이 묘연했기 때문이다.

신문사 측에서 반응이 없는 것으로 보아 실종된 것은 아닌 것 같았다.

묵계 하에 어디선가 맹렬히 뛰고 있는 것이 분명했다.

신문기자인 만큼 사건 취재를 위해 뛰는 것은 얼마든지 환영할 일이었다.

별동대에서 홍 기자를 못 마땅하게 생각하고 있지만 그는 생각이 달랐다. 누가 뭐래도 홍 기자는 그의 친구였다. 따라서 그가 사건을 뻥뻥 터뜨린다고 해서 그 자신이 안타깝게 생각할 것은 없었다. 오히려 그는 친구의 취재를 격려해 주고 싶은 심정이었다. 서로 입장이 다르기 때문에 도와주지 못하고 있을 뿐이었다. 문제되는 것은 홍 기자의 안전에 관한 것이었다. 시간이 흐름에 따라 박 형사는 이번 사건이 전례 없을 정도로 규모가 크다는 것을 깨달았다. 사건의 규모가 큰 만큼 파괴와 살상의 범위도 클 것임은 자명했다.

그런데 그 와중에 홍 기자가 뛰어든 것이다. 기자가 사건에 너무 깊숙이 개입하다 보면 생명이 위험할 것이 뻔하다. 무기도 없는 처지에 전문적인 킬러들의 손에 걸려들면 그는 살아남기 어려울 것이다.

"홍 기자는 어디로 갔을까! 어디서 굴러다니고 있을까! 망할 자식 같으니!"

그는 상체를 앞으로 기울여 막 들어온 조간신문을 펴 들었다. 먼저 정치면 헤드라인이 눈에 들어왔다.

<치벨라 공화국 붕괴, 반란군 수도 입성!>

바로 저 여자다

치벨라 공화국—— 별로 들어보지 못한 이름이다. 지구의 어디쯤에 붙어 있는 지도 모른다. 박 형사는 일상적인 습관에 따라 그 기사를 읽기 시작했다.

<속보 (外信綜合) = 아프리카 남서부에 위치하고 있는 치벨라 공화국이 반군의 침공을 받고 마침내 붕괴되었다. 1주일 간에 걸친 치열한 공방전 끝에 4일 오후 마침내 정부군을 물리치고 수도 아베에 입성한 반군은, 정부군이 모두 투항했으며 거리는 질서를 되찾기 시작했다고 발표했다.

한편 프랑스 식민 통치로부터 치벨라를 해방시킨 독립의 영웅이며 지난 20년 동안 치벨라를 통치해 온 백인 지

도자 윌리엄 메데오 대통령은, 반군이 수도에 난입하기 직전 전용 비행기로 국내를 탈출, 망명길에 오른 것으로 알려졌으나 행선지는 밝혀지지 않았다.

우리나라와 국토의 면적이 비슷한 치벨라는 지난 1959년 프랑스 식민 통치로부터 독립하여 그 동안 눈부신 경제 발전을 이룩해 왔으며 국제적으로는 친 서방 정책을 견지해 왔다. 아프리카 신생 제국과는 달리 백인 통치에 대한 흑인 다수의 저항이 별로 없었던 치벨라는 인접국인 콩가라가 공산화되면서부터 지난 70년대 초부터 공산 게릴라들의 도전을 받아왔었다. 메데오 대통령은 그 동안 공산 게릴라의 침투에 강력히 대처해 왔으나 작년 8월부터 소련과 쿠바를 비롯하여 동구 공산권의 지원군이 반군과 연합 전선을 펴면서부터 열세에 몰리기 시작했었다.

치벨라 내전에는 그 동안 북한 공산군의 참전설이 끊임없이 나돌았으나 아직까지 확인된 바는 없다. 미국은 치벨라 공산화를 강력 저지하기 위해 무기를 지원해 왔으나 병력을 동원한 직접적인 개입 없이는 결국 공산화에 대처할 수 없다는 뼈저린 교훈을 이번의 치벨라 공화국 붕괴를 계기로 다시 한 번 되새기게 된 셈이다.

치벨라가 동서의 각축장이 된 것은 지난 65년 세계 최대의 유전(油田)이 이 곳에서 발견되면서부터다. 에너지 위기를 의식하기 시작한 강대국들은 세계 최대의 유전이 발견된 치벨라에 눈독을 들이고, 군침을 흘리기 시작했으며, 마침내 공산권은 게릴라를 지원함으로써 친 서방 정책을 고수해 온 메데오 정권을 무너뜨리는 데 성공한 것이다. 따라서 앞으로 등장하게 될 새로운 정권은 서방과의 관계를 단절하고 좌경 공산 국가로 급선회할 것이 거의 확실시되고 있다.

행방이 알려지지 않은 채 외국으로 망명한 것으로 알려진 메데오 대통령은 프랑스 외인부대 대령 출신으로 일찍이 1955년 자기 휘하의 부하들을 이끌고 군적을 이탈, 치벨라 원주민들의 적극적인 호응을 얻어 프랑스 식민 통치에 저항, 마침내 1959년 치벨라를 독립 국가로 탄생시키는 데 성공한 신비의 인물로 알려져 있다. 한편 반군 지도자인 로렌스 힐 역시 외인부대 출신으로 과거 메데오 대통령의 부관이었던 인물로 밝혀졌다.

한국은 지난 70년 치벨라와 정식 외교 관계를 수립했으며, 최근에는 원유 수입의 50%를 치벨라 산으로 대체할 정도로 깊은 관계를 맺어 왔다.>

그날 밤 김준배 반장은 한 보따리의 정보 자료를 가지고 도오쿄에서 돌아왔다. 도오쿄 경시청의 다니가와 형사부장을 비롯한 다섯 명의 일인 형사들과 동행이었다.

"앞으로 이 분들은 작전이 끝날 때까지 한국에 머물면서 우리를 지원해 주기로 했어."

대장의 소개에 대원들은 박수를 쳤다.

김 대장은 그 길로 경찰국장실로 들어갔다.

얼마 후 그들은 내무부장관을 만나러 갔다.

심상치 않은 사태가 벌어지고 있다는 것이 알려졌지만 아직 그 정체가 무엇인지 아무도 알 수가 없었다.

밤이 깊어서야 별동대 간부들은 그 내용에 접할 수가 있었다.

"귀담아 듣도록! 내일 중으로 별동대는 해체된다!"

"……"

모두가 멍하니 대장을 바라보았다. 대장은 새끼손가락으로 콧구멍을 후비고 나서 말을 이었다.

"작전을 중지하는 게 아니라 더 강화하기 위해서다! X국이 우리와 합동 작전을 벌이기로 결정됐다. 상부에서 결정한 일이야! 우리는 잠자코 따르기만 하면 된다!"

모두가 굳은 표정으로 앉아 있기만 했다. 대장의 말은 그만큼 충격적인 것이었기 때문이다.

"지휘는 누가 합니까?"

박 형사가 물었다.

"지휘는 물론 X국장이 한다. 우리 별동대원은 모두 그의 지휘하에 들어갈 것이다."

"X국장이 누굽니까?"

"몰라! 알고 있는 사람은 아무도 없어."

X국은 비밀 특수 기관으로서 모든 것이 베일에 가려져 있다. 일반 사람들은 그 기관에 대해 신비감을 가질 정도다. 주로 대공(對共) 업무를 전담하고 있지만 일단 유사시에는 무슨 일에나 뛰

어든다.

"X국이 무섭다는 건 모두가 잘 알고 있을 거야. 우리 별동대만으로는 사태를 해결할 수 없다는 결론이 나왔기 때문에 X국이 참가하게 된 거야."

"그럴 만한 새로운 사태라도 일어났습니까?"

"음, 사태는 새로운 국면으로 접어들었다. 변창식은 일본에서 암약하고 있는 북쪽 스파이망의 총책으로 밝혀졌어. 현재 일본 경찰이 총동원되어 찾고 있는데 행방이 묘연해."

"그럼 이번 사건의 배후에 붉은 손이 있다는 겁니까?"

"그렇지. 직접 표면에 나서지는 않았지만 배후에서 자금을 대주고 있는 것 같아. 에이꼬와 변창호의 증언이 그것을 뒷받침해주고 있어. 이러한 사실들을 상부에 보고하자 즉시 X국이 참가하게 된 거야. 세계 각국의 도시 게릴라들이 평양의 지원을 받고 한국에 몰려들어와 모종의 거사를 꾸미고 있다는 사실을 한번 생각해 봐."

무거운 침묵이 흘렀다. 모두의 얼굴에 불안의 빛이 떠올라 있었다.

"X국은 우리보다 먼저 변창식에 대한 정보 자료를 갖추고 있었어. 변은 현재 도오쿄에서 재벌 기업을 거느리고 있는데 주로 호텔업이야. 10여 년 전까지만 해도 그는 무일푼이었어. 그런데 오늘날 대기업을 경영하고 있어. 그 돈이 모두 어디서 나왔겠어? 이게 변의 사진이야!"

김 대장은 한 뭉치의 사진을 탁자 위에 던졌다.

박 형사는 사진 한 장을 집어 들고 눈에 익을 때까지 한참 동안 들여다보았다.

대머리에 몹시 뚱뚱한 모습이었다.

눈꼬리가 처지고 얼굴의 근육이 모두 풀린 모습이었다.

"일본 적군파에 대한 자료는 충분히 확보했어! 한 놈만 잡아서 자백시키기만 하면 돼!"

같은 밤, 제주도 S호텔 19층 5호실.

5명의 남자와 1명의 여자가 텔레비전 화면을 표정 없이 바라보고 있었다. 서울에서 2명의 기자가 지원 차 또 내려왔기 때문에 방안은 이제 꽉 들어찬 느낌이었다.

텔레비전에서는 뉴스 해설자가 9시 뉴스를 보도하고 있었다.

홍 기자는 맥주를 마시면서 무심코 화면을 바라보고 있었다. 그는 다른 것은 거들떠보지도 않지만 뉴스만은 언제나 열심히 시청하곤 했다.

국내 뉴스가 끝나고 해외 뉴스가 시작되었다. 이미 신문에서 읽은 치벨라 공화국 붕괴 뉴스가 제일 먼저 흘러나왔다.

그런데 1분쯤 지났을까, 갑자기 그는 맥주잔을 탁 놓으며 벌떡 몸을 일으켰다. 그리고 손가락으로 화면을 가리켰다.

"바로 저 여자다! 저 여자!"

모두가 소스라쳐 놀라며 화면을 응시했다.

금발의 여인 하나가 막 차에서 내리는 모습이 화면에 나타나고 있었다. 여인은 선글라스를 끼고 있었다. 아이 둘을 데리고 있었다.

"20층에 있는 그 여자 아닙니까?"

"어마, 그래요!"

안 기자까지 손뼉을 치며 소리 질렀다.

흥분한 나머지 모두가 일어나 있었다. 누구보다도 놀란 홍 기자는 거친 숨을 내쉬며 계속 화면을 노려보고 있었다.

화면이 바뀌고 이번에는 전쟁으로 폐허가 된 치벨라 시가지가 보였다.

"그 여자는 바로 메데오 대통령의 부인이야! 아이들은 그 자식들이고!"

홍 기자는 소파에 털썩 주저앉으며 부르짖다시피 말했다.

"메데오 대통령은 이미 패망할 것을 알고 가족들을 이곳으로 먼저 피신시킨 거야!"

"……"

"아까 그 여자 이름 뭐라고 그랬지?"

"까뜨리느 미쉘 여사…… 두 번째 부인이래요."

안 기자가 또렷한 어조로 말했다.

"프랑스 여자 같은데……"

누군가가 중얼거렸다. 홍 기자는 맥주를 벌컥벌컥 들이켰다.

"메데오 대통령의 행방이 알려지지 않았다고 그랬지. 틀림없이 이쪽으로 올 거야. 가족들이 여기 있고…… 별장을 어마어마하게 짓고 있는 것으로 봐서 틀림없어."

"그럼 여기다가 망명 처를 정할 건가요?"

"그럴 가능성이 커! 이건 빅뉴스다! 최고의 뉴스다!"

홍 기자는 수화기를 집어 들고 다이얼을 돌렸다. 본사로 급히 전화를 걸어 이 사실을 특종으로 터뜨릴 생각이다. 그러나 조금 뒤 그는 수화기를 도로 내려놓았다.

"가만 있어. 이건 아직 신문에 터뜨릴 것이 못 되는데…… 생각해 봐야 할 문제야."

"네, 그런 것 같습니다."

"우리 정부에서는 아마 최고의 극비로 취급하고 있을 거란 말이야."

"네, 그럴 겁니다."

"메데오 정권이 붕괴됨으로써 우리는 석유의 수입의 50%를 잃게 됐어. 이건 보통 심각한 일이 아니야."

거대한 음모(陰謀)

4월 6일 오전 10시.

약 2백 명의 사나이들이 기침 소리 하나 없이 넓은 실내에 앉아 있었다.

그 곳은 우이동 골짜기에 있는 5층 빌딩의 한 방이었다.

지은 지 1년 남짓 된 그 빌딩은 5층밖에 안 되지만 대지를 차지하고 있는 면적이 5백 평은 실히 되어 보였다.

건물은 백색이었고 주위는 온통 숲으로 둘러싸여 밖에서는 잘 보이지가 않았다. 숲 주위로는 철조망이 2중으로 둘러쳐져 있었고, 항상 감시원들이 셰퍼드를 데리고 돌고 있었기 때문에 아무도 거기에 접근할 수가 없었다.

그 곳이 무엇을 하는 곳인지 정확히 아는 사람은 아무도 없었다. 부근에 사는 시민들까지도 그것을 모르고 있었다.

정문 기둥 위에는 <한국해외개발연구원 양성소(韓國海外開發研究員養成所)>라는 간판이 붙어 있었다. 그러나 그 곳을 간판에 나타난 대로 믿는 사람은 아무도 없었다.

정문은 견고한 철제로 되어 있었고, 언제나 굳게 닫혀 있었다. 그 철제문은 전자 장치로만 여닫을 수가 있었고, 차량이 통행할 때만 열리곤 했다.

문 바로 안쪽에는 초소가 있었다. 초소 안에는 항상 흰 헬멧을 쓰고 옆구리에 피스톨을 찬 두 명의 사나이가 지키고 있었다. 두 사람 다 누르스름한 카키복 차림이었는데, 왼쪽 가슴에 번호가 찍힌 사각의 붉은 표지를 달고 있었다.

정문으로부터 한길 쪽으로는 폭 5미터 정도의 아스팔트길이 완만한 경사를 이루며 2백 미터 정도 내려 뻗어 있었는데, 그 중간쯤에 초소가 하나 또 있었다. 그 초소에도 역시 헬멧을 쓴 두 사나이가 지키고 있었는데, 그들은 올라오는 차량들을 일일이 체크하는 임무를 맡고 있었다.

밀폐된 방에 모인 사나이들은 X국 요원들과 도시 게릴라들을 쫓던 별동대 요원들이었다. 그러니까 합동 작전을 펴기 위해 개최된 최초의 회의라고 할 수 있었다.

거기에는 간부들이 모두 모여 있었다.

박남구 형사도 그들 사이에 끼어 앉아 있었다.

그는 X국장이 누구인지 알아보려고 기웃거려 보았지만 도무지 알 수가 없었다. X국 요원에게 국장이 누구냐고 물어보았지만 그들도 국장이 누구인지 모른다는 대답이었다.

그가 궁금해 하고 있을 때 갑자기 마이크 소리가 들려왔다.

"잘 들어주기 바란다. 나는 X국장이다! 나는 이제부터 여러분들을 지휘하게 될 것이다!"

모두가 숨을 죽이고 마이크 소리에 귀를 기울였다. 생각보다는 목소리가 가늘면서 날카로웠다. 박 형사는 슬그머니 자세를 바로 했다.

"우리가 앞으로 전개하게 될 작전은 매우 중요한 것이다. 그것은 우리의 국가 질서를 외부의 침략 세력으로부터 지키는 것이다. X국 요원들과 경찰 여러분은 이 시간부터 격의 없는 관계로 일체감이 되어…… 목숨을 내놓고 적들을 일망타진하기 바란다. 적들이 누구이며, 그들이 무슨 음모를 꾸미고 있는가 하는 것은 지금 조사가 진행 중이기 때문에 조만간 밝혀지리라고 믿는다. 만일 여러분들이 이번 작전에 실패하면 우리의 국가 질서는 큰 혼란에 빠지게 될 것이고, 우리는 더 큰 위험에 봉착하게 될 것이다. 아무쪼록 일심협력해서 우리의 국가 사회를 파괴하려는 악랄한 분자들을 가차 없이 척결해 주기 바란다."

여기서 X국장의 말은 끝났다. 다음은 X국의 간부 하나가 단상으로 올라갔다.

같은 날 정오.

제주도 서귀포 부근의 한 귤 농장에서는 거대한 음모의 첫 번째 거보가 내디뎌지고 있었다.

그 귤 농장은 수만 평 되는 것으로서 얼마 전 서울에 주소를 둔 사람이 그것을 구입했다고 해서 주위에 화제가 되기도 했다. 여느 농장들과 좀 다른 것은 그 농장에서는 일절 현지인들을 쓰지 않는다는 사실이었다. 그밖에 외부인의 출입도 일절 통제되고 있었다. 서울에서 고용되어 온 듯한 낯선 사나이들이 사나운 개들을 데리고 그 농장을 지키고 있었기 때문에 그 곳은 하루아침에 베일에 싸인 금지 구역으로 변했다.

한번은 관할 파출소의 소장이 부하와 함께 자전거를 타고 그 농장을 방문한 적이 있었다. 형식적인 방문이었는데, 농장 주인은 부재중이었고 관리인으로 자처하는 사내 셋이 그 곳을 지키고 있었다. 그들의 말이 주인은 서울에 살고 있으며 거의 내려오지 않는다고 했다. 파출소 소장은 주인의 신상에 대해 이것저것 물었다. 그러나 관리인들은 자기들은 고용된 몸으로서 주인에 대해 별로 아는 것이 없다고 했다. 그런 대로 몇 가지 알아낸 것이 있다면 주인 이름이 양길자(梁吉子)라는 것, 그리고 매우 돈 많은 갑부라는 것 정도였다.

농장의 중앙에는 큰 별장이 하나 세워져 있었다. 전 주인이 호화롭게 지어 놓은 것으로 자연석을 이용해서 만든 2층 고급 별장이었다.

그 별장의 2층 넓은 방에 12명의 남녀가 앉아 있었다. 창문은 활짝 열려 있었고, 열린 창문으로는 시원한 바닷바람이 불어 들고 있었다.

하늘은 잔뜩 흐려 있었다. 바다는 검은 빛이었다. 파도 소리가 차츰 거칠게 들려오고 있었다. 그들은 장방형으로 놓여 있는 고급스런 긴 소파 위에 앉아 있었다. 거의가 20대에서 30대 사이의 젊은 사람들이었다.

그들 중 여자 하나를 포함한 9명은 일본인들이었고, 나머지 3명은 한국인들이었다.

여자는 줄담배를 피우고 있었다. 긴 흑발에 광대뼈가 튀어나오고 눈이 날카롭게 찢어져 있었다.

"치벨라 공화국이 망한 이상 메데오가 제주도에 날아오는 것은 시간문제입니다. 계속 감시하고 있어야 합니다."

여자가 한국인 쪽을 바라보며 영어로 말했다. 유창한 영어였다. 그녀는 일본 적군파를 지휘하고 있는 시모다 유미꼬였다. 주로 레드 로즈라는 암호명으로 통하고 있었다.

"그건 염려하지 마십시오. 요소요소에 감시망을 쳐놓고 있습니다."

안경을 낀 30대의 한국인이 두 손을 맞잡고 대답했다.

"저쪽은 어떻게 돼 있나요?"

"모든 준비를 끝내고 Z의 보호 하에 있습니다. Z께서는 보다 구체적인 계획을 알고 싶어 하십니다."

일본인 남자들은 묵묵히 앉아 있었다. 모두가 표독스런 인상들이었고, 무슨 일에나 뛰어들 준비가 되어 있는 듯 했다.

"야마다군…… 설명해 줘."

레드 로즈가 코밑수염을 기르고 있는 30대의 사나이를 바라보며 턱짓을 해보였다.

야마다라고 불린 사나이는 웃통을 벗고 있었다. 상체는 무엇에 할퀸 듯한 상처 자국으로 뒤덮여 있었다. 그는 일어서서 벽 쪽으로 다가서더니 벽에 드리워진 커튼을 젖혔다. 거기에 그림이 한 장 붙어 있었다. 야마다는 지휘봉을 들어 그 그림을 가리켰다.

"이건 공항 지도입니다. A그룹과 합의가 되는 시간에 우리 B그룹은 공항으로 쳐들어가 격납고를 폭파시키는 것과 동시에 KAL기를 납치할 계획입니다. 여기 그려진 흑선은 정상 루트입니다. 이 루트를 따라서는 무기를 휴대하고 들어갈 수가 없습니다. 그래서 우리는 다른 루트를 찾아보았습니다. 이 붉은 선이 우리가 무기를 지니고 침투할 수 있는 루트입니다. 이 루트에는 길이 없습니다. 그러나 튼튼한 차라면 어렵지 않게 접근할 수 있습니다. 공격 시간이 밤이라면 우리로서는 한결 침투하기가 쉽습니다. 아시다시피 활주로 주위는 철조망이 둘러쳐져 있습니다. 선발대가 미리 그 철조망을 잘라 내고 무전 연락을 해오면 본대가 차를 몰고 돌격합니다. 사용될 차량은 두 대면 족합니다. 활주로에 들어서는 대로 한 대는 격납고로, 다른 한 대는 KAL기로 돌입할 예정입니다."

"만일 공항에 KAL기가 없다면 어떡하죠?"

"그러니까 KAL기가 대기하고 있을 때 공격해야 합니다. 그것도 출발을 앞두고 승객이 타고 있을 때 공격해야 합니다. 그 시간에 맞추어서 시간을 짜야 합니다."

"그 후에는……?"

야마다는 어깨를 으쓱하며 미소를 지었다.

"공항으로 전 경찰력이 집중되겠지요. 그 허점을 이용해서 A

그룹이 활동을 개시하면 됩니다. 우리는 A그룹이 틀림없이 해낼 수 있으리라고 봅니다. 작전이 계획대로 성공하면 우리는 치벨라로 돌아갈 것입니다. 인질들을 데리고 말입니다."

설명을 마친 야마다는 커튼으로 벽을 가린 다음 소파로 돌아와 앉았다. 매우 자신만만한 태도였다.

"중요한 것은 C그룹의 역할입니다. 당신들 C그룹이 어느 정도 정확한 정보와 안전 대책을 강구해 주느냐에 따라 이번 작전의 성패가 달려 있습니다."

레드 로즈가 붉은 입술에 담배를 꽂으며 말했다.

"네, 잘 알고 있습니다. Z께서는 이번 작전의 성공을 위해 만전을 기하고 있습니다. 그 점은 염려하지 않으셔도 됩니다."

"이번 작전이 성공하면 한국에도 강력한 지하 조직망이 구축될 것이고 전 세계의 동지들과 손을 잡고 공동 전선을 구축할 수가 있을 거예요. 우리가 궁극적으로 노리는 건 세계 동시 혁명이니까 그 때까지 우리는 부단히 세력을 확장해 나가지 않으면 안 돼요. 국경을 초월한 동지애로써만 그 과업을 성취할 수 있을 거예요."

레드 로즈는 조용히 말했다. 조용하면서도 신념에 찬 목소리였다.

"잘 알겠습니다. 우리는 기대에 어긋나지 않도록 행동하고 있습니다."

암살단(暗殺團)단의 정체(正體)

같은 날 밤.

제주도 S호텔 19층 5호실의 전화벨이 요란스럽게 울렸다.

안 기자가 수화기를 들었다가 곧 홍 기자에게 넘겼다.

"본부에서 전화예요."

홍 기자는 침대 위에 벌렁 드러누워 담배를 피우고 있다가 벌떡 일어났다.

"음, 캡이다……"

"본부의 3홉니다."

"음, 그거 알아봤나?"

"네, 조금 전에 외신이 들어왔습니다. 치벨라 공화국을 무너뜨린 반군 지도부는 혁명 위원회를 조직하고 통치권을 발동하기 시작했습니다. 그리고 혁명 재판소는 구정권의 인사들을 숙청하기 시작했고, 치벨라 전 대통령 메데오 씨 부부에게는 궐석 재판을 통해 사형 선고를 내렸습니다. 또 혁명 위원회는 메데오 씨를 체포하거나 사살하는 사람에게는 1천만 달러를 현상금으로 내놓겠다고 공식 선언했습니다. 그와 함께 암살단이 메데오 씨를 살해하기 위해 이미 행동을 개시했다고 발표했습니다."

너무 다급하게 말하는 바람에 3호는 숨이 차는지 잠시 말을 중단했다.

"뭐 하고 있는 거야? 빨리 말해! 하나도 빼놓지 말고 이야기하라구!"

"네, 말씀드리겠습니다. 암살단의 구성원이 누구인지는 밝혀지지 않았습니다. 인터폴 발표에 따르면 암살단의 중심 인물이 구르노라는 것만 밝혀졌습니다. 구르노는 국적이 알려지지 않은 암살 전문가로 그의 손에 죽은 국가 원수만도 두 명이나 된답니다. 수년 전부터 세계 각국의 수사진들과 인터폴이 총력을 경주해서 뒤쫓고 있지만 지금까지 한 번도 체포된 적이 없는 인물입니다."

"구르노……, 구르노……"

홍 기자는 낮게 되뇌었다.

"네, 구르노라고 만 외신에 나와 있습니다. 그가 목표를 정하고 한번 움직이면 상대는 틀림없이 죽는답니다. 아주 대단한 인물인 것 같습니다."

"으음…… 메데오의 행방은?"

"그건 아직 밝혀지지 않은 상태입니다. 그러나 암살단이 뒤쫓고 있는 것으로 보아 그들만은 메데오의 행방을 알고 있는 것 같습니다. 이상입니다."

"아, 수고했어. 외신이 들어오면 계속 알려줘."

"네, 알았습니다. 본사에서 궁금해 하고 있습니다. 요새는 왜 잠잠하냐고 물었습니다."

"누가?"

"딸기코가 그랬습니다."

홍 기자는 잠깐 생각해 보고 나서 지시를 내렸다.

"주한 치벨라 대사의 동태를 감시하도록 해! 두 사람은 지금 당장 대사관으로 가 봐!"

"알았습니다."

수화기를 철컥 내려놓고 난 홍 기자는 주전자 꼭지를 입에 대고 물을 벌컥벌컥 마셨다.

"이제야 윤곽이 드러난다. 치벨라 혁명 위원회가 파견한 암살단이 이미 행동을 개시했다."

"암살단이라뇨?"

모두가 어리둥절한 눈으로 캡틴을 바라보았다. 홍 기자는 주먹을 쥐었다 폈다 했다.

"메데오 목에는 현상금 1천만 달러가 걸렸다. 치벨라 좌경 정권이 내건 거야. 그를 체포하거나 살해하는 사람에게는 1천만 달러를 주겠다는 거야. 우리 돈으로 환산하면 50억 원이야. 내가 알기로 지금까지 사람 목 하나에 그만한 거금이 걸린 건 처음인 것 같아. 한편 치벨라 통치권을 장악한 혁명 위원회는 따로 메데오 일가를 암살하기 위해 암살단을 파견했다는 거야. 그리고 이미 암살단은 행동을 개시했다는 거야. 그 암살단이 누구이겠어?"

엄청난 사실에 기자들은 할 말을 잃고 한동안 침묵 속에 빠져 있었다. 거의 확실한 것으로 드러난 그 사실을 차마 믿고 싶지 않다는 듯 한 표정들이었다.

"그럼 지금 국내에 침투해 있는 도시 게릴라들이 바로 메데오 일가를 노리고 있는 암살단이란 말씀입니까?"

안경 낀 김명훈(5호) 기자가 참다못해 물었다.

"그렇지. 아직 확실한 증거는 드러나지 않았지만 90% 이상은 믿어도 될 거야. 메데오는 국민의 신망을 받는 대통령이었어. 따라서 그가 국외에 망명 정권이라도 세우고 재기를 노리면 로렌스 힐로서는 골칫거리가 아닐 수 없겠지."

"이 호텔에는 이미 암살단이 들어와 있는지도 모르겠군요?"

"가능하지. 멀리서 망원경으로 끊임없이 노리고 있을지도 모르지. 그런 줄도 모르고 까뜨리느 여사는 육체미를 과시하면서 거의 매일 수영을 하고 있어. 놈들이 그녀를 죽이지 않는 건…… 메데오를 기다리고 있기 때문이야. 일단 메데오가 나타나면 그 일가를 단번에 납치하든가 살해할 거야."

안명라 기자의 얼굴은 창백하게 질려 있었다. 순진한 처녀가 듣기에는 실로 무시무시하고 살벌한 이야기일 수밖에 없었다. 그러나 홍 기자는 이야기를 계속해 나갔다.

"놈들은 그 암살 작전을 Z라는 암호로 명명하고 있는 것 같다. 작전의 주역은 구르노라는 암살 전문가야. 외신 보도에 의하면 구르노는 국적 불명의 신비한 인물로서 외국 원수만도 지금까지 두 명이나 암살했어. 작전 암호는 그렇다 하고 Z는 또 어떤 자의 암호명이기도 해. 그러니까 Z라는 인물에 의해 조종되는 Z작전이라고 말하면 되겠지."

그는 다시 냉수를 들이켰다.

"우리는 이제 이곳 제주도에서 사실을 확인하기만 하면 돼. 아무리 90%이상의 확실성이 있다고 하지만 두 눈으로 확인하지 않으면 안 돼."

"어떤 식으로 확인해야 합니까?"

미남인 허준교 기자(6호)가 물었다.

"어떤 식이라는 걸 지금 말할 수 있나? 우리가 할 수 있는 일이란 이 제주도 내에 암살단이 잠복해 있다는 것을 알아내는 거야. 단 한 명이라도 찾아내면 되는 거야."

"눈에 불을 켜고 찾아야 되겠군요."

"외국인들을 유의해서 관찰할 필요가 있어. 놈들은 합법적인 관광객으로 위장해서 제주도에 잠입해 있을지도 몰라."

다시 침묵이 흘렀다. 이번에는 아까보다 더 길고 무거운 침묵이었다.

4월 7일 새벽 1시.

이어폰을 귀에 댄 채 끄덕끄덕 졸고 있던 사나이의 의식 속으로 맑은 냇물처럼 흘러드는 것이 있었다. 사나이는 눈을 번쩍 뜨고 탁자 위에 놓인 버튼을 눌렀다. 녹음기가 따르르 하고 작동하기 시작했다.

잠자던 의식을 깨운 것은 전화벨 소리였다. 그것은 변창호의 집 전화벨 소리였다.

도청을 시작한 것은 사흘 전부터였다.

변창호는 조사가 끝난 뒤 석방되었다. 일부러 석방시킨 것이었다. 그 때부터 변창호에게는 미행이 딸렸다. 동시에 그의 집 전화는 벨이 울릴 때마다 일일이 도청 당했다. 그러나 지금까지는 별다른 이상이 없었다.

미행에서도 도청에서도 이상은 나타나지 않았다. 다른 것과 달리 도청은 지루한 것이었다. 교대로 지킨다고는 하지만 인내심 없이는 하기 어려운 짓이었다.

박남구 형사는 그날 처음으로 도청팀에 참가해서 밤을 새우고 있던 참이었다.

변창호의 집은 강남의 신흥 주택가에 자리 잡은 호화 저택이었다. 얼른 보기에도 억대는 될 성싶은 그런 집이었다.

도청팀이 잠복하고 있는 집은 변창호의 집에서 50미터쯤 떨어진 곳에 있었다. 조그만 주택을 아예 통째로 빌린 것이었다. 거기서 4명이 교대로 도청에 임하고 있었다.

이윽고 전화벨 소리가 그치면서 신호 떨어지는 소리가 났다. 박 형사는 귀를 기우렸다.

"아, 여보세요."

매끄러운 여자 목소리가 들려왔다.

"네, 누구 찾으세요?"

졸리운 여인의 음성이 응답하고 나왔다.

"파리에서 국제 전화예요. 전화 받으세요."

전화국 교환 아가씨는 재빨리 쏘아붙인 다음 들어갔다.

"아, 여보세요."

굵은 남자 목소리가 별로 멀지 않은 곳에서 들려오는 듯했다.

"네, 말씀하세요."

졸리운 음성이 사라지고 어느새 긴장된 목소리가 흘러나왔다.

"변창호 씨 댁이죠?"

"네, 그런데요?"

"지금 계시면 좀 부탁합니다."

"실례지만 누구이신가요?"

"저기…… 파리라고 그러면 알 겁니다. 빨리 좀 부탁합니다."

"잠깐 기다리세요."

조금 후 변창호가 나타났다.

"네, 변창호입니다. 누구이신가요?"

"나다! 형이다."

"아, 형님!"

"모든 것 들어서 알고 있다. 네가 고생을 겪었다는 것도 알고 있다."

"저는…… 시키는 대로 했을 뿐입니다. 그런데 결과적으로 이렇게 되어 면목 없습니다."

"지금은 어떠냐?"

"자유롭습니다! 조사해 봐야 나올 게 있어야죠. 모른다고 잡아뗐더니 내보내 주었습니다."

"나 내일 한국에 갈까 하는데 괜찮을까?"

"염려 없습니다. 오십시오. 뵙고 싶습니다."

변창호는 들떠서 소리쳤다.

"거기 가더라도 너하고 만나는 건 조심해야 되겠지."

"하여간 오십시오. 부모님 산소에도 가볼 겸……"

"알았다. 내가 안전하게 머물 수 있는 곳을 물색해 둬. 호텔 같은 곳은 피하고……"

"알겠습니다."

"도착하는 대로 너한테 연락하겠다."

"형님! 형님!"

변창호가 뭐라고 하기도 전에 전화는 끊겼다.

별장(別莊)을 찾아라

도청이 끝나자 박남구 형사는 녹음테이프를 들고 밖으로 뛰어나갔다.

그로부터 1시간 후 우이동에 자리잡은 그 5층짜리 백색 건물의 일실에서는 비상 간부 회의가 열렸다.

제일 먼저 4월 8일 파리를 출발해서 서울로 들어오는 비행기가 검토되었다.

①. KAL – 파리 출발, 오후 10시 10분 도착.

②. JAL – 파리 출발, 오전 11시 25분 김포 경유.

③. 에어프랑스 – 파리 출발, 오후 5시 15분 김포 경유.

다음에는 파리를 출발한 후 도중에 다른 비행기로 갈아타고 들어올 수 있는 경우를 검토했다.

④. CPA – 홍콩 출발, 오후 8시 10분 김포 도착.

⑤. KAL – 대북 출발, 오후 2시 정각 김포 도착.

"그러나 상대는 거물이기 때문에 신분을 드러내고 여봐란 듯이 입국하지는 않을 겁니다."

박 형사는 독수리 요원들을 바라보면서 말했다.

X국과 합동 작전을 벌이면서부터 그들은 <독수리>로 명명되었고, 작전 역시 <독수리 작전>이라고 부르게 되었다.

"그야 당연하지. 그는 위조 여권으로 변장해서 잠입해 올 것이 틀림없어. 따라서 어떻게 그 자를 가려내느냐가 가장 큰 선결문제야."

뚱뚱한 사나이가 시가를 입에 문 채 말했다. X국의 실력자인 것 같은데, 그 실력이 어느 정도인지는 알 수 없었다. 다만 X국장을 대신해서 독수리 요원들은 진두지휘하고 있는 것으로 보아 막강한 인물인 것만은 틀림없는 것 같았다.

"신원조회를 해보는 게 어떨까요?"

그늘진 쪽에 앉아 있는 사나이가 말했다.

"이것 봐, 다섯 개의 비행기 속에는 세계 각국의 사람들이 타고 있어. 그들의 신원을 어떻게 일일이 알아보나? 물론 알아볼 수야 있겠지. 그렇지만 다 끝내려면 한 달쯤 걸릴 걸."

뚱뚱한 사나이는 얼굴을 잔뜩 찌푸리고 나서 다시 말을 이었다.

"그리고 그 자가 반드시 ①. ②. ③. ④. ⑤ 중 어느 것을 타고 온다고 장담할 수 없어. 그 자가 영국으로 건너가 거기서 브리티시 에어웨이즈라도 타고 올 수도 있는 거야. 어쩌면 지금쯤 네덜란

드로 가고 있는지도 모르지. 함부르크로 갈 수도 있겠지. 이렇게 되면 우리는 뒤죽박죽이 된단 말이야."

"4월 8일에 우리 나라에 입국하는 비행기는 모두 체크할 수밖에 없겠습니다."

박 형사의 말에 뚱뚱한 사나이는 동의한다는 듯고개를 무겁게 끄덕거렸다.

"하나도 빼놓아서는 안 돼. 도오쿄에서 오는 것까지도 체크해야 돼!"

거기에 따라 4월 8일 김포에 도착하는 모든 비행기에 대해 추가 검토가 가해졌다.

⑥. 노드웨스트 - 뉴욕 출발, 오후 11시 5분 도착.

⑦. 루프트한자 - 프랑크푸르트 출발, 오후 9시 25분 김포 경유.

⑧. JAL - 도오쿄 출발, 오후 1시 10분 김포 도착.

⑨. KAL - 바레인 출발, 오후 10시 30분 도착.

⑩. KAL - 홍콩 출발, 오후 3시 5분 도착.

⑪. KAL - 홍콩 출발, 오전 11시 20분 도착.

여기저기서 한숨 소리가 흘러나왔다. 너무 벅차다는 뜻이었다. 그것을 제지하기라도 하듯 뚱뚱한 사나이는 조금 드센 목소리로 말했다.

"첫 번째 개가를 올릴 수 있는 좋은 기회다! 이 기회를 놓쳐서는 안 된다. 기어코 놈을 잡아내야 한다!"

도오쿄의 엄명국 기자로부터 제주도에 있는 홍 기자한테 전화가 걸려 온 것은 4월 7일 오후 2시께였다.

"좋은 소식이 있다!"

"음, 뭐야?"

돌파구를 찾지 못한 채 끙끙 앓고 있던 취재팀은 아연 긴장했다. 홍 기자는 일어서서 수화기에 귀를 대고 있었다. 엄 기자는 언제나처럼 농지거리부터 꺼냈다.

"너는 제주도 호텔에서 재미 보고 있고…… 하여튼 팔자 좋은 놈이다."

"뭐가 어째! 빨리 토해 내!"

"도대체 돌아가는 꼴이 말이 아니다. 아마 본사 브레인들의 머리가 돌았나 보지. 너한테 놀아나고 있으니 말이다."

"시끄러! 얼른 용건만 말해!"

"끼고 있는 계집애는 누구냐?"

"네 형수 될 분이다, 이놈아!"

"하하하……"

웃음소리가 한동안 수화기를 울리고 나서야 목소리가 차분하게 흘러나왔다.

"아무튼 노총각 장가가서 형님 걱정 좀 덜도록 해라. 좋은 소식이란 뭔고 하니…… 에이꼬가 후미에한테 보낸 편지를 입수했다. 읽어볼 테니까 잘 들어봐. 흠흠…… 후미에 언니, 여기는 제주도예요. 저는 지금 어느 별장의 2층 창가에 앉아서 이 글을 쓰고 있어요. 창밖은 바로 푸른 바다예요. 푸른 바다의 물결이 한눈에 들어오고 있어서 더할 수 없이 전망이 좋은 곳이에요. 이런 곳에서 사랑하는 남편과 함께 아이들을 기르며 지낼 수 있다면 얼마나 좋을까 하고 생각하고 있어요. 그러나 쓸데없는 생각이겠지요. 그것은 저나 언니한테는 이미 흘러가 버린 꿈이겠지요. 어마, 갈매기 한 마리가 바다 위에서 외롭게 날고 있네요. 유난히 하얀 갈매기예요. 아마 짝을 잃었나 보지요. 바다 위로는 햇빛이 쏟아지고 있어요. 정말 아름답고 따뜻한 곳이에요. 갈매기가 수평선 쪽으로 멀리 날아가고 있어요. 이젠 보이지 않아요. 후미에 언니, 제가 있는 곳은 서귀포란 곳에서 얼마 떨어지지 않은 귤 농장이에요. 농장은 수만 평이나 되고, 온통 귤밭이에요. 그 중앙에 별장이 있는 거예요. 별장은 자연석으로 만들어진, 아주 멋진 곳이에요. 벽난로도 있고, 2층에는 창문이 넓어 어디나 잘 보여요. 저는 서울과 이곳을 왔다 갔다 하고 있어요. 제가 한 때 사랑했던 사람, 그러나 나중에는 증오를 안겨 준 사람…… 그 사람을 저는 다시 용서하게 될지도 모르겠어요. 언니, 여자란 역시 애정에는 약한가 보지요. 전에는 그렇게 저주스러웠던 사람이 다시 내 마음을 차지하다니, 지금은 오히려 그러는 제 자신이 저주스러울 뿐이에요. 언니, 어쩌면 모든 것 훌훌 던져 버리고 어디론가 도망쳐 버릴지도 몰라요. 만일 그렇게 된다면 언니를 꼭 불러 함께 살겠어요. 안녕……"

한동안 침묵이 흘렀다. 그들은 서로 숨만 죽이고 상대의 반응을 기다리고 있었다.

"어떠냐? 좋은 소식이 되겠어?"

"됐다! 됐어!"

홍 기자가 소리치는 바람에 다른 기자들도 덩달아 모두 일어섰다.

"잘해 봐."

"좋은 소식 있으면 지체 말고 알려줘!"

홍 기자는 수화기를 놓고 소파에 털썩 주저앉았다.

"좋은 소식이 있습니까?"

이태기 기자가 고개를 길게 빼고 물었다.

"자, 다들 이리 와 앉아."

홍 기자는 기자들을 모두 둘러앉게 한 다음 목청을 가다듬어 말하기 시작했다.

"이제 비로소 에이꼬가 관계하던 곳을 알아내게 될 것 같다. 에이꼬가 후미에란 여급한테 보낸 편지가 도오쿄의 엄 기자 손에 들어갔는데…… 그 편지에 의하면 에이꼬는 제주도에 올 때마다 어느 귤 농장 안에 있는 별장에서 지낸 것 같다. 그 귤 농장은 서귀포 부근에 있다. 그리고 넓이가 수만 평이나 된다. 그 별장은 전망이 좋은 곳에 위치하고 있어서 바다가 한눈에 들어온다. 2층 별장으로…… 자연석으로 만들어져 있고 벽난로도 있다. 이제부터 한 사람만 여기에 남고 모두 서귀포로 가서 그 별장을 찾아야 한다!"

"드디어 걸려들었군."

늙은 사진 기자 임창득이 카메라 기재들을 챙기면서 들뜬 목소리로 말했다. 홍 기자는 손짓으로 그를 제지했다.

"잠깐! 출발하기 전에 일러둘 말이 있다. 그 별장에는 틀림없이 킬러들이 숨어 있을지도 모른다. 그렇다면 놈들도 감시를 철저히 하고 있을 거다. 만일 우리가 움직이고 있는 것을 놈들이 눈치 채게 되면 우리를 살려 두지 않을 거다. 그러니까 별장을 찾되 각별히 조심해서 신중을 기해야 될 거다. 뭐 곤충 채집에 나선 사람으로 위장하는 것도 괜찮겠지! 자, 출발!"

"누가 여기 남을 건가요?"

"허 기자가 방을 지켜!"

6호는 나가려고 옷을 집어 들다 말고 맥이 빠진 듯 캡틴을 바라보았다.

"이거 봐! 낮잠 자지 말고 방을 잘 지켜! 중요한 전화가 올지도 모르니까 말이야."

"전화가 오면 어떻게 할까요?"

"1시간마다 이리로 전화를 할 테니까 기다려."

안명라 기자는 자기가 방에 남아 있지 않게 된 것이 기쁜 모양이었다.

"고마워요."

그녀는 소리치면서 제일 먼저 밖으로 뛰어나갔다.

밖으로 나온 일행은 두 대의 택시에 분승해서 즉시 서귀포로 향했다.

이태기 기자와 김명훈 기자가 먼저 출발했고 그 뒤를 캡틴과 안 기자, 그리고 사진 기자가 한 팀이 되어 따라갔다.

"헬리콥터로 한 바퀴 돌면 금방 찾을 수 있을 텐데……"

차 속에서 안 기자가 혼잣말처럼 중얼거리자 홍 기자가 어깨를 툭 쳤다.

"헬리콥터로 돌면 놈들이 눈치를 채게 돼. 비밀리에 눈치 못 채게 찾아야 하기 때문에 쉬운 일이 아니야. 이미 놈들은 그 일대에 쫙 깔려 있을 지도 몰라."

택시는 제주도를 가로지르는 횡단로 위를 기세 좋게 달리고 있었다.

이상한 노파(老婆)

마침내 4월 8일이 다가왔다.

김포 공항 부근 일대는 물샐 틈 없는 경계망으로 숨이 막히는 듯했다.

수백 개의 눈이 요소요소에서 번뜩이고 있는 가운데 여객기들이 예정 시간에 맞추어 하나 둘씩 공항에 들어오고 있었다.

박남구 형사는 다른 요원들과 함께 출구에 눌어붙어 있었다.

초조한 가운데 정오가 지나고 오후로 접어들었다. 그러나 해가 질 때까지도 찾던 인물은 나타나지 않았다. 몹시 피로하고 가슴이 답답해 왔지만 그는 끈질기게 눌어붙어 있었다.

공항에는 도오쿄 경시청의 다니가와 형사부장 일행도 나와 있었다. 모두가 변창식에 대한 사진을 한 장씩 가지고 있었지만 직접 그의 얼굴을 가장 정확히 알아볼 수 있는 사람은 다니가와 부장뿐이었기 때문에 그가 직접 공항에까지 나와 준 것이다.

밤이 깊어지자 비까지 내렸다. 살벌하던 공항 분위기는 점점 암울하게 변하고 있었다.

밤 11시 5분, 마침내 마지막 비행기가 공항에 들어왔다. 뉴욕에서 날아온 노스웨스트기였다.

이윽고 수속을 마친 승객이 한 사람씩 출구를 빠져나오기 시작했다. 박 형사는 충혈된 눈으로 한 사람 한 사람 뚫어지게 노려보았다.

마침내 마지막 한 사람이 빠져나갔을 때 혹시나 하고 기대했던 요원들은 순식간에 허탈감에 빠져들었다.

박 형사는 그 길로 강남으로 가서 도청팀과 합류했다. 다시 한 번 기회가 왔으면 하고 기대했지만 가능성이 있을지는 두고 볼 일이었다.

지친 끝에 그는 쓰러져 잠이 들었다.

4월 9일 새벽 2시 조금 지나 박 형사는 두드려 깨워졌다.

놀라 일어나 보니 이미 녹음기가 다르르 하며 돌아가고 있었다. 이어폰을 귀에 대고 있는 요원이 눈을 반짝이며 머리를 끄덕여 보였다.

녹음이 되는 것과 동시에 소리가 흘러나왔다. 신호 떨어지는 소리와 함께

"아, 여보세요."

하는 졸리운 남자 목소리가 들려왔다.

"변창호씨 좀 부탁합니다."

굵은 남자 목소리가 조심스럽게 방안의 침묵을 깼다.

"아, 형님……"

"음, 나다."

박 형사는 녹음기 앞으로 급히 다가앉았다.

"저, 지금 어디 계십니까?"

"음, 호텔이다."

"어느 호텔입니까?"

"그건 알 필요 없어. 내일 너를 만나고 싶은데 어떻게 하면 좋겠냐? 아무도 모르게 만났으면 좋겠는데……"

"제가 내일 그리로 가겠습니다."

"그건 안 돼. 위험해."

"그럼, 이렇게 하시죠. 요정에서 만나면 어떨까요? 제가 먼저 가서 기다리고 있겠습니다."

"어디 있는 요정이지?"

"비밀 요정인데, 별로 알려져 있지 않고 좋습니다. 거기 오셔가지고 김 마담을 찾으시면 됩니다."

"김 마담이라…… 괜찮을까?"

"차를 보낼 테니까 어디서 기다리십시오."

"네 차는 안 돼."

"물론이죠. 다른 사람 차를 보내겠습니다."

"아무래도 네가 마음에 안 놓여. 네가 만일 미행이라도 당하면 큰일이야."

"그건 염려 마십시오. 지금까지 그런 적은 없었습니다. 하여간 미행당하지 않게 할 테니까 그건 마음 놓으십시오."

"좋아. 그럼 너를 믿겠다. 낮 12시 정각에 힐튼호텔 앞으로 차를 보내."

"네, 그러겠습니다."

"앞 차창에 장미꽃 한 송이를 놓아둬. 눈에 띄게 말이야."

"네, 알겠습니다."

통화는 이것으로 끝이었다.

그로부터 30분 조금 지나 한 떼의 사나이들이 힐튼호텔로 모여들었다. 독수리 요원들이었다. 통금 시간이라 거리는 물론 호텔 내부도 적막하기 이를 데 없었다. 그런 때에 한 떼의 사나이들이 밀어닥쳤으니 호텔 측으로는 놀랄 수밖에 없었다.

그들은 다짜고짜로 숙박 카드를 모두 뒤졌다. 박 형사는 지배인을 다그치고 있었다.

"어제 이 호텔에 들어온 손님은 모두 몇 명이었나요?"

"1백 15명이었습니다."

"그 중에 이런 사람 없었는지 알아봐 주시오."

지배인은 호텔 종업원을 모두 불러서 사진을 보였다.

"이런 손님 본 적 있나?"

"못 봤는데요."

모두가 하나같이 고개를 저었다.

손님 중에는 외국인이 다수를 차지하고 있었다. 곤히 잠들어 있을 그들을 모두 두드려 깨워 신분을 조사한다는 것은 어려운 일이었다.

힐튼호텔은 30층짜리 매머드 호텔로 객실만도 6백여 개나 되었다. 현재 6백 10개의 객실에 손님이 들어 있었는데, 거의 혼자서 자는 사람이 없을 것을 고려한다면 투숙객은 1천 명 이상은 될 것이었다.

독수리 요원들은 한숨을 내쉬면서 잠시 휴식을 취했다.

박 형사는 변창식이 틀림없이 힐튼호텔 안에 있을 것이라고 확신했다. 신분을 위장하고 거기에 맞게 변장한 모습으로 투숙하고 있을 것을 믿어 의심치 않았다.

그들은 호텔 회의실을 빌어 대책을 숙의했다.

"눈치 볼 거 없이 한 사람씩 체크합시다!"

대부분이 이와 같은 견해에 일치했지만 박 형사만 반대했다. 그는 하품을 참으면서 이렇게 말했다.

"그건 안 됩니다."

"체면 차릴 거 있습니까. 자는 사람 두드려 깨우면 기분 나쁘겠지만, 그런 거 저런 거 따지다가는 그 놈을 놓치고 맙니다."

"문제는 외국인들입니다."

"협조를 구해야죠."

"그런 점 말고도…… 만일 그놈이 우리가 체크하고 있다는 걸 눈치 채고 교묘하게 빠져나갈 경우 체포는 불가능합니다. 물론 변창호를 만나러 요정에도 가지 않을 겁니다."

"그럼 어떻게 하면 좋겠습니까?"

"12시까지 기다려야죠. 그 놈이 요정에 가려고 나올 때까지 기다려야죠."

"기다리는 것도 한계가 있지, 이거 원……"

모두가 공항에서 어제 하루 종일 대기한데다가 밤잠까지 설치고 뛰어나온 바람에 신경이 극도로 날카로워져 있었다.

날이 밝아 왔다.

힐튼호텔 주위에는 한 인물을 체포하려고 2백여 명의 사나이들이 진을 치고 있었다. 미행하려고 동원된 차량만도 50여 대나 되었다.

만반의 준비를 갖춘 가운데 정오가 가까워 왔다.

박 형사는 검은색 피아트 안에 앉아 있었다. 12시 5분 전에 무선 전화가 삑삑하고 울었다.

"요정을 찾았다. 요정 위치는 장충동……"

변창호를 담당한 팀으로부터의 보고였다. 변창호는 이미 요정에 가 있는 것 같았다.

이번에는 워키토키에 신호가 들어왔다.

"크림색 포니에 장미가 있다! 지금 호텔 앞에 도착!"

박 형사는 운전 요원의 어깨를 툭 쳤다.

운전 요원은 시동을 걸고 차를 천천히 앞으로 움직여 나갔다.

호텔 앞에는 각종 차들이 줄을 잇고 있었다. 뒤엉킨 차 사이로 크림색 포니 한 대가 미끄러져 들어가는 것이 보였다.

"어!"

박 형사는 혹시 잘못 본 것이 아닌가 하고 잠시 두리번거렸다. 그도 그럴 것이 크림색 포니 안으로 들어가는 사람은 잿빛 머리의 뚱뚱한 노파였기 때문이다.

"5호 보고하라!"

"여기는 5호, 크림색 포니…… 노파 태우고 출발!"

"다시 한 번 확인하라! 6호, 크림색 포니에 장미꽃이 있는가?"

"분명히 보인다.

크림색 포니차 주위로 차들이 몰려들었다. 포니는 2중, 3중으로 포위된 채 달려갔다. 미행당하고 있다는 것도 모르는 듯 장충동 쪽으로 미끄러져 갔다.

박 형사가 탄 피아트는 포니와 앞서거니 뒤서거니 하면서 달려갔다. 그 동안 그는 포니 뒷좌석에 앉아 있는 노파를 유심히 관찰했다.

노파는 가는 금테 안경을 끼고 있었다. 멋쟁이 노파인 듯 목걸이며 귀고리까지 하고 있었다. 아까 차에 탈 때 보니 밑에는 회색 바지 차림이었고 위에는 노란색의 옷을 걸치고 있었다. 몹시 살이 쪄서 턱에 군살이 늘어져 있었고 배도 임신한 여자처럼 불룩하게 솟아 있었다.

그 비밀 요정은 장충동의 어느 후미진 골목 안 주택가에 자리잡고 있었다.

독수리 요원들에 의해 철통같이 포위된 그 곳으로 포니는 미끄러져 들어갔다.

노파가 안으로 사라진 뒤 10분쯤 지나자 잠복하고 있던 사나이들이 마침내 모습을 드러내기 시작했다.

집 안에 있던 두 마리의 개가 무섭게 짖어대자 안에서 중년 사내가 나타났다. 사내는 철문 저쪽에서 누구냐고 물었다.

"경찰입니다! 문 좀 열어요!"

"왜, 무슨 일로 그러십니까?"

"빨리 열어!"

담을 넘어 뛰어들려고 하자 사내가 문을 열었다.

박 형사는 피스톨을 뽑아들고 사내를 노려보았다.

"방금 어느 노파가 들어왔지요? 그 방으로 빨리 안내하시오!"

사내는 벌벌 떨면서 앞장서서 안으로 들어갔다.

걸려든 대어(大魚)

2층의 맨 구석진 방 앞에서 박 형사와 독수리 요원들은 걸음을 멈추었다. 사내는 방을 손으로 말없이 가리킨 다음 뒤로 물러섰다.

독수리 요원들은 일부는 피스톨을 뽑아들고 다른 일부는 몽둥이를 들었다. 박 형사는 눈짓을 하자 맨 앞장선 요원이 문을 힘껏 열어젖혔다.

그러나 문은 안에서 굳게 잠겨 있었다.

"누구냐?"

안에서 날카로운 물음이 날아왔다.

요원들은 서로 눈짓을 교환한 다음 무쇠 같은 어깨로 문을 힘껏 밀어붙였다.

문짝이 안으로 떨어져 나가는 것과 동시에 요원들은 방안으로 뛰어들었다. 구석 쪽에서 요리상을 사이에 두고 앉아 있던 두 사람이 튕겨 일어나는 것이 보였다.

노파가 피스톨을 뽑아 드는 것과 동시에 몽둥이가 휘익 하고 날았다. 몽둥이는 곧장 노파의 머리통을 후려갈겼다. 노파가 발사한 총탄이 천장을 뚫었다. 비틀거리는 노파의 머리 위로 다시 몽둥이가 떨어졌다. 노파는 벽을 긁으면서 방바닥으로 무너져 내렸다.

변창호도 얼굴에 정통으로 몽둥이를 얻어맞고는 비명을 지르며 쓰러졌다.

박 형사는 노파의 머리를 휙 잡아당겼다. 가발이 벗겨지면서 대머리가 나타났다. 가발은 피에 젖어 있었다. 대머리에서 검붉은 피가 솟구치고 있었다. 사진에서 익혀 둔 변창식의 얼굴이 발치에서 경련하고 있는 것을 노려보다 말고 박 형사는 소리쳤다.

"빨리 운반해!"

"병원으로 갈 겁니까?"

"병원은 안 돼! 곧장 본부로! 의사를 대기시켜!"

두 사나이가 변창식을 번쩍 들고 밖으로 운반했다. 난장판이 된 방안에 박 형사는 마지막까지 남아 있었다.

한쪽에서는 중년 사내와 마담으로 보이는 30대 여인이 창백하게 질린 얼굴로 떨고 있었다.

"피해액을 계산해 두십시오. 보상해 드리겠습니다. 놀라게 해서 미안합니다."

박 형사의 사과에 그들은 비로소 기운을 얻어 입을 열었다.

"아, 아니에요. 보상은 무슨 보상입니까? 그보다도 못 본 걸로 해주시면……"

비밀로 요정을 차린 것을 눈감아 달라는 뜻인 것 같았다.

빽빽이 들어찬 관목 숲속에서 두 젊은 남녀는 뜨겁게 입을 맞추었다. 여자는 처음에는 저항을 보이다가 일단 불이 붙자 남자의 목을 끌어안으며 몸을 밀착시켜 왔다.

일단 여자의 입술을 점령한 남자는 왼팔로 그녀의 어깨를 싸안은 다음 오른손으로 부지런히 몸을 쓰다듬기 시작했다. 그의 손이 은밀한 곳을 스쳐 갈 때마다 여체는 바르르바르르 떨었다.

"아, 잠깐…… 잠깐요……"

남자는 여자의 말은 들은 체도 하지 않고 마침내 옷 속으로 손을 집어넣었다.

"잠깐…… 뭐가 들리는 것 같아요. 아이…… 싫어요."

"놓지 않겠어."

"뭐가 들려요. 저 봐요!"

너무 여자에게 열중하고 있었기 때문에 미처 아무 것도 듣지 못한 남자는 그제서야 얼굴을 쳐들고 귀를 기울였다.

"슉……"

"슉……"

"슉……"

"슉……"

일정한 간격을 두고 이런 소리가 들려오고 있었다.

"음? 이상한데……?"

남자는 비로소 기자로 돌아왔다. 여자도 제 위치를 찾았다. 헝클어진 머리를 쓰다듬고, 치켜 올라간 브래지어를 끌어내리고, 반쯤 벌어진 바지 지퍼를 끌어 올렸다.

"미워요."

"미안해."

홍 기자는 벌써 움직이고 있었다. 허리를 굽히고 소리 나는 쪽으로 재빨리 움직이고 있었다. 그 뒤를 안 기자도 부지런히 따라붙었다.

그들은 한라산의 중턱에 있었다. 거기서 그들은 에이꼬의 편지에 나타난 그 정체불명의 별장을 찾고 있던 중이었다.

다섯 명의 기자들이 사흘째 서귀포 일대의 귤밭을 뒤지고 있었지만 그런 별장은 나타나 주지 않았다. 그들은 두 파트로 나뉘어 훑고 있었는데, 생각보다는 고생이 막심했다. 지친 끝에 포기하고 싶은 생각이 없지 않아 있었지만, 홍 기자는 캡틴으로서 쉽게 그만둘 수가 없었다. 의외로 안 기자가 끈질긴 데가 있어서 그에게 많은 도움이 되었다.

언제나 그와 안 기자, 그리고 늙은 사진 기자 임창득이 한 조가 되어 움직였는데, 오늘은 산 속을 헤메다 지친 끝에 쉬다 말고 두 사람이 잠시 사랑을 불태운 것이다. 임 기자는 어디로 갔는지 보이지가 않았다.

홍 기자는 워키토키로 임 기자를 불렀다.

"임 선배님…… 임 선배님…… 어디 계십니까?"

"아, 아래쪽에 있어. 담배 피우고 있어."
"담배 끄십시오. 뭐가 있는 것 같습니다."
"뭐, 뭔데……?"
어지간히 피곤에 잠긴 목소리다.
"이상한 소리가 나고 있습니다. 들리지 않습니까?"
"안 들리는데……"
"이쪽으로 올라오십시오. 관목숲 끝입니다."
"슉……"
"슉……"
하는 소리는 계속해서 들려오고 있었다. 아무래도 알 수 없는 소리였다.

조금 후에 임 기자가 땀을 뻘뻘 흘리며 나타났다. 그 역시 이상한 소리를 듣더니 모르겠다는 듯 머리를 갸우뚱했다.

그들은 조심스럽게 앞으로 접근해 갔다.

관목 숲이 끝나고 거기서부터는 상수리나무들이 하늘을 가리고 있었다.

나무 사이로 사람의 모습이 몇 개 어른거리는 것이 보이는 듯했다. 홍 기자는 망원경으로 앞을 살폈다. 곧 망원경을 떼고 손으로 눈을 비빈 다음 다시 앞을 살폈다.

"뭐가 있나?"
"쉿! 엎드려요!"
그들은 잡초 위에 배를 깔고 납작 엎드렸다.

나무 사이에서 어른거리고 있는 것은 세 명의 남녀였다. 남자

두 명에 여자가 하나였다.

남자 두 명은 주위를 감시하고 있었고 여자는 피스톨을 발사하고 있었는데, '숙숙' 하는 소리는 방아쇠를 당길 때마다 나는 소리였다.

보통 피스톨 소리와는 달리 그것은 김빠지는 소리 같았다.

여자는 어떤 목표를 향해 사격 연습을 하고 있는 듯했다. 블루진 바지 차림에 와이셔츠를 걸치고 있었고, 긴 흑발이 어깨를 덮고 있었다.

"수상한 년놈들이 있습니다. 잘 보십시오."

임 기자에게 망원경을 내주는 홍 기자의 얼굴이 돌처럼 굳어 있었다. 이윽고 임 기자의 표정도 창백해졌다.

"아니, 저건 사격 연습을 하는 것 같은데…… 무슨 권총 소리가 저렇지?"

"아마 소음 권총일 겁니다. 특수한 목적에 사용하는 피스톨 말입니다."

이번에는 안 기자가 망원경을 받아들었다.

임 기자는 이미 카메라에 망원렌즈를 달고 있었다.

"남자들은 등산복 차림이에요."

"등산객으로 가장한 수상한 놈들이야."

"찰칵……"

"찰칵……"

임 기자가 셔터를 눌러 대기 시작했다. 좀 더 결정적인 것을 잡기 위해 그는 자꾸 앞으로 나갔다.

"선배님, 조심해야 합니다."

"염려 마."

"가능하면 얼굴을 찍으십시오."

"여자가 선글라스를 끼고 있어."

그들은 여자의 얼굴을 볼 수 있게 옆으로 돌아갔다.

여자가 들고 있는 피스톨은 총신이 유난히 길어 보였다. 여자는 다리를 옆으로 비스듬히 벌리고 오른손으로는 허리를 짚고 있었다. 그리고 왼손으로 피스톨을 발사하고 있었다.

"왼손잡이야."

홍 기자가 중얼거렸을 때 여자가 사격을 끝내고 몸을 이쪽으로 돌렸다.

선글라스를 끼고 있어서 얼굴은 알아볼 수 없었다. 조금 큰 키에 몸매가 늘씬하게 뻗어 있었다. 와이셔츠의 양쪽 끝을 배꼽 위로 잡아내고 있어서 잘록한 허리가 드러나 보였다. 볕에 그을린 가무잡잡한 피부였다. 와이셔츠의 윗단추를 풀고 있어서 터질 듯이 풍만한 가슴이 반쯤 눈에 들어왔다. 섹시한 분위기를 강렬히 풍기는 여자였다.

바로 그 때 장끼 한 마리가 소리 높이 울부짖으며 하늘로 치솟았다. 임 기자가 당황해 하며 일어서는 것이 보였다.

"이쪽으로 와요!"

홍 기자가 소리쳤을 때 세 명의 남녀는 이미 행동을 개시하고 있었다. 일본말로 뭐라고 소리치는 것이 들려왔다.

"안 기자! 뛰어!"

주춤거리는 안 기자의 손을 낚아채면서 홍 기자는 밑으로 달리기 시작했다.

임 기자도 필사적으로 따라오고 있었다.

"슉……"

"슉……"

"슉……"

소음 피스톨을 발사하는 소리가 계속 들려왔다. 나뭇가지가 부러지는 소리, 잡초를 헤치는 소리, 고함 소리 등이 뒤엉켜 뒤를 바싹 따라오고 있었다.

"어마, 더 이상 못 가겠어요!"

안 기자가 숨이 턱에 차서 할딱거리며 말했다. 홍 기자는 사정없이 손을 잡아끌었다.

"죽고 싶어서 그래! 지금 죽으면 시집도 못 가!"

홍 기자는 이상한 예감에 뒤를 돌아보았다.

조금 전까지 따라오던 임 기자의 모습이 보이지 않았다. 큰일 났다고 생각했지만 뒤로 돌아가기에는 너무 사태가 위급했다. 다른 곳으로 샜겠지 하고 생각하면서 그대로 내달렸다.

공포(恐怖)의 밤

박 형사는 손목시계를 힐끔 보았다.

4월 10일 새벽 1시가 지나고 있었다. 초조하면서도 지리한 시간의 흐름 속에 그는 서 있었다. 그 외에도 거기에는 몇 사람이 더 있었다. 모두가 땀을 흘리고 있었다.

외부와 완전히 차단된 그 곳은 주검 같은 무거운 정적 속에 깊이 가라앉아 있었다. 들리는 소리라고는 침대 위에 누워 있는 사나이의 끊어질 듯 말 듯 한 가는 숨소리뿐이었다.

변창식의 머리는 온통 붕대로 칭칭 감겨져 있어서 제 모습을 알아볼 수 없었다. 환자 곁에는 중년의 의사가 한 명 붙어 앉아 있었다. 숨소리가 거칠어지는 듯 하면 주사를 놓곤 했다. 환자의 혈관으로는 링거액이 계속 흘러들고 있었다.

청진기로 환자의 상태를 살피던 의사가 사나이들 쪽으로 고

개를 돌리며

"위독합니다."

하고 말했다.

얼어붙어 있는 사나이들의 몸이 움직였다.

"얼마나 시간이 있나요?"

뚱뚱한 사나이가 물었다.

"곧…… 얼마 남지 않았습니다."

"병원으로 옮기면 어떨까요?"

"마찬가지입니다."

의사는 절망적으로 고개를 저었다.

박 형사는 환자의 머리맡에 다가가서 귀에 입을 댔다.

"변창식…… 당신은 곧 죽는다. 죽기 전에 털어놔. Z가 뭐지? Z가 누구지?"

"……."

"도시 게릴라들을 한국에 투입한 이유가 뭐야? 말하지 않겠나?"

"……."

"당신이 스파이란 건 다 알고 있어! 죽기 전에 털어놔!"

"……."

박 형사는 허리를 펴면서 뚱뚱한 사나이를 바라보았다.

"지독한 놈인데요. 저대로 입을 다문 채 죽으면 정말 난처한데요."

모처럼 체포한 거물이었다. 그런데 입을 열기도 전에 죽어가고 있으니 애가 탈 수밖에 없었다.

"할 수 없어. 비상 수단을 써야지."

뚱보가 시가를 꺼내들며 말했다.

"그러다가 즉사해 버리면 어떡하죠?"

"할 수 없지 뭐."

뚱보 말대로 다른 방법이 없었다.

유일하게 반대하고 나선 사람은 의사였다. 그러나 국가를 지키려는 사나이들의 대의 앞에서는 의사도 물러날 수밖에 없었다.

여러 가닥으로 뻗은 전기줄 끝에는 구리로 된 단자들이 붙어 있었다. 그것들을 환자의 팔다리에 고정시킨 다음 전문가는 뚱보를 바라보았다.

"시작해."

뚱보는 지체하지 않고 지시를 내렸다.

갑자기 실내에 윙하는 소리가 들렸다. 여러 개의 구리 단자들이 부르르 떨면서 무섭게 울어대기 시작했다. 동시에 그때까지 죽은 듯이 누워 있던 변가의 몸뚱이가 풀썩 뛰어올랐다.

"으악!"

변가는 눈을 뒤집어 까면서 악을 썼다. 입에서는 거품이 흘러나오고 있었다. 불과 수초 간이었지만 그것은 그 어떤 것보다도 강한 충격을 안겨주고 있었다.

"자, 말해! 말하라구! Z가 누구야? 누구냔 말이야?"

변가는 아직 충격에서 깨어나지 못한 채 허덕이고 있었다.

"입을 열 때까지 몇 번이고 계속할 테다!"

뚱보가 신호를 보내자 다시 단자들이 몸부림치며 울어댔다.

"으악! 그…… 그…… 그……."

이빨을 부드득하고 가는 소리가 났다. 변가의 두 눈이 튀어나올 듯이 크게 확대되어 있었다. 박 형사는 기회를 놓치지 않고 다그쳤다.

"자, 자백해! 다시 할까?"

"그…… 그…… 그만……."

신음과 함께 머리를 가로젓는다. 일순 모든 것이 정지하고 죽음 같은 정적이 찾아왔다.

모든 사나이들의 눈과 귀가 변가에게 쏠리고 있었다. 변가는 거칠게 호흡하고 있었다. 의사가 황급히 주사를 놓았다. 호흡이 조금 가라앉는 듯했다.

"……Z……Z…… 메데오……."

"똑똑히 말해 봐! 메데오가 누구냐? Z가 메데온가?"

"G대…… 김……Z…… 으윽……."

"G대 김이 누구야? 사실대로 말하지 않으면 다시 하겠다. 이번에는 더 큰 거다!"

"으윽…… 물…… 물……."

"안 돼. 말해 봐!"

"구르노가…… 메데오를…… 물…… 물……."

주전자 꼭지를 입에 대고 물을 넣어주자 변가는 심하게 기침했다. 몇 번 격렬하게 기침하더니 마침내 머리를 뒤로 젖히면서 부르르 경련했다. 그것이 마지막 움직임이었다. 부릅뜬 눈이 허공을 응시하고 있었다.

"죽었습니다."

맥을 짚어보고 난 의사가 중얼거리듯 말했다.

그 시간에 제주도 S호텔 1905호실은 침통과 분노, 그리고 불안에 싸여 있었다.

"망할 자식!"

홍 기자는 팔짱을 낀 채 방안을 빙빙 돌아가고 있었다. 벌써 몇 시간째 박남구 형사의 전화를 기다리고 있었지만 그로부터는 연락이 없었다. 본부에 대기하고 있는 기자들에게 박 형사를 찾아달라고 지시한 것이 벌써 다섯 시간 전이었다.

늙은 사진 기자 임창득이 실종되자 그는 몹시 당황했다. 그렇다고 현지 경찰에 의뢰할 수도 없었다.

그렇게 되면 그들의 하는 일을 설명해야 되고, 지금까지 취재해 온 것들을 몽땅 경찰에 빼앗기게 된다. 결국 경찰은 그들을 추방해 버리거나 보호한다는 구실로 연금 상태에 둘지도 모른다. 그래서 생각 끝에 박남구 형사를 찾은 것이다. 그런데 연락이 없는 것이다. 애가 탈 노릇이 아닐 수 없었다.

"여기 경찰에 연락하죠."

보다 못한 후배 기자가 말했다.

"안 돼! 지금 신고한다고 해서 이 밤중에 경찰이 산을 뒤질 줄 알아? 어차피 날이 밝아야 움직일 거란 말이야! 더 기다려 봐!"

"만일 임 선배님한테 무슨 일이라도 생겼으면 어떡합니까?"

"……."

홍 기자는 숨을 들이키면서 창밖을 노려보았다. 임 기자에게 불행한 일이 일어난다면 그것은 전적으로 나의 잘못이다. 이 일을 어쩌면 좋단 말인가! 그 때 전화벨이 울렸다. 안 기자가 수화기를 들었다가 홍 기자한테 넘겼다.

"박 형사님 전화예요!"

홍 기자는 수화기를 낚아챈 다음 소리를 꽥 질렀다.

"빨리 좀 와줘! 큰일 났어!"

"다급하니까 나를 부르는군. 제주도에서 도대체 뭘 하고 있는 거야?"

"잔말 말고 빨리 와줘! 우리 기자 한 사람이 실종됐어! 아니, 납치된 거야!"

"누구한테?"

"소음 권총을 가진 놈들이야!"

"알았어, 첫 비행기로 내려가지."

"이것 봐! 그 때까지 어떻게 기다려! 헬리콥터라도 타고 오란 말이야!"

"알았어."

"부탁이야."

수화기를 내려놓고 난 홍 기자는 상기된 얼굴로 후배 기자들을 바라보았다.

한편 임창득 기자는 창고 속에 처박혀 있었다. 손발을 묶인 채

땅바닥에 누워 있는 그는 정신을 잃었다가 가까스로 깨어나고 있었다.

낮에 도망치다가 오른쪽 허벅지에 총을 맞고 쓰러진 그는 곧장 별장으로 납치되어 고문을 받았다. 세상에 태어나 고문이란 것을 처음 받아본 그는 고통을 참을 수가 없어 비통하게 울부짖었다. 그들이 묻는 대로 모든 것을 불어버리면 고통이 멎을 것이라는 것을 잘 알고 있었다. 고문이 가해질 때마다 몇 번이고 자백하고 싶은 마음이 치솟곤 했었다. 그러나 그 때마다 홍 기자의 모습이 떠오르곤 했다. 그에 대한 감사한 마음은 언제나 생생하게 그의 가슴 속에 자리하고 있었다. 그는 매력 있는 놈이었다. 그를 위해서라면 무슨 일이든지 해주고 싶었다. 그 놈 덕분에 특종상을 받게 되었을 때 자신은 얼마나 감격해서 울었던가. 그런 놈을 배신해서는 안 된다. 그에게 은혜를 갚을 기회가 나에게 찾아온 것인지도 모른다.

그는 체포되기 직전 호주머니에 넣어두었던 필름을 숲 속으로 던졌었다. 그것은 세 명의 남녀가 사격하는 것을 찍은 필름이었다. 카메라 속에는 역시 같은 장면을 찍은 필름이 들어 있었다. 그러나 그것은 놈들한테 압수당했다. 놈들은 그것을 뽑아내 가지고 자신들의 모습이 찍힌 것을 알자 비로소 본격적으로 고문을 가해 온 것이다.

그는 몹시 목이 말랐다. 침을 삼키면서 아내와 자식들을 떠올렸다. 특종상으로 받은 13평짜리 아파트로 입주하던 날, 감격에 겨워 훌쩍거리던 늙은 아내의 모습이 생각났다. 그 때 나는 빙그레 웃으며 아내의 어깨를 툭툭 두드려 주었었지. 난생 처음 의젓하게 말이야. 그 생각을 하고 그는 빙그레 웃었다.

그때 문이 열리면서 창고 안에 불이 들어왔다.

희미한 전등 밑에 몇 사람이 서 있는 것이 보였다. 그 중에는 여자도 끼여 있었다. 그 여자를 보는 순간 임 기자는 몸이 떨려왔다. 어제 낮에 숲에서 사격 연습하던 여자였는데 고문자들 중에서 그녀가 제일 악랄했다. 일본말만 사용하는 것이 일본 여자인 것 같았다.

여자는 가죽 장화를 신고 있었다. 뚜벅뚜벅 다가오더니, 무조건 총상 입은 임 기자의 허벅지를 콱 밟았다.

"어이쿠!"

임 기자는 비명을 질렀다. 피가 말라붙은 얼굴은 이미 너무 이겨져서 제 모습을 완전히 상실하고 있었다.

"기자 나리, 아직도 정신 못 차렸나?"

"아이구…… 아이구……"

"눈알을 빼줄까?"

여자가 칼을 디밀었다. 날카로운 칼끝을 보자 임 기자는 눈이 뒤집히는 것 같았다.

마지막 고문(拷問)

그는 뒤쪽으로 기어갔다. 그러나 쓸데없는 짓이었다. 벽이 가로 막고 있어서 더 이상 피할 수가 없었다.

"우선 오른쪽 눈알부터 빼 줄까?"

칼날이 불꽃을 받아 눈앞에서 번쩍 빛났다. 그는 창고 중앙으로 내동댕이쳐졌다. 두 명이 양쪽에서 겨드랑이를 끼고 그를 일으켜 앉히고 다른 한 명은 뒤에서 그의 머리칼을 잡아 젖혔다. 천장으로 향한 그의 얼굴 위로 칼날이 천천히 내려왔다.

"어느 쪽 눈부터 뽑아 줄까?"

"사, 살려주시오!"

"살려줄 테니까 바른 대로 말해! 다른 기자들은 어디 있지?"

"……"

"제가 물어보겠습니다."

앞으로 나서는 자는 한국인이었다. 서른 살쯤 된 자로 콧잔등이 푹 꺼져 있다.

"K일보가 계속 도시 게릴라 관계를 특종 취급하고 있는데…… 우리가 어떻게 제주도에 있는 것을 알았지?"

"……"

"담당 기자가 누구야?"

"……"

사내의 무릎이 임 기자의 턱을 올려쳤다. 임은 금방 피투성이가 되었다.

"우리에 대해서 어느 정도 알고 있지?"

"아는 거 없어."

"여기 내려와 있는 기자가 전부 몇 명이야?"

"……"

"어디에 묵고 있어?"

"우리는 다른 일로 온 거야. 그러다가 우연히 산 속에서 당신들을 본거야."

"거짓말 마!"

여자가 날카롭게 소리치면서 오른쪽 허벅지를 다시 힘껏짓밟았다.

"아이구!"

임 기자는 비통하게 울부짖었다. 그러나 그 울부짖음은 수만평 되는 귤밭 한 가운데에 위치하고 있는 창고 속에서 흘러나오고 있어서 멀리까지 들릴 리가 없었다.

"천장에 매달아! 옷을 모두 벗기구!"

여자의 명령에 따라 사나이들은 임 기자를 벌거숭이로 만든 다음 손목을 밧줄로 동여맸다. 그리고 천장을 가로지른 통나무에 줄을 걸치고는 그것을 힘차게 잡아당겼다.

짐짝처럼 매달려 올라간 임 기자는 고통에 못 이겨 살려 달라고 호소했다.

그러나 끝내 자백하지는 않았다.

"좋아! 더 이상 시간을 허비할 수는 없다. 마지막이니까 알아서 해!"

레드 로즈는 가까이 다가서더니 임 기자의 늘어진 남근을 꽉 움켜쥐고는 앞으로 잡아당겼다. 그리고 거기에다 시퍼런 칼을 들이댔다.

"10초 여유를 준다. 자백하지 않으면 잘라 버린다."

임 기자는 얼굴을 일그러뜨린 채 여자를 내려다보았다. 여자의 두 눈이 살기로 번뜩이는 것을 보자 그는 비로소 자신의 남근이 잘리고 말 것이라고 생각했다.

"……9초 ……10초 ……에잇!"

임 기자의 남근을 움켜쥐고 있는 여자의 손에 힘이 가해졌다. 남근이 엿가락처럼 늘어졌다. 칼날이 남근의 중간 부분을 노리고 거침없이 다가왔다. 불과 눈 깜짝할 사이였다. 임 기자는 아슬아슬하게 소리쳤다.

"말하겠어! 말하겠어! 그건 안 돼!"

이윽고 그의 몸이 밑으로 굴러 떨어졌다.

흐느껴 우는 그의 코앞으로 주전자 꼭지가 디밀어졌다.

"자, 물을 마시고 자세히 말해 봐."

임 기자는 정신없이 물을 마신 다음 배신자가 되어야 하는 자신의 신세를 한탄하며 다시 흐느껴 울었다.

그 때 그의 머리 위로 헬리콥터가 낮게 날아가는 소리가 들려왔다.

서울에서 곧장 날아온 헬리콥터는 S호텔 앞 백사장 위에 내려앉았다.

거기서 몇 개의 그림자들이 뛰어나와 곧장 S호텔 쪽으로 뛰어왔다.

5분쯤 지나 1905호실 문이 요란스럽게 흔들렸다.

"문 열어!"

"누구냐?"

기자들은 불안한 눈으로 문을 주시했다.

"홍 기자, 나야! 박남구야!"

문이 열리고 11명이나 되는 사나이들이 안으로 쏟아져 들어왔다.

홍 기자와 박 형사는 악수를 나누었다.

"말해 봐. 어떻게 된 거야?"

"그보다 먼저 약속해 줘야 할 것이 있어!"

"말해 봐."

"우리들의 취재를 막지 말 것! 취재의 자유를 보장해 달라는 거야! 이미 우리는 구체적인 것을 다 파악하고 있으니까 막아도 소용없어!"

박 형사는 뚱보를 바라보았다. 뚱보는 시가에 불을 붙이다 말고 하는 수 없다는 듯이 고개를 끄덕거렸다. 홍 기자는 맥주를 들이키면서 마침내 털어놓기 시작했다.

"이 호텔에는 치벨라 공화국의 전 대통령인 메데오의 가족들이 투숙하고 있어. 부인과 두 어린 자식이 20층을 통째로 사용하고 있는데 경호가 엄중해. 서귀포 쪽에는 그들이 사용하게 될 별장이 어마어마하게 세워지고 있어. 그러니까 메데오 일가가 제주도에서 망명 생활을 할 것은 거의 틀림없어. 우리는 치벨라 공화국에 석유 수입의 50%를 의존해 왔기 때문에 어떻게든 메데오가 재집권하기를 바라고 있는 실정이야. 따라서 그가 여기에 망명 정권을 세우도록 한 것은 뻔한 이치야."

"그건 사실이요."

뚱보가 시가를 빨면서 고개를 끄덕였다.

"메데오는 가족들을 이쪽으로 먼저 피신시켰어. 그는 아직 여기에 나타나지 않았지만 머지않아 참모들을 데리고 나타날 것이 틀림없어. 메데오를 축출한 로렌스 힐의 좌경 정권은 메데오 암살에 1천만 달러라는 거액의 현상금을 걸었고 암살단이 이미 행동을 개시했다는 외신보도가 있었어."

"나도 그 기사는 읽었어."

박 형사가 심각한 표정으로 조언했다.

홍 기자는 계속했다.

"암살단의 중심인물은 구르노라는 암살 전문가래. 그 놈은 신출귀몰하는 놈으로 몇 년째 인터폴과 각국의 수사 기관이 쫓고 있는데, 마침내 이번에 메데오를 노리고 한국에 잠입한 것 같아."

"그걸 어떻게 단정하지?"

"에이꼬가 생전에 제주도에 자주 온 것이 밝혀졌어. 도오쿄 주재 우리 기자가 에이꼬의 편지를 입수해서 알려준 거야. 그 편지에 의하면 에이꼬는 어느 별장에 대해 많이 언급하고 있어. 귤 농장에 있는 별장으로 2층 농장인데 자연석으로 멋있게 지은 거래. 우리는 그것을 찾으러 다니다가 임 기자를 잃어버린 거야. 산속에서 여자 한 명과 남자 두 명이 사격 연습을 하고 있었어. 소리 안 나는 권총이었어. 임 기자는 그 광경을 찍다가 들킨 거지. 같이 도망치다가 아마 총에 맞아 끌려간 것 같아. 그 년놈들은 동양사람 같았어. 지금 생각하니까 일본 적군파들이 틀림없어. 그러니까 그들은 메데오를 노리고 미리 제주도에서 대기하고 있는 게 틀림없어. 그들뿐 아니라 구르노를 비롯한 게릴라들이 지금쯤 모두 제주도에 잠복해 있는지 모르지."

"이제야 그들이 몰려든 이유가 드러나는군."

뚱보가 중얼거리며 대견하다는 듯 홍 기자 일행을 바라보았다.

"그 쪽의 조사 결과는 어때?"

홍 기자의 물음에 박 형사는 마지못해 입을 열었다.

"북쪽 스파이 거물을 하나 체포했어. 이번 사건의 배후 조종자인데 죽었어."

"그럼 북쪽에서 지원하고 있단 말인가?"

홍 기자는 소스라치게 놀라며 물었다.

"그런 것 같아. 메데오가 재기하면 자기들도 손해니까."

"치벨라 좌경 정권에 아첨하고 있군. Z는 밝혀졌어?"

"아아니, 아직……. Z가 메데오 암살이라는 것은 이제 밝혀진 셈이 아닌가?"

"그렇지."

"다만 Z라는 인물은 아직 밝혀지지 않았어. 곧 밝혀질 거야."

"임 기자를 빨리 구해 줘! 지금 그 별장에 있을 거야! 서귀포 쪽이야!"

"서장을 불러!"

뚱보가 부하에게 턱짓을 했다.

관할 파출소의 지서주임이 나타난 것은 날이 뿌우옇게 밝아 올 무렵이었다.

"그 별장이라면 제가 잘 압니다. 바로 이겁니다."

주임은 지도의 한 지점을 손가락으로 짚었다. 뚱뚱한 서장은 그를 흘겨보고 나서 전 경찰에 비상 출동 명령을 내렸다.

한 시간 뒤 5백여 명의 경찰은 새벽 이슬에 젖은 잡초와 나뭇가지를 헤치고 귤 농장을 향해 조용히 포위망을 좁혀 갔다. 홍 기자를 비롯한 기자들은 조금 떨어진 곳에서 그 광경을 지켜보고 있었다.

수평선은 조금씩 붉어 오고 있었다. 조용한 아침이었다.

경찰은 귤 농장의 철조망을 뚫고 안으로 신속하게 접근해 갔다. 이윽고 별장을 중심으로 반경 1백 미터의 포위망이 구축되자 서장은 마이크로 외쳐 대기 시작했다.

“너희들은 포위됐다. 모두 손들고 나와라. 5분의 여유를 주겠다. 5분 내에 항복하지 않으면 무조건 발포한다.”

5분 동안 무거운 정적이 흘렀다. 수평선은 더욱 붉어지고 있었다.

돌격조가 포복으로 재빨리 기어가고 있었다. 그러나 안에서는 아무런 반응이 없었다.

별장까지 기어간 돌격조는 벽에 붙어 서서 안의 동정을 살폈다. 역시 반응이 없었다. 서장이 손짓하자 돌격조는 총을 난사하면서 안으로 뛰어들었다.

총소리에 놀란 새들이 높이 날아오르는 것이 보였다.

발가벗긴 나신(裸身)

별장은 텅 비어 있었다.

홍 기자 일행은 창고 속에서 떠메져 나오는 사람을 향해 뛰어갔다. 그 사람은 벌거숭이였는데 온몸이 피로 젖어 있었다.

"임 선배님!"

홍 기자는 먼저 알아보고 달려들며 울부짖었다.

임창득 기자는 이미 죽어 있었다.

"천장에 목이 매어져 있었습니다."

기동 경찰관 하나가 말했다.

홍 기자는 임 기자를 끌어안고 몸부림치며 울었다. 박 형사가 말렸지만 소용없었다. 그는 주위에 아랑곳없이 한동안 엉엉 소리내어 울었다.

"임 선배님, 이게 웬일입니까? 임 선배님…… 임 선배님……"

기자들 모두가 울었다. 특히 안 기자는 한편에 서서 두 손으로 얼굴을 감싸 쥐고 서럽게 울었다.

한참 후 울음을 그친 홍 기자는 충혈된 눈으로 허공을 노려보며 분노에 차서 부르짖었다.

"짐승 같은 놈들…… 가만두지 않을 테다…… 짐승 같은 놈들……"

기자가 취재 중에 납치되어 살해되었다는 것은 충격적이고 슬픈 일이었다.

급보를 받고 K일보 사장을 비롯한 간부진들이 제주도로 날아온 것은 점심때쯤이었다. 임 기자의 부인도 동행이었다.

임 기자의 죽음을 슬퍼하는 듯 갑자기 하늘에 구름이 끼더니 눈물 같은 비가 내리기 시작했다. 임 기자의 부인은 남편의 유해를 끌어안고 몸부림치며 울었다. 그 모습을 보고 함께 울지 않은 사람이 없었다.

임 기자의 유해를 떠나보내며 홍 기자는 눈물을 뿌렸다. 참으려 해도 자꾸만 걷잡을 수 없이 눈물이 흘러내렸다.

출발에 앞서 K일보 간부들과 특별 취재팀 간에 마찰이 있었다. 너무 위험하니 거의 윤곽이 드러난 마당에 그만 철수하는 것이 어떠냐는 것이 간부들의 의견이었다. 그 말을 듣고 홍 기자는 버럭 화를 냈다. 상사들 앞에서 화를 낸 적이 없는 그였지만 그 때만은 참을 수 없었다.

"임 선배님의 죽음을 헛되이 할 수는 없습니다……. 임 선배님은 우리 대신 죽은 겁니다. 그런데 이제 와서 살겠다고 도망치라는 말입니까?"

"그게 아니지. 너무 위험하니까 하는 말이야. 이해해야지."

사회부장이 충치로 부어오른 바른쪽 뺨을 매만지며 말했다.

"끝장을 볼 때까지는 물러 수 없습니다. 저 혼자서라도 취재하겠습니다. 가고 싶은 사람들은 모두 가도 좋아."

홍 기자는 후배 기자들을 바라보며 말했다. 젊은 기자들은 완강히 고개를 저었다.

"우리는 모두 여기 있을 겁니다. 캡틴과 함께 끝까지 남아서 취재할 겁니다."

모두가 비장한 각오를 보여주고 있었다. 편집국장인 딸기코가 안명라 기자를 가리켰다.

"그렇다면 안 기자만이라고 돌아가지. 여자는 아무래도 위험하니까."

"싫어요."

안 기자는 날카롭게 쏘아붙였다. 어떻게나 기세가 드센지 모두가 움찔했다.

"여자라고 무시하는 건 싫어요. 전 끝까지 여기서 일하겠어요."

흥분해서 눈물까지 글썽거리는 것을 보고는 모두가 숙연해졌다. 마지막으로 결정을 내린 사람은 K일보 사장이었다.

"좋아, 자네들 결심이 그렇다면 좋아. 취재하라구! 굴복하지 말고 취재하라구! 내가 도와줄 수 있는 일은 없을까?"

"임 선배님의 유족들이 불쌍합니다. 유족들의 생활 보장이나 해주십시오."

"음, 알았어. 그건 이미 생각하고 있으니까 염려하지 않아도 돼. 자네들을 보니까 사는 보람이 느껴지는군."

사장의 두 눈에 눈물이 어리는 것을 보자 모두들 다시 숙연해졌다.

임창득 가자의 카메라는 발견되지 않았다. 카메라 속에 귀중한 필름이 들어 있는 것을 알고 있는 홍 기자는 몹시 안타까웠다.

"놈들이 강탈해 간 것이 분명해."

박 형사는 이렇게 단정했지만 홍 기자는 포기하지 않고 임 기자가 범인들을 발견하고 셔터를 눌러 대던 숲속 부근을 샅샅이 뒤졌다.

두 시간이 가까이 경찰들과 수색을 벌이고 있을 때 경찰관 하나가 무엇인가 들고 뛰어나왔다. 놀랍게도 필름이었다.

"찾았다!"

홍 기자는 필름을 높이 쳐들고 소리쳤다.

"그러면 그렇지. 임 선배님이 그냥 끌려갔을 리가 만무하지."

한 시간 뒤 그들은 물에 젖은 사진들을 펴놓고 둘러앉았다. 경찰서 서장실에서였다.

망원렌즈로 잡은 것이었지만, 사진에는 범인들의 모습이 뚜렷이 드러나 있었다. 피스톨을 들고 표적을 겨누고 있는 왼손잡이 여자를 보자 박 형사는 호주머니에서 사진 한 장을 꺼내 대조해 보았다. 두 여자의 인상은 서로 비슷해 보였다.

"레드 로즈다!"

"……?"

"음, 그렇군. 망할 년……"

독수리 작전을 지휘하고 있는 뚱보가 무엇인가 씹어 대며 중얼거렸다.

"레드 로즈라니요?"

"홍 기자가 참다못해 물었다.

"시모다 유미꼬라고 일본 적군파의 두목이야!"

"뭐라구?"

"이것으로 제주도에 적군파 게릴라들이 있다는 것이 분명해졌어!"

"여자가 두목이라니 믿어지지 않아."

"믿어지지 않겠지. 하지만 도오쿄 경시청 살인과 형사들이 말해 준 거야."

제주도 해안은 철통같은 경계 태세에 돌입했다. 10척의 경비정이 해안을 감시하는 동안 독수리 요원들은 속속 제주도로 날아왔다. 경찰 병력도 증강되었다.

내륙과 제주도를 이어주는 교통편은 그전과 같이 정상 운행되었지만 눈에 보이지 않는 감시의 눈들이 여기저기서 번뜩이고 있었다.

독수리 요원들은 S호텔 19층을 비밀리에 통째로 빌어 거기에다 임시 작전본부를 설치했다. 특별 취재팀은 그대로 같은 층의

5호실을 사용하도록 합의가 이루어졌다.

그날 오후 1시, 별장 주인인 양길자라는 여인의 신병을 확보했다는 연락이 제주도로 날아들었다.

박 형사가 본부에 도착해서 취조실에 들어갔을 때 그녀는 탁자 위에 엎드려 울고 있었다. 박 형사가 눈짓하자 곁에 서 있던 요원 하나가 그녀의 얼굴을 뒤로 젖혔다.

서른 댓쯤 된 여자로 남자같이 골격이 커 보였다. 짙은 화장기가 눈물과 뒤범벅되는 바람에 몹시 지저분한 인상이었다.

"공항에서 체포했습니다. 출국하려는 것을…… 아슬아슬하게 체포했습나다."

"어디로 가려고 했지?"

"일본입니다."

박 형사가 여자 주위를 한 바퀴 돌았다. 여자는 악에 받쳐 있는 듯이 보였다. 쉽게 입을 열 것 같지가 않았다.

여자에 대한 수사 자료를 들여다보았다. 자식도 남편도 없이 혼자 살고 있는 여자였다. 일정한 직업도 없이 조그만 독신 아파트에서 살고 있었다.

"그런 귤 농장이라면 시가 수억대는 될 거요. 무슨 돈으로 그 농장을 샀죠?"

"……"

여자는 이를 악문 채 허공을 바라보고 있었다.

"그 귤 농장은 일본 적군파들의 아지트였소. 어떻게 된 일이지요? 당신은 그들과 어떤 관계지요?"

"……"

"K일보 기자 한 사람이 그 안에서 시체로 발견됐단 말이오."

"……"

"당신이 말하고 안 하고는 당신의 자유지. 얼마든지 묵비권을 행사하라구요. 우리는 자신이 있으니까."

박 형사는 저고리를 벗고 와이셔츠 소매를 걷어붙였다. 그리고 여자 주위를 맴돌면서 담배를 피웠다.

"당신을 고문할 수도 있어. 얼마든지…… 여러 가지 방법으로…… 그러나 그런 짓은 싫어. 고문하면 당신은 즉시 입을 열겠지. 그러나 나는 기다리겠어. 두 시간도 좋고 세 시간도 좋아요."

양길자는 여전히 입을 악물고 있었다. 박 형사는 다른 사람들을 모두 내보냈다. 그리고 여자와 마주앉았다.

"변창식이라고 알겠죠?"

"……"

"그 자의 신분이 무엇인지, 그리고 그 자가 한국에서 무슨 일을 꾸미고 있었는지 우리는 모두 밝혀냈소. 그 자가 지금 어디 있는지 알아요?"

"……"

허공을 노려보던 여자의 두 눈이 조금 밑으로 내려와 그를 쏘아보았다. 놀라는 빛이었다.

"변창식은 지금 지옥에 있소. 바로 여기서 죽었지. 원한다면 시체를 보여줄 수도 있어요."

여자의 눈이 흔들렸다. 고개를 젓더니 입술이 벌어지면서 가늘게 몸을 떨었다.

"그는 Z에 대해 털어놓았소. 당신들이 메데오 씨를 노리고 있다는 사실 말이오."

"……"

여자는 더욱 몸을 떨어대더니 갑자기 몸을 벌떡 일으켰다. 그리고 두 주먹을 움켜쥐고

"아니야! 그럴 리가…… 그럴 리가 없어!"

하고 소리쳤다. 박 형사는 껄껄거리고 웃었다.

"도시 게릴라들은 조만간에 모두 체포될 거요. 저항하는 놈들은 물론 사살해 버릴 거요! 그렇지 않고 자수하는 사람에 대해서는 관대하게 다룰 거요!"

여자는 부르르 떨더니 갑자기 시멘트 바닥 위로 털썩 주저앉으면서 울음을 터뜨렸다.

"……마, 말하겠어요……. 말하겠어요……. 말할 테니 살려줘요……. 죽을 죄를 지었어요……. 살려줘요……"

박 형사는 그녀에게 다가서서 그녀를 부축해 일으켰다.

Z의 정체

양길자는 눈물을 지우고 담배를 한 대 피우고 나서 천천히 입을 열었다.

"이왕 이렇게 된 거 말씀드리겠어요. 그 대신 제 생명에 대한 보장을 해 주세요. 제가 입을 열었다는 것을 알면 그들은 저를 죽일 거예요. 관대한 처분을 바래도 될까요?"

"아, 물론 그런 건 염려하지 않아도 좋아요. 아무 걱정하지 말고 아는 대로 다 말해 주시오."

"전 사실 자세히 알지는 못해요. 그 사람의 부탁을 받고 일하다 보니까 저도 모르게 깊이 빠져들었어요. 그 사람이 원망스러워요."

"그 사람이 누굽니까?"

"김광식(金光植)이라고 대학 교수예요."

"어느 대학입니까?"

"G대학이에요."

김광식은 그녀의 시아주버님이었다. 김광식의 동생, 그러니까 양길자의 남편은 5년 전 스파이로 체포되어 사형대의 이슬로 사라졌다. 모든 것은 그 때부터 시작되었다. 남편을 지극히 사랑했던 그녀는 남편의 죄과를 따지기보다는 남편을 사형대의 이슬로 사라지게 한 현실을 저주했다. 날이 갈수록 저주에 사무친 그녀는 눈에 보이는 모든 것들을 증오했다. 여인의 저주와 증오는 오뉴월 서릿발보다 더 차갑게 응고되어 갔다. 이렇게 얼어붙은 그녀의 가슴에 복수의 불길을 심어 주는 자가 있었다. 다름 아닌 남편 김병식(金炳植)의 형인 김광식이었다.

김광식은 G대학 정치학 교수였다. 그녀는 앞 뒤 가리지 않고 그가 시키는 대로 일했다. 오직 복수의 일념에 불타 열심히 뛰어다녔다. 지령에 따라 움직이는 꼭두각시로 전락했다. 그 때는 이미 발을 빼기에 너무 늦어 있었다.

"농장은 누구의 지시로 산 거지요?"

"김광식의 지시로 구입한 겁니다."

"김광식이 두목인가요?"

"네…… 조직책이에요. 그렇지만 그는 변창식의 지시를 받고 있었어요."

"김광식이 Z인가요?"

"그건 잘 모르겠어요. 저는 다만 지시에 따라 부분적인 것만 처리했기 때문에 무슨 일이 일어나고 있는지 전체적인 것은 잘 몰라요."

"으음, 그렇다면 그 농장에 일본 적군파 대원들이 숨어 있었다는 것도 몰랐었나요?"

"네, 정말 몰랐어요. 어떤 계획이 진행되고 있다는 것만 짐작으로 알고 있었어요."

독수리 요원들은 두 파트로 나뉘어 김광식을 찾아 나섰다. 1진은 그가 근무하는 G대학으로 달려갔고 2진은 김의 집을 급습했다. 그런데 김광식은 그어디에도 없었다. 이미 눈치를 채고 도망쳐 버린 듯했다.

즉시 전국에 김광식을 체포하라는 지시가 내렸다. 독수리 요원들은 물론 전 경찰을 비롯한 수사 기관이 총동원되어 그를 찾기 시작했다. 눈에 보이지 않는 일대 사냥작전이 전국 방방곡곡에서 벌어졌지만 김광식은 어디로 숨어 버렸는지 쉽게 발견되지가 않았다.

한편 박남구 형사는 김광식에 대한 것을 철저히 조사했다. 신원조사 결과 대충 다음과 같은 사실이 밝혀졌다.

> <김광식 = 44세. G대 정치학과 졸업. 재학 중의 성적은 보통. 평양이 고향이며. 1-4 후퇴 시 남하한 것으로 사료됨. 대학 재학 중의 활동에는 주목할 만한 것이 없음. 그러나 단신 월남한 그가 고학도 하지 않은 채 대학 과정을 거쳤다는 것은 주목을 요할 사항임. 모종의 자금이 이때부터

그에게 흘러들지 않았나 하는 가능성을 생각해 볼 수 있음. 대학 졸업 후 2년 동안 회사원 생활을 하다가 군에 입대. 만기 제대 후 30세 때인 1965년 프랑스 소르본느 대학에 유학함.

이후 5년간 유럽에 머무르고 있는 동안 북의 스파이망과 긴밀히 접촉했을 가능성이 많음. 이는 그가 재정적인 후원자도 없이 여유 있는 유학생활을 했다는 사실 하나만으로도 그 가능성이 인정됨. 1970년 정치학 박사 학위를 획득하고 귀국한 후 그는 곧장 G대학 정치학과 조교수로 부임. 현재는 동교 정교수임. 강단에서 불온사상을 학생들에게 주입시킨다고 하여 한때 수사 기관의 조사를 받은 바 있으나 뚜렷한 혐의가 발견되지 않아 불문에 붙인 전력이 있음.

5년 전 스파이 혐의로 체포되어 사형당한 김병식은 약 5년 동안 국내에서 암약한 조총련계 스파이로서 군사 기밀을 탐지할 목적으로 활약하다가 체포되었음. 그가 김광식의 실제라면 두 사람의 스파이 행위는 자명한 것으로 사료됨. 김광식은 동생 김병식의 스파이 행위를 보다 원활히 보호해 주기 위해 국내 거점책으로 활약했을 가능성이 큼. 김병식의 사망 후 그는 동생의 복수를 위해 본격적으로 스파이 행위에 나섰을 가능성이 많으며, 이번 사건에 Z라는 암호명으로 게릴라들을 지원하고 있는 것으로 보임. 변창식이 죽기 전 Z의 신원을 묻자 "G대…… 김…… Z……" 라고 진술한 것으로 보아 김광식이 Z인 것은 거의 확실한 것으로 드러남. 그의 부인 채명자는 남편의 이중생활에 대해 전혀 모르는 것으로 판명됨.>

박남구 형사는 김광식의 사진을 뚫어지게 들여다보았다.

둥그스름한 얼굴에 가는 테의 안경을 끼고 있는 것이 귀골스러워 보였다. 아주 잘 생긴 미남이었다. 국내 어딘가에 숨어 있을 것이다. 어디에 숨어 있을까? 이놈만 체포하면 전모가 드러날 것이고, 놈들을 일망타진하는 것도 시간문제일 것이다. 망할 놈 같으니.

그날 저녁, 그러니까 4월 10일 밤 10시 정각,

X국에서는 비상 간부 회의가 열렸다. 귀중한 정보가 들어온 것이다. 외무부를 경유해서 들어온 그 정보는 다름 아닌, 바로 치벨라 공화국 전 대통령인 메데오의 입국을 알리는 내용이었다.

<치벨라 공화국 전 대통령 메데오 씨의 입국에 관한 건
– 오는 4월 15일 메데오 씨가 입국하는 바 경호에 만전을 기하기 앙망함. 메데오 씨는 제주도에 상주할 것인즉 특별 경호를 요망함.>

아주 간단한 내용이었지만 독수리 요원들에게는 그보다 더 날벼락이 없었다. 그것은 바로 시한폭탄을 사무실 안에 안고 있는 것이나 다름없을 정도로 그들에게 위기감을 불어넣어 주고 있었다.

"닷새밖에 안 남았군. 하필 이럴 때 올게 뭐람. 쯧쯧,……"

뚱보가 얼굴을 찌푸리며 파이프를 빽빽 빨았다.

"놈들을 일망타진 한 뒤에 와 주었으면 얼마나 좋아. 누님 좋고 매부 좋을 텐데……"

"닷새 동안에 놈들을 모두 체포할 수 있을까?"

"무슨 소릴 하는 거야? 놈들이 장님인 줄 알아?"

모두가 한마디씩 불평을 터뜨리고 있었다. 게릴라 색출에 전력을 기울이고 있는 그들로서는 그럴 만도 했다. 수사진이 게릴라들을 색출하기 전에 메데오가 암살이라도 당하면 그야말로 큰일이었다.

"제주도행을 막고 다른 곳으로 빼돌리면 어떨까요?"

박 형사가 참다못해 물어보았다. 뚱보가 고개를 설레설레 흔들었다.

"그건 안 되지. 그건 쉬울 일이 아니야. 그렇게 되면 문제가 복잡하게 되지. 그건…… 우리가 결정할 일이 아니야. 상부에서 결정할 일이야. 정치적인 문제이기 때문에 우리 마음대로 요리할 수가 없어."

"전 이해가 안 가는데요. 사람이 죽느냐 사느냐 하는 문제인데, 안전을 도모한다는 것이 어째서 마음대로 될 수가 없다는 겁니까?"

"그렇게 생각할 만도 하지. 그렇지만 이런 것도 생각해 봐야

해. 메데오 씨는 한국이 제일 안전하다고 생각해서 이리로 오는 거란 말이야. 그리고 여기다가 비밀리에 망명 정권을 세우려고 한다 이거야. 헌데 지금 여기에 게릴라들이 집결해서 자기를 노린다고 생각해 봐. 그 사람이 여기에 붙어 있을 것 같아? 어림없지. 모르면 몰라도 그는 당장 봇짐을 싸들고 어디론가 다시 안전한 곳을 찾아 방랑길에 오를 거란 말이야. 그와 같은 사태는 상부에서 바라지 않는 일이야. 그거야말로 상부에서 가장 우려하고 있는 일일 거란 말이야. 상부에서는 어떻게 해서든지 그를 여기에 붙잡아두려고 하고 있어. 그를 최대한으로 지원해서 어떻게 해서든지 그가 다시 권좌에 오르기를 기대하고 있는 거야. 그러나 게릴라들이 노린다고 해서 그를 다른 곳으로 모실 수는 없다 이거야. 나라고 그 생각을 못 했을 리가 있나."

뚱보는 파이프를 털고 나서 다시 담배 가루를 재 넣었다.

"그럼 메데오가 사지로 들어가는 것을 그대로 보고만 있으라는 겁니까?"

박 형사는 안타까운 나머지 소리라도 마구 지르고 싶은 심정이었다.

뚱보는 고개를 끄덕였다.

"할 수 없지. 사지로 들어가는 것을 보고 있을 수밖에 없지. 그 대신 우리 일이 많아지겠지. 암살당하지 않도록 만전을 기해야겠지. 직업이 이러니 할 수 있나. 참고 견디어 나갈 수밖에 없지."

"그렇다면 결국 닷새 안에 놈들을 척결하는 길밖에 다른 도리가 없겠군요."

"그렇지, 그 길밖에 다른 도리가 없지. 그게 제일 좋은 방법이지. 어떻게 생각하면 차라리 그것이 일하기에 좋을 지도 오르지. 메데오 씨를 미끼로 던져 놓고 놈들을 모두 제주도로 끌어 들인 다음 일대 결전을 벌이는 거야. 어때? 한번 해볼 만하지 않아?"

뚱보는 간부들을 둘러보며 의미 있는 웃음을 흘렸다.

"놈들도 메데오의 입국 날짜를 알고 있을까요?"

X국의 간부 하나가 턱을 치켜들고 물었다.

"벌써 알고 있는지는 몰라도…… 만일 모르고 있다면 어떻게 해서든지 알아내겠지. 그들도 정보망을 가지고 있을 테니까 말이야. 그리고 치밀하게 대책을 세우겠지."

실내는 갑자기 찬물을 끼얹은 듯이 조용해졌다.

결전을 앞두고 긴장에 싸이는 병사들 같았다.

배신(背信)의 동기

주한 치벨라 공화국 대사관은 도심 속에 위치하고 있으면서도 주위에 숲이 많아 마치 전원 속에 들어앉아 있는 것 같았다. 그러나 메데오 정권이 붕괴되면서부터 대사관 정문은 굳게 잠겨 있었다.

사실 메데오 정권의 붕괴와 함께 대사관의 기능도 마비되어 있었다. 이럴 경우 가장 난처한 사람은 대사관 직원들이다. 그중에서도 대사의 입장이 가장 난처하다는 것은 물어보나마나 한 일이다. 새로 들어선 정권이 다행히 국교 관계를 계속 유지하고 그를 대사로 인정해 준다면 별 문제다. 그러나 그렇지 않을 경우 대사는 오갈 데 없는 미아 신세가 되는 것이다. 자기 나라에도 돌아갈 수 없게 된 그는 하루아침에 거지 신세가 되어 망명 생활로 여생을 보내지 않을 수 없게 되는 것이다.

이러한 이유로 해서 주한 외교관들의 관심은 온통 전 주한 치벨라 공화국 대사의 거취에 쏠려 있었다. 그중 가장 유력한 소문은 벤무르 대사가 어쩌면 미국으로 망명할 것이라는 것이었다. 그러나 정확히 근거 있는 소문은 아니었다. 그도 그럴 것이 그는 최근 들어 두문분출하고 있었기 때문이다.

그런데 대사관 내에서는 의외의 일이 벌어지고 있었다. 매우 심각한 일이었는데, 밖에서는 전혀 눈치를 못 채고 있었다. 그럴 수밖에 없었다. 쥐도 새도 모르게 매우 은밀히 진행되고 있었기 때문이다.

거기서 어떤 결정이 내려진 것은 바로 지난 4월 10일 밤의 일이었다.

9시 조금 지나 외교관 번호를 단 검은 세단 한 대가 대사관저 앞에 도착했다. 기다렸다는 듯이 육중한 문이 열리고, 세단은 안으로 조용히 미끄러져 들어갔다.

5백 평이 넘는 넓은 정원을 가로질러 간 세단은 이윽고 관저 앞에서 가만히 멈추어 섰다.

관저는 단층으로 되어 있었는데 고급 나무로만 지은 것이 특징이었다. 벽이 온통 유리로 되어 있어서 아주 특이하고 멋져 보였다. 커튼 사이로 은은히 흘러나오는 불빛이 흡사 이국의 별장을 연상케 해주고 있었다.

세단이 도착하는 것과 동시에 집안으로부터 하인으로 보이는 늙은 남자가 한 사람 나타났다. 하인은 계단을 급히 내려오더니 자동차 뒷문을 열어 주면서 정중히 머리를 숙였다. 인사를 받으며 내린 사람은 미군 장교 복장의 사나이였다. 정장 차림이었는데 어깨에 대령 계급장을 달고 있었다. 밤인데도 선글라스를 끼고 있었고 코밑에는 수염을 달고 있었다. 얼핏 보기에도 당당한 풍모였다. 모자 밑으로 드러난 머리칼은 금발이었다. 대령 뒤를 이어 또 한 명의 장교가 내렸다. 역시 코밑수염에 선글라스를 끼고 있었는데 계급은 대위였다. 대령보다 작은 키에 약간 뚱뚱한 모습이었다.

그들은 하인의 안내를 받고 곧 안으로 들어갔다.

그들이 안으로 들어가는 것과 동시에 거실 소파에 앉아 있던 50대의 흑인이 천천히 몸을 일으켰다. 고수머리에 몹시 뚱뚱하고 눈이 부리부리한 사나이였다. 넥타이도 매지 않은 와이셔츠 바람이었는데, 그야말로 비 맞은 장닭처럼 초라하고 후줄근한 모습이었다. 얼마 전까지만 해도 치벨라 공화국을 대표하던 벤무르 대사였다.

"바, 바로…… 다, 당신들이오?"

대사가 부들부들 떨면서 영어로 물었다. 서 있는 키가 몹시 작아서 한마디로 땅딸보였다.

"그렇습니다."

대령이 고개를 끄덕이며 역시 영어로 대답했다.

흑인 대사는 사시나무 떨 듯 몸을 떨어대며 한동안 미군장교들을 노려보다가 쓰러질 듯이 다시 소파에 털썩 주저앉았다.

"앉으시오."

흑인이면서도 프랑스에서 교육을 받은 그는 냉철한 판단력으로 감정을 억제할 줄 알았다. 방문객들이 소파에 앉는 것을 가만히 지켜보고 나서 그는 다시 입을 열었다.

"당신들은 지옥에서 왔나요."

"아무렇게나 해석해도 좋습니다. 우리는 그런 건 상관하지 않으니까요."

대위가 차갑게 웃으면서 대꾸했다. 대령은 천천히 담배에 불을 붙이고 있었다. 두 미군 장교의 모습은 바늘구멍 하나 들어갈 틈이 없을 정도로 단단해 보였다. 소파에 버티고 앉아 있는 모습이 마치 바위덩이 같았다.

"지옥을 두려워하지 않다니…… 당신들도 사람이오?"

"벤무르 씨, 그런 이야기는 그만둡시다. 시간이 없으니까 서로 필요한 이야기만 하도록 합시다. 우리는 그런 이야기를 들을 만큼 그렇게 한가한 사람들이 아닙니다."

대위의 말이었다. 대령은 소파에서 말없이 담배만 피우고 있었다. 대령의 시선이 머문 곳에 메데오 대통령의 사진이 걸려 있었다. 은백의 머리에 코밑수염을 기른 근엄한 모습의 사나이였다. 이마에는 두 줄기 깊은 주름이 잡혀 있었고 전체적인 인상은 메말라 보였다.

"내 딸은 어디 있소?"

벤무르가 갑자기 큰 소리로 물었기 때문에 대령의 시선이 그쪽으로 돌아갔다. 대위가 대답했다.

"당신 따님은 우리가 잘 보호하고 있으니까 염려하지 마시오. 그렇지만 그 보호에도 한계가 있다는 것을 알아두시오. 당신 대답 여하에 따라서 말이오."

"나쁜 인간들…… 지옥에나 갈 인간들 같으니."

흑인의 눈에 눈물이 가득 괴어 있었다.

그에게는 외동딸이 하나 있었다. 스무 살 먹은 그 딸은 미국 하버드 대학에서 조각을 전공하고 있었다. 그런데 그 귀여운 딸이 괴한들에게 납치된 것이다. 놀란 그는 학교로 확인 전화를 해 보았다. 결과는 행방불명이라는 것이었다. 미칠 노릇이 아닐 수 없었다. 그의 부인이 허둥지둥 미국으로 달려가 보았지만 결과는 역시 마찬가지였다.

"도대체 당신들 정체가 뭐요?"

"그런 건 알 필요 없소. 이걸 들어보시면 생각이 달라질 거요."

대위는 호주머니 속에서 조그만 소형 녹음기를 꺼내더니 그것을 탁자 위에 올려놓고 버튼을 눌렀다. 다르르하고 테이프 돌아가는 소리에 이어 가냘픈 여자 목소리가 들려왔다.

"아빠, 저…… 소니예요. 저 좀 살려주세요……. 너무 무서워요…… 아빠…… 무서워 죽겠어요…… 아빠, 괴로우시겠지만 이 사람들이 시키는 대로 하세요…… 그러면 저는 살아날 수 있어요. ……아빠, 제발 부탁이에요…… 시키는 대로 하세요……."

이어서 흐느끼는 소리가 들려왔다.

벤무르는 부들부들 떨었다. 왕방울 같은 눈에서는 굵은 눈물 방울이 뚝뚝 떨어지고 있었다. 딸의 애절한 목소리에 그는 완전히 의지를 상실하고 있었다.

마침내 그가 입을 열었다.

"말해 보시오. 당신들이 내게 요구하는 것이 무엇인지 말해 보시오."

절망적인 어조였다. 그 때까지 잠자코 있던 대령이 조용히 입을 열었다.

"메데오가 언제 한국에 도착할 것인지…… 우리는 그걸 알고 싶소.

"몰라요. 난 그런 거 몰라요. 당신들이 그럴 알아서 뭘 하려는 거요?"

흑인 대사는 공포에 젖은 눈으로 두 사람을 바라보았다. 비로소 대사는 그들이 노리고 있는 것이 무엇인지 어렴풋이 깨달은 것 같았다.

"안 돼! 그건 안 돼요!"

그는 머리를 마구 저었다. 그러나 그것은 절망적인 몸부림에 불과했다.

"당신들은 국제 킬러…… 암살자들이지?"

"이제야 알아보시는군. 벤무르 씨, 메데오에게 충성해서 이익이 되는 게 뭐가 있지? 우리는 당신이 현명한 판단을 내릴 것이라고 생각하고 이렇게 찾아온 거요. 당신은 가족들과 함께 고국에서 행복하게 살고 싶지 않소?"

"……"

벤무르의 입에서 거친 숨이 흘러나오고 있었다. 대령은 매우 조용한 어조로 요령 있게 말하고 있었다.

"벤무르 씨, 당신에게는 이것이 아주 좋은 기회가 될 수 있을 거요. 새로운 혁명 정권에 협조하면 당신은 고국에 돌아가 행복한 여생을 보낼 수가 있을 거요. 일부러 고난의 길을 택할 필요가 뭐 있나요."

"나는 메데오 대통령한테 충성을 맹세한 사람이야. 안 돼. 그건 안 돼."

"긴 말 하지 않겠소. 메데오와 만나기로 한 날이 언제요?"

짙은 선글라스는 미동도 하지 않고 흑인을 응시하고 있었다. 국적 없는 대사는 여전히 부들부들 떨고 있었다.

"당신들은 메데오 대통령을 암살하려고 그러지? 경찰에 고발할 테다."

벤무르는 탁자 위에 놓여 있는 전화기를 끌어당기더니 잽싸게 수화기를 집어 들었다. 그러자 대위의 손이 뻗어와 그것을 낚아챘다.

"만일 그런 짓 하면 당신 딸은 영원히 사라지고 말걸. 우리가 바본 줄 아나? 우리도 목숨을 걸고 하는 일이야! 목숨을 걸고 한국까지 온 거야!"

벤무르의 손에서 수화기가 굴러 떨어졌다. 얼굴이 비참하게 일그러져 있었다.

"정말 난 몰라. 메데오 대통령이 언제 오는지 몰라!"

"모를 리가 있나. 한국에 오는 메데오가 당신한테 연락을 취하지 않을 리가 있나. 자, 고집부리지 말고 말해 봐요. 당신은 메데오를 도와 한국에다 망명 정권을 세우려 하고 있지?"

벤무르는 갑자기 두 손으로 얼굴을 감싸 쥐더니 흐느끼기 시작했다. 미군 장교로 변장한 두 사나이는 흑인이 울음을 그칠 때까지 묵묵히 기다리고 있었다. 마침내 벤무르의 입에서 발음이 분명치 않은 말이 흘러나오기 시작했다.

"알려주면 내 딸을 풀어주겠지?"

"그야 물론…… 남자로서의 약속이니까…… 그런 염려는 하지 않아도 돼요."

"4월…… 15일……."

비상 출동

<4월 10일 밤 9시경 미군 장교 2명, 치벨라 대사관저에 들어가다. 한 사람은 대령, 다른 한 사람은 대위. 11시경에 대사관저에서 나와 어디론가 사라지다.>

K일보 특별 취재팀의 기자 하나가 가로등 밑에 서서 수첩에 부지런히 이렇게 메모했다. 젊은 기자는 하품을 두어 번 하고 나서 천천히 그 곳을 떠났다.

그로부터 한 시간 뒤,

제주도 S호텔 1905호실의 홍 기자는 본부에 대기 중인 기자로부터 메모 내용과 같은 보고를 받았다.

치벨라 대사관 감시조로부터는 자주 보고가 들어오고 있었다. 사실은 벤무르 대사의 동정을 살피기 위한 것이었는데, 그에 대한 것은 하나도 없이 거기에 출입하는 다른 사람들에 대해서만 보고가 들어오고 있었다.

홍 기자가 벤무르의 움직임에 주목하고 있는 것은 벤무르가 필시 메데오와 합류할 것이라는 생각에서였다. 그리고 벤무르가 분명히 망명 정권 수립에 참가할 것이라고 판단했기 때문에 그의 동정을 감시하고 있으면 얻는 것이 많을 것이라고 생각한 것이다. 그런데 그의 동정은 아직 한 건도 들어오지 않고 있었다.

홍 기자는 버럭 화를 냈다.

"누가 이따위 것들을 보고하라고 했어?"

"출입자들을 모두 체크하라고 하시지 않았습니까? 체크하는 것도 보통 일이 아닙니다."

노고를 알아주지 못하는 캡틴을 원망하고 있는 듯한 목소리였다. 홍 기자는 얼굴을 찌푸렸다.

"벤무르 대사의 동정을 보고하란 말이야! 다른 것은 필요 없어! 그가 어디서 몇 시에 누구를 만나 무슨 이야기를 했는지, 그런 걸 알려달란 말이야! 이 멍텅구리야!"

"헛 참!"

기가 막히는 지 잠시 말이 없다.

"헛 참이라니? 캡틴 말이 고깝나?"

"아니, 고깝다는 게 아니라……"

"그럼 뭐야, 임마?"

그는 신출내기 기자를 몰아붙였다. 신출내기도 약이 오른 듯했다.

"코빼기라도 보여야지 동정이고 뭐고 알 수 있죠. 이건 원, 볼 수가 없으니 어떻게 감시를 합니까?"

"그 동안 한 번도 밖에 안 나왔나?"

"네, 한 번도 안 나왔습니다. 그야말로 두문불출입니다. 그래서 보고를 올리지 못한 겁니다."

"이 바보야! 그렇다면 그 집에 기어들어가서라도 동정을 살펴야 할 거 아니야?"

어이가 없는지 대답이 없다.

"계속 감시해!"

수화기를 철컥 내려놓고 나서 홍 기자는 멈칫했다. 미군 장교 두 명이 치벨라 대사관에 나타났다 사라졌다는 사실이 비로소 심상치 않게 느껴진 것이다.

미군이 왜 그 곳에 나타났을까? 그것은 무엇을 의미하는 것일까? 혹시 벤무르 대사가 미국으로 망명하려는 게 아닐까? 그렇다고 미군 대령이 그 곳에 나타날 이유가 무엇인가? 벤무르는 이제 중요한 인물이 아니다. 오히려 귀찮은 존재라고 할 수 있다. 그런 인물의 망명을 위해 미군 대령이 나타났다는 것이 아무래도 납득이 가지 않는다. 혹시 메데오의 망명과 관계가 있는게 아닐까? 메데오를 미국으로 망명시키려는 게 아닐까? 그렇다면 미군 대령이 거기에 나타날 만하다. 여기까지 생각한 홍 기자는 몸이 굳어지는 것을 느꼈다.

4월 11일 아침이 밝아 왔다.

박남구 형사는 상황실에 앉아서 다른 간부들과 함께 최종 검토를 하고 있었다. 각국 도시 게릴라로 추정되는 다섯 명의 밀입국자들 중 어느 한 명도 아직 체포되지 않고 있었다. 다시 서류를 들여다보았다.

▲ 장 폴 알렝(Jean Paul Allen) = 가명, 위조 상용 복수 여권 소지, 여권 번호는 M12905, 나이는 37세. 프랑스인으로 행세. 입국 카드에 나타난 주소는 파리 몽파르나스 5번가 27번지. 직업은 상업. 지난 3월 16일 뉴욕발 서울행 노드웨스트기로 입국. 이스라엘 첩보부에서 통보한 "검은 9월단" 간부 NO ①일 가능성이 있음.

▲ 토마스 킹(Thomas King) = 가명, 위조 관용 여권 소지, 여권 번호는 S35755, 나이는 41세. 영국인으로 행세. 입국 카드에 나타난 주소는 런던 웰링톤가 35번지. 직업은 영국 외무성 관리. 지난 3월 16일 뉴욕발 서울행 노드웨스트기로 입국. 이스라엘 첩보부에서 통보한 "검은 9월단" 간부 NO ①일 가능성이 있음.

▲ 칼 민츠(Karl Mintz) = 가명. 위조 상용 복수 여권 소지. 여권 번호는 M1124. 나이는 45세. 독일인으로 행세. 직업은 상업. 입국 카드에 나타난 주소는 프랑크프루트 2번가 53번지. 지난 3월 16일 방콕발 서울행 KAL기로 입국. 이스라엘 첩보부에서 통보한 "검은 9월단" 원 NO ② 일 가능성이 있음.

▲ 모세 다니엘(Moses Daniel) = 가명. 위조 방문 여권 소지. 여권 번호 4913. 나이는 42세. 이스라엘인으로

행세. 직업은 교사. 입국 카드에 나타난 주소는 텔아비브 메인스트리트 5의 257. 지난 3월 16일 파리발 서울행 KAL기로 입국 서독 정보국에서 통보한 "바더마인호프단" 원일 가능성이 있음. 별명 "죽음의 그림자".

▲ 아리요시 미쓰꼬(有吉光子) ＝ 가명. 위조 방문 여권 소지. 여권 번호는 42997. 나이는 29세. 일본 여인으로 행세. 직업은 디자이너. 입국 카드에 나타난 주소는 동경도 문경구 수도(東京都文京區水道) 5의 29. 지난 3월 16일 파리발 서울행 KAL기로 입국. 도오꾜 경시정 조사에 의하면, 일본 적군파 여두목 시모다 유미꼬(下田由美子) · 암호명 레드 로즈일 가능성이 많음.

박 형사는 서류를 내려놓으며 뚱보를 바라보았다. 뚱보가 고개를 끄덕이자 그는 입을 열었다.

"여기에 있는 다섯 명 중에는 일본 <적군파> , 서독의 <바더마인호프단> , 팔레스타인의 <검은 9월단>이 모두 포함되어 있습니다. 그런데 이 중에 빠진 게릴라가 있습니다. 이탈리아의 <붉은 여단>입니다. <붉은 여단>이 국내에 침투해서 루치아노 씨를 백주에 폭살시킨 것은 다 아는 사실입니다."

"빠진 게 아니라 다섯 명 중에 포함되어 있는 게 아닐까?"

뚱보가 턱을 씰룩이며 물었다.

"네, 저도 그렇게 생각합니다. 다만 드러나지 않았을 뿐이지 이 속에 포함되어 있을 가능성이 많습니다. 이탈리아 정보국으로부터는 통보가 없습니까?"

"조사 불능이라고만 왔어요."

빼빼 마른 사나이가 입에 담배를 문 채 말했다.

"하나 유의할 사항은 구르노란 인물이 <붉은 여단> 출신이라는 점이지요. 이탈리아 정보국에서 그렇게 통보가 왔어요. 구르노에 대한 인적 사항은 하나도 없고요."

"빌어먹을!"

뚱보가 투덜거렸다.

박 형사는 둘러앉은 사나이들을 한 눈에 들여다보듯이 하고 말했다.

"그렇다면 구르노는 다섯 명 중에 포함되어 있는게 틀림없습니다. 다시 한 번 검토해 보도록 합시다. 아리요시 미스꼬, 본명 시모다 유미꼬는 현재 제주도에 잠복 중인 것으로 밝혀졌으니까 제주도만 봉쇄하면 됩니다. 다음, 모세 다니엘은 <바더마인호프> 소속입니다. 세 번째, 칼 민츠는 <검은 9월단> 소속입니다. 따라서 이상 3명은 <붉은 여단>의 구르노가 아닙니다. 문제는 장 폴 알렝과 토마스 킹입니다. 이스라엘 첩보부 통보에 따르면 지난 3월 16일 NO ①이 노드웨스트기편으로 뉴욕을 출발, 서울로 들어왔습니다. NO ①은 <검은 9월단>의 간부라고 합니다. 그런데 NO ①로 추정되는 인물이 2명 나타났습니다. 알렝과 토마스 킹입니다. 이들 두 명 중 1명은 <검은 9월단> 간부입니다. 그리고 그렇지 않은 자가 <붉은 여단>의 구르노입니다."

예리한 분석이었기 때문에 아무도 이의를 제기하는 사람이 없었다.

바로 그 때 상황실의 전화벨이 요란스럽게 울었다. 뚱보가 버튼을 누르자 테이블 위에 놓여 있는 마이크를 통해 전화 목소리가 다급하게 흘러나왔다.

"칼 민츠가 나타났습니다! 제주행 11시 5분 비행기 예약자 명단에 칼 민츠라는 자가 들어 있습니다!"

"자리 뜨지 말고 지키고 있어!"

뚱보가 입에서 파이프를 빼 던지며 천천히 몸을 일으켰다. 긴장해서 앉아 있던 요원들도 우르르 따라 일어섰다.

"드디어 나타났군! 드디어…… 드디어……"

요원 하나가 주먹을 흔들며 부르짖자 뚱보가 손을 흔들었다.

"아직 한 시간 반 정도 여유가 있으니까 작전을 세우도록 해. 나는 국장을 만나고 올 테니까."

일어섰던 요원들을 도로 제자리에 앉았다.

작전은 즉시 체포하자는 쪽과 미행하자는 쪽으로 엇갈려 쉽게 결말이 나지 않았다.

즉시 체포하자는 쪽은 만일 미행하다가 실수라도 저지를 경우 상대가 인질을 잡거나 자결할 지도 모른다는 우려를 표시했다. 미행을 주장하는 쪽은 다른 게릴라들까지 일거에 박멸할 수 있을 것으로 내다보고 있었다. 박 형사는 미행을 주장했다.

"칼 민츠가 제주도로 간다는 것은 놈들이 메데오의 입국 일자를 알아내고 드디어 행동을 개시했다는 뜻입니다. 그들은 틀림없이 제주도에 모여서 기회를 포착하려고 들 겁니다. 만일 칼 민츠만 체포할 경우 다른 자들에게 위험 신호를 알리는 셈이 됩니다.

그리고 <검은 9월단> 정도 되면 체포된다 해도 자백하거나 그러지는 않습니다. 혀를 깨물고 죽더라도 살기 위해 자백하거나 그러지는 않습니다. 따라서 칼 민츠 한 놈만 체포해 보았자 얻는 것이 별로 없습니다. 날짜가 촉박하기 때문에 일거에 섬멸할 필요가 있습니다."

"그놈이 자백하지 않는다면…… 그것도 문제겠는데……"

결국 미행 쪽으로 의견이 기울어졌다.

회의가 끝나자 그들은 우르르 밖으로 몰려 나갔다.

다섯 대의 검은 승용차가 김포를 향해 달리는 동안 공항 주변에는 이미 물샐 틈 없는 포위망이 구축되고 있었다.

독 안에 든 쥐

박 형사는 공항 경비대 복장으로 입구 쪽에 기대서서 맞은편 벽 위의 시계를 들여다보았다. 10시 30분이 막 지나고 있었다.

5분쯤 지나자 개찰이 시작되었다. 미리 조사한 바에 따르면 승객은 모두 125명이었다. 그는 고개를 들어 길게 이어진 줄을 바라보았다. 외국인들의 모습이 더러 눈에 띄었다. 어떤 자가 칼 민츠일까? 아직은 알 수가 없었다.

승객들이 한 사람씩 출구를 빠져나가고 있었다. 그는 별로 관심이 없는 듯 그들을 눈여겨보지도 않았다. 그러나 사실은 곁눈질로 날카롭게 한 사람 한 사람을 관찰하고 있었다.

모사드(이스라엘 첩보부)가 인터폴을 통해 보내 온 NO ②, 즉 칼 민츠의 사진은 선글라스를 끼고 코밑수염을 달고 있는 모습이었다. 눈썹은 짙은 편이었고, 긴 얼굴에 이마가 좁고 하관이 길게 빠져 있었다. 그런 자를 125명 중에서 찾아야 하는 것이다. 물론 변장했겠지. <검은 9월단>이 접근하고 있다고 생각하니 그는 모골이 송연해졌다. 피스톨을 옷 위로 슬그머니 눌러보면서 그는 자기도 모르게 차가운 미소를 띠었다.

10분이 채 안 되었을 때 승객들을 체크하고 있던 공항 직원이 오른발로 박 형사의 구두 끝을 지그시 밟았다. 동시에 박 형사는 쓰고 있던 모자를 벗어서 털며 출구에 나타난 승객을 힐끗 바라보았다.

잿빛 머리의 외국 노인이 거기에 서 있었다. 외모로 보아 60대는 될 성싶었다. 어깨가 조금 구부러져 있었다. 머리에 체크무늬의 캡을 쓰고 있었다. 안경을 끼고 있었는데 엷은 브라운 색깔이었다. 어깨에 가방을 하나 걸치고 있었다. 붉은 색의 와이셔츠 위에 재킷을 걸치고 있었고 바지는 흰색이었다. 영락없는 관광객 차림이었다. 잘 다듬어진 코밑수염 역시 잿빛이었다. 눈썹은 거의 없어 보였다. 하관이 길게 빠져 있었다.

"오케이!"

공항 직원이 웃으며 고개를 끄덕이자 칼 민츠는 부드럽게 웃으며 출구를 빠져나갔다.

박 형사는 급히 그 곳을 벗어나 경비실로 들어가 경비대 복장을 벗어부쳤다. 언제나처럼 그는 점퍼 차림이었다.

그로부터 10분 뒤 그는 제주행 KAL기에 탑승했다.

칼 민츠는 오른쪽 중간쯤에 앉아 있었다.그 주위를 20여 명의 독수리 요원들이 둘러싸고 있었다. 탑승 전에 미리 예약한 손님들의 좌석을 변경시키느라고 상당히 애를 먹은 결과 겨우 칼 민츠 주위의 좌석 20석을 확보할 수가 있었다.

박남구 형사는 칼 민츠의 바로 뒤쪽 자리에 앉아 있었다. 동행이 있을지도 모른다고 생각하고 한동안 몹시 경계했지만 동행은 없는 것 같았다.

11시 5분. 마침내 KAL기는 활주로 위를 미끄러져 갔다.

박 형사는 칼 민츠의 뒤통수를 노려보며 속으로 중얼거렸다.

"아무리 기막히게 변장했어도 내 눈은 못 속인다! 너는 이제 독 안에 든 쥐다! 아무리 날고 기는 테러리스트라 해도 안 될걸."

그는 상체를 뒤로 젖히면서 눈을 가늘게 뜨고 창밖을 바라보았다. 엷은 구름이 저만큼 아래로 흘러가는 것이 보였다. 하늘은 맑았다. 눈부신 햇빛이 창문으로 가득 흘러들어오고 있었다.

칼 민츠는 시종 창밖만 바라보고 있었다. 매우 유유자적한 모습이었다. 전문가는 역시 다르구나 하고 박 형사는 생각했다.

1시간 조금 지나 비행기는 제주 상공에 들어섰다. 푸른 바다가 밀려오는 것이 보였다.

20분 뒤 칼 민츠는 공항 대합실에서 어디론가 전화를 걸었다. 그리고 커피를 마시며 시간을 보냈다.

1시 정각이 되자 30대의 남자가 나타나 칼 민츠를 데리고 밖으로 나갔다.

밖에는 신형 국산 포니가 한 대 대기하고 있었다. 그들은 포니에 올라 즉시 출발했다. 그 때까지 칼 민츠의 움직임을 주시하고 있던 박 형사는 대기하고 있던 위장 택시 속으로 뛰어들었다.

10대의 차들이 칼 민츠가 탄 검정색 포니를 적당한 간격을 유지하면서 앞서거니 뒤서거니 따르고 있었다. 그 중에는 소형 버스도 있었고, 삼륜차도 있었고, 오토바이도 있었다.

검정색 포니는 제주시를 벗어나서 곧장 서귀포 쪽으로 달려갔다.

"너무 가까이 접근하지 마라! 눈치 채지 않게 미행하라."

박 형사는 워키토키로 계속 지시를 내리고 있었다. 그는 위장 택시 속에 앉아 있었다. 이윽고 서귀포에 들어선 검정 포니는 어느 교회 앞에서 정거했다. 차에서 내린 칼 민츠는 안내자와 함께 곧 교회 안으로 사라졌다. 박 형사는 고개를 갸우뚱했다.

"놈이 교인 행세를 하고 있단 말인가?"

그는 차에서 내려 골목으로 들어갔다.

"어떻게 하시겠습니까? 지금 쳐들어가면 소득이 많겠는데요?"

"글쎄, 그렇긴 한데, 좀 더 기다려 봅시다."

교회는 즉시 이중 삼중으로 포위되었다. 그리고 한편으로는 교회 목사에 대한 내사가 시작되었다. 그 교회는 붉은 벽돌로 급조한 듯이 보였다. 건물은 넓은 터 위에 자리 잡고 있었는데, 주위로는 높은 블록 담이 쌓아져 있는 것이 특징이라면 특징이었다.

조금 뒤 관할 구역의 파출소장이 헐레벌떡 달려왔다. 소장은 50대의 늙은 사람이었다.

"저 교회에 대해서 자세히 알고 싶은데요. 목사는 어떤 사람입니까?"

박 형사가 눈을 치뜨고 묻자 소장은 숨을 몰아쉬며 대답했다.

"글쎄 한번 인사는 했는데…… 목사가 뭐 다른 직업이 있겠습니까. 목사는 역시 목사지요."

긴박감이 감도는 가운데서도 사나이들은 소장의 말에 미소를 지었다.

"몇 살이나 된 사람입니까? 이름은 뭡니까?"

"한 마흔 서넛쯤 됐을까요. 아주 미남이지요. 안경을 끼긴 했지만 아주 미남입니다. 돈도 많은 모양이에요. 자가용까지 타고 다니는 것 보면……"

"이름이 뭐냐니까요?"

목소리를 높이자 소장은 자세를 빳빳이 했다.

"이, 이름은…… 이평원(李平元)이라고 합니다."

그 곳에 <신기독교복음교회>라는 그럴 듯한 이름의 교회가 세워진 것은 1년 전쯤이라고 했다. 신자는 별로 많지 않은지 다른 교회에 비해 비교적 한산한 편이었다.

소장은 목사 이평원에 대해서 이름밖에는 아무 것도 아는 것이 없었다. 신상 카드도 마련되어 있지 않다고 했다.

교회는 정적 속에 가라앉아 있었다. 한번 들어간 칼 민츠는 좀처럼 모습을 나타내지 않았다. 잠복하고 있던 독수리 요원들은 1백 명 이상으로 불어나 있었다.

그들은 교회 주위의 각 가정집에 잠복하고 있었기 때문에 여간해서는 눈에 띄지 않았다.

박 형사는 어느 2층집 창가에 눌어붙어 있었다. 거기에서는 교회 내부가 잘 들여다보였다. 계속 망원경으로 교회를 주시하고 있었지만 교회 마당에는 개미새끼 한 마리보이지 않았다.

교회 건물 왼쪽에는 2층 양옥이 서 있었는데 창문에는 커튼이 쳐져 있어서 내부를 들여다 볼 수가 없었다. 아마도 목사의 사택인 듯했다.

"쳐들어갑시다!"

박 형사는 마침내 결정을 내렸다.

공격시간을 오후 7시로 잡고 시간이 되기를 기다렸다. 7시면 날이 저물기 때문에 공격하기에 좋은 시간이었다.

6시 조금 지나 교회 문이 열리더니 낮에 들어갔던 검정색 포니가 나타났다. 안에는 칼 민츠를 안내했던 자가 운전대에 앉아 있었다.

포니는 교회로부터 2백 미터쯤 떨어진 곳에서 제지당했다. 골목에서 튀어나온 삼륜차에 옆구리를 들이받히고 길 한쪽으로 처박혔다.

차를 운전하던 자는 심한 충격을 받고 미처 제정신을 차리지 못하고 있었다. 그 사이에 문이 거칠게 열리면서 그는 길바닥으로 내동댕이쳐졌다. 몸에 지니고 있던 피스톨이 압수되고 그의 손에는 수갑이 채워졌다. 이어서 그의 몸뚱이는 철판으로 사방이 막힌 트럭 속으로 던져졌다.

행인들이 어리둥절해 있는 사이 트럭은 쏜살같이 달리다가 갑자기 우회전하면서 교회가 바라다 보이는 곳에 급정거했다.

차 속에 희미한 불이 켜지는 것과 동시에 그는 허리가 꺾어지는 것 같은 고통을 느꼈다. 그러나 그 고통을 느끼기 전에 이번에는 복부로 주먹이 날아왔다.

"아이구, 나 죽네!"

비참하게 울부짖으면서 그는 바닥 위로 엎어져서 개처럼 기었다.

차 속에는 여러 사나이들이 서 있었다. 모두가 절박하고 험상궂은 모습들이었다.

"5분 내로 털어놓지 않으면 죽여 버리겠다! 우린 급하다! 교회 안에 누가 있지? 몇 명이 있어?"

"……"

그는 일으켜 세워졌다가 도로 거꾸로 처박혔다. 두 사나이가 앞쪽에서 팔을 움켜쥐고 꺾어 대자 우두둑 하는 소리가 났다.

여두목(頭目)

"아이구!"

비명이 높다랗게 솟았다. 그러나 차 속의 사나이들은 사정없이 팔을 꺾었다. 당장 입을 열지 않으면 팔을 분질러 버릴 것만 같았다.

"빨리 말해! 교회 안에 누구누구 있어?"

등을 후려치자 사내는 숨이 막혀 새파랗게 질렸다.

"……아이구 ……아이구 ……마, 말씀드리겠습니다. 잠깐, 숨 좀 돌리게 해주십시오!"

"빨리! 우린 급하다!"

피스톨을 놈의 이마에 들이대고 외치자 사내는 부르르 몸을 떨었다.

"지금 그 안에는 다섯 사람이 있습니다. 외국인 한 명하고 한국인 네 명이 있습니다."

"모두 무기를 가지고 있겠지?"

"네……, 권총을 가지고 있습니다."

"교회는 네놈들의 아지트지?"

"그, 그렇습니다."

"안에서 지금 무엇을 하고 있지?"

"회의를 하고 있습니다."

"목사는 어디 있나?"

"안에 있습니다."

"목사의 정체가 뭐지?"

"……"

몽둥이가 어깨 위로 사정없이 떨어지자 사내는 떼굴떼굴 굴렀다. 박 형사는 사내를 앉혀 놓고 따귀를 후려 갈렸다.

"정신 차려! 목사의 정체가 뭐야?"

"G대학 교수 김광식입니다."

"뭐라구? 정말이야?"

"네, 정말입니다."

"그놈이 Z인가?"

"그, 그건 모르겠습니다."

놈의 어깨 위로 다시 몽둥이가 날았다. 사내는 고통에 못 이겨 울부짖었다.

"아이구, 살려 주십시오, 살려 주십시오."

"Z가 누구야?"

"그, 그건 정말 모릅니다. 정말입니다."

7시 정각. 어둠이 깔릴 무렵 20명의 사나이들이 교회 담을 뛰어넘어 안으로 잠입해 들어갔다. 나머지 사나이들은 피스톨과 기관단총으로 무장한 채 교회를 철통같이 포위하고 있었다.

낌새를 알아차리고 교회에 켜져 있던 전등이 일시에 꺼졌다. 이어서 총소리가 요란스럽게 어둠을 뒤흔들었다.

어둠 속에서 기관단총이 불을 뿜었다.

유리창이 박살나는 소리와 함께 비명이 들려왔다.

"불을 밝혀라! 너희들은 포위됐다! 살고 싶으면 자수하라!"

박 형사가 고함을 지르자 안에서 총소리가 났다.

"개소리 마라! 우리는 끝까지 싸운다!"

대답이 끝나자마자 일제히 사격이 시작되었다. 독수리 요원들은 숨 돌릴 틈도 주지 않고 기관총을 쏘아 댔다.

무차별 난사에 적들은 제대로 응사도 하지 못했다.

한참 뒤 총소리가 멎자 교회에 불이 들어왔다. 목사 사택에도 불이 켜졌다. 유리창이란 유리창은 모두 산산조각이 나 있었고 벽들은 만신창이가 되어 있었다.

"항복할 테니 쏘지 마라!"

"총을 모두 밖으로 던져라!"

교회 창문에서 먼저 두 자루의 권총이 던져졌다. 이어서 양옥집 2층에서 세 자루의 권총이 굴러 떨어졌다.

조금 뒤 양옥 현관이 열리더니 두 사람이 머리 위로 손을 높이 쳐들고 나왔다. 이어서 교회 출입문이 열리고 역시 두 명이 나타났는데, 그 중 한 명은 칼 민츠였다. 칼 민츠 보다 앞서 나온 자는 김광식이었다. 김광식은 배를 싸쥔 채 비틀거리고 있었다.

김광식은 즉시 병원으로 실려 가고, 나머지 3명은 수갑을 찬 채 연행되었다. 한 명은 이미 죽어 있었다.

독수리 작전이 개시된 이래 가장 괄목할 만한 성과였다.

교회 지붕 위에 높이 세워진 십자가는 아무런 일도 없었던 듯 여전히 붉은 빛을 띠고 있었다.

주택가의 교회에서 한동안 요란스런 총격전이 벌어지는 바람에 그 주위에는 어느새 구경꾼들이 새카맣게 몰려들고 있었다.

총격전이 끝나고 정체불명의 사나이들이 사라진 뒤에도 구경꾼들은 그 자리를 뜰 줄 몰랐다. 그들은 왜 그런 일이 일어났으며, 번개처럼 사라진 사람들이 누구인지 도무지 짐작조차 하지 못한 채 그 곳에 멍하니 서 있었다.

그 곳 경찰관도 어처구니없다는 표정으로서 있었다.

“무슨 일입니까? 교회에다 총질을 하다니, 경찰은 뭘 하고 있는 겁니까?”

어느 용기 있는 중년 남자가 파출소장을 붙들고 힐책했지만 소장은 묵묵부답이었다. 한참 뒤 그는 겨우 이렇게 말했다.

“우리도 잘 모릅니다. 그리고 우리가 상관해서는 안 될 일 같아요.”

구경꾼들 사이에는 머리가 희끗희끗한 노파도 끼여 있었다. 가는 테의 안경을 끼고 있는 그 노파는 어느 청년의 부축을 받고 있었는데, 사람들이 모두 사라진 뒤에도 그 곳에서 서성거리고 있었다.

"바보 같으니……"

노파의 입에서 흘러나온 중얼거림은 의외에도 일본말이었다.

"바보 같으니……"

노파는 다시 한 번 중얼거린 다음 그 곳을 떠났다.

그들은 큰길로 나와 차도에 세워져 있는 자가용 승용차에 올랐다.

10분 뒤 승용차는 어느 빌딩 앞에서 멈춰 섰다. 백색의 3층 빌딩이었는데 출입문 위쪽에 <김외과 의원> 이라는 간판이 붙어 있었다.

차에서 내린 노파는 빌딩 안으로 사라지고 승용차는 다시 떠났다. 노파는 원장실로 들어가 문을 잠갔다. 원장실 안에는 아홉 명의 사나이들이 근심스러운 얼굴로 앉거나 서 있었다.

"모두 체포됐어!"

노파는 가발을 집어던지며 소파에 털썩 주저앉았다. 흑발의 30대 여인, 적군파 두목인 레드 로즈였다.

"아랍 친구도 말입니까?"

금테 안경의 40대 사나이가 일본말로 물었다. 그는 한국인이었고, 명색이 김외과 의원의 원장이었다. 몹시 마른 인상이었다.

"모두 체포됐다니까요! 한 명은 사살되고……."

레드 로즈는 냉수를 들이켠 다음 담배를 뽑아 물었다. 옆에 앉아 있던 적군파 대원이 재빨리 불을 댕겨 주었다.

"도대체 어떻게 된 일인지 알 수가 없어요! 이렇게 바싹 쫓기다니 이해할 수가 없어요! 이러다가는 15일까지 버터 나갈 수 있을는지, 자신이 서지 않아요!"

레드 로즈는 원장을 쏘아보면서 손을 흔들었다. 원장은 대머리를 손바닥으로 쓰다듬었다.

"우리는 완벽하다고 생각했는데, 어디선가 구멍이 뚫린 것 같습니다."

"우리가 생각하고 있는 것보다 훨씬 가깝게 그들은 우리를 쫓아오고 있어요."

"아랍 동지가 미행을 당한 게 아닌가 생각합니다."

"그런 거 따질 시간이 없어요! 먼저 우리의 안전을 강구해야 해요! 여기가 과연 안전한 장소인지, 그것부터 생각해 봐요!"

"여긴 안전합니다. 아무도 아는 사람이 없어요. 안전에는 자신하고 있습니다!"

"Z! 만일 실수하면 어떻게 되는지 알아요?"

"알고 있습니다."

원장은 사나이들을 바라보았다. 여덟 명의 일본인 남자들은 굳은 표정으로 입을 다물고 있었다.

홍승표 기자는 비명을 듣고 더 이상 앉아 있을 수가 없었다. 벌떡 일어나 실내를 서성거렸다.

옆방에서는 계속 처절한 비명이 들려오고 있었다. 둔탁한 마찰음과 함께 터져 나오는 비명 소리는 듣는 사람의 간담을 써늘하게 해주고 있다.

조금 뒤 모든 소리가 그치더니 죽음 같은 정적이 찾아왔다. 그는 초조하게 담배에 불을 붙였다.

옆방으로 통하는 문이 열리더니 박 형사가 땀에 후줄근하게 젖은 모습으로 나타났다.

"이봐, 거기서 뭘 하고 있는 거야?"

"그만해 둬."

"하는 수 없어. 우린 지금 급하니까. 방에 들어와서 구경하려면 해."

홍 기자는 조심스럽게 옆방으로 들어갔다.

칼 민츠가 팬티 바람으로 꿇어앉아 있었는데 온 몸이 시퍼렇게 멍이 들고 피투성이였다. 수갑이 등 뒤로 채워져 있었다.

벌거벗긴 몸은 훌륭했다. 정통파 게릴라답게 구릿빛 몸은 근육질로 덮여 있었다. 이쪽을 바라보는 눈초리가 이미 죽음을 각오하고 있는 탓인지 침착하고 당당했다.

"다른 놈들은 이미 불었어. 헌데 이 놈은 한 마디도 불지 않고 있어. 지독한 놈이야."

"이런 놈은 고문 같은 것에 입을 열지 않을걸. 다른 방법을 써야 할 거야."

홍 기자는 주전자를 아랍인의 입으로 가져갔다. 아랍인은 독수리 같은 눈으로 그를 쏘아보다가 잠자코 주전자 꼭지를 입 속에 넣고 물을 마시기 시작했다. 몹시 목이 말랐던지 주전자에 가득 담긴 물을 거의 다 마셨다.

"왜 쓸데없이 고생하는 거야?"

홍 기자는 진지한 표정을 지으면서 영어로 물었다.

"왜 남의 나라에 와서 횡포를 부리지?"

칼은 어깨를 으쓱했다. 그리고 거칠게 응답했다.

"횡포를 부리다니, 나는 관광차 온 것뿐이야. 내가 누구를 죽였던가?"

"그럼 왜 변장했지? 위조 여권을 가지고 잠입한 이유가 뭐야? 그리고 권총을 쏘면서 우리에게 저항한 이유가 뭐야"

박 형사가 책상을 두드리며 소리치자 칼은 미소했다.

"하여튼 나는 그 이상 다른 짓은 하지 않았어."

"당신들의 음모를 다 알고 있어. 구르노는 어디 있나?"

"……"

칼은 고개를 저으면서 담배를 청했다.

충격의 아침

김광식은 출혈이 너무 심해서 살아날 것 같지가 않았다. 모처럼 잡은 대어를 심문도 해보지 못한 채 포기할 수밖에 없게 되자 독수리 요원들의 실망은 이만저만 큰 것이 아니었다.

김광식은 아직 의식을 차리지 못하고 있었다. 그의 생명은 산소 호흡기에 의해 겨우 유지되고 있는 듯했다.

"어때?"

홍 기자는 어깨 너머로 김광식을 내려다보며 물었다. 박남구 형사는 힘없이 고개를 저었다.

"가망 없어. 정신을 차려야 물어보고 자시고 하지. 피를 너무 많이 흘렸어."

"의사는 뭐래?"

"가망 없대. 저대로 죽겠지."

“Z가 분명해?”

“확인하지 못했어.”

김광식이 괴로운지 머리를 이리저리 뒤틀고 있었다. 입에서는 신음이 흘러나오고 있었다.

“이봐! 네가 Z지?”

박 형사가 기회를 놓치지 않고 소리쳤다.

“김광식! 네가 Z지!”

귀에 가까이 입을 대고 소리치자 그의 감겨 있던 눈이 스르르 떠졌다. 불과 수초 간이었지만 그는 정신이 얼핏 든 듯했다. 이윽고 그의 머리가 좌우로 움직였다. 부정하는 움직임이었다. 눈은 도로 감겨졌다.

“그럼 Z가 누구야? Z가 누구냔 말이야?”

갑자기 산소 호흡기의 호스가 쳐져 내렸다. 호흡이 멈춘 것이다. 김광식은 더 이상 움직이지 않았다.

“죽었습니다.”

의사가 맥을 짚어 보고 나서 무감동한 목소리로 말했다.

김광식의 죽음으로 몹시 실망한 박 형사와 홍 기자는 밖으로 나와 식당을 찾아갔다.

“김광식이 Z인 줄 알았는데……”

“Z가 아니라면 또 거물이 있다는 건가?”

“글쎄, 알 수 없지.”

그들은 식당으로 들어가 불고기를 시켜 먹었다. 맥주 한 잔씩을 하고 나자 기분이 좀 가라앉는 듯했다.

"칼이 모를까?"

"그 아랍놈, 입을 열어야 말이지. 아마 Z가 누구인지는 모를 거야."

"신문에 좀 터뜨려도 되겠지?"

"안 돼!"

박 형사가 술잔을 들다 말고 홍 기자를 노려보았다.

"사람 곤란하게 만들지 마. 잘 알면서 왜 그래."

"그럼 난 뭐야? 신문에 발표도 하지 못할 거 취재해서 뭐 하느냔 말이야?"

"날 원망할 건 없어."

"빌어먹을!"

홍 기자는 단숨에 맥주를 벌컥벌컥 들이켜고 나서 잔을 상 위에 탁 놓았다. 그리고 박 형사를 쏘아보았다.

"메데오가 오건 말건 난 기다릴 수 없어! 터뜨려 버리겠어! 지금까지의 경과를 발표해 버리겠어!"

"그렇게 특종을 하고 싶어?"

"암, 하고 싶고말고! 그렇지만 그게 목적이 아니야. 발표하고 싶은 내 본능이 문제야! 이젠 참을 수가 없어. 여기저기 눈치 보다가는 죽도 밥도 다 틀리겠어!"

"한참 열 올리고 있는데 찬물 끼얹지 마! 부탁이야."

"부탁 들어주지 않으면 어떡하겠어?"

"절교야."

"할 수 없지."

그들은 서로 노려보면서 술을 마셨다.

4월 12일.

홍승표 기자는 그 동안 취재했던 것들을 몽땅 터뜨렸다. 미리 써 둔 원고를 직접 휴대하고 마지막 비행기 편으로 본사에 날아온 그는 발표 여부를 놓고 간부들과 한바탕 싸웠다. 그 자리에는 사장도 있었다.

"정치적으로 매우 심각한 문제야. 이걸 정부 측과 협의도 없이 발표한다는 건 말이 안 돼."

편집국장인 딸기코의 말이었다. 홍 기자는 물러서지 않고 대들었다. 목숨을 걸고 취재한 것인 만큼 목숨을 걸고 발표할 생각이었다.

"정치적으로 심각한 문제가 발생하면 그건 정치인들이 해결하면 됩니다. 우리는 우리의 판단에 의해 발표하면 됩니다. 신문사 이외의 사람들과 발표 여부를 놓고 협의한다는 것은 우스운 일입니다. 그렇게 되면 신문의 독립성이 침해되기 십상입니다. 우리의 임무는 취재해서 발표하는 겁니다. 그리고 이 시점에서 발표한다고 국익에 위배된다고 보지는 않습니다. 임창득 선배는 이번 취재에 고귀한 목숨까지 바쳤습니다. 두려워할 게 뭐가 있습니까?"

간부들은 대부분 발표를 보류했으면 하는 눈치였다. 쉽게 결말이 날 것 같지 않았다. 홍 기자는 상기된 얼굴로 연거푸 담배를 빨아 댔다. 분통이 터지려는 것을 겨우 눌러 참고 있었다. 그 때 사장이 천천히 입을 열었다.

"왜들 그렇게 용기가 없어? 즉시 발표해! 모든 책임은 사장인 내가 지겠다. 못 되면 신문사 문을 닫게 될 테고 잘 되면 왕중왕이 되겠지."

간부들이 뭐라고 말할 틈도 주지 않고 사장은 일어서서 밖으로 휑하니 나가 버렸다.

간부들은 꿀 먹은 벙어리처럼 멀거니 들 앉아 있다가 슬금슬금 일어섰다.

신문사에는 비상이 걸렸다. 귀가한 사원들을 데려오기 위해 신문사 차량들이 총동원되었고, 이미 찍어둔 신문들은 폐기처분되었다.

밤새도록 윤전기가 돌아갔다. 날이 뿌우옇게 밝아올 무렵에는 수송 차량들이 속속 신문사를 빠져나갔다. 밤을 새운 사원들은 기사 내용에 혀를 내두르면서 해장국집으로 몰려갔다.

이른 아침 출근을 서두르는 시민들에게 K일보는 뇌성 같은 충격을 안겨 주었다. 생생한 사진들이 더욱 충격적인 인상을 주고 있었다.

모든 보도 기관들은 사실을 확인하느라고 법석을 떨었다. 라디오 방송국들은 정규 프로를 중단하고 K일보의 기사 내용을 그대로 인용 보도했다.

K일보를 제외한 다른 신문사들은 정문에 조기(弔旗)라도 게양해야 될 형편이었다. 이미 K일보의 특별 취재팀이 훑고 간 자리에 달려가 비질을 해 보았지만 그 이상의 특별한 것이 나올 리

가 없었다. 수사 기관은 입을 굳게 다문 채 K일보의 발표 내용을 묵시적으로 시인했다.

그날 오전 중에 K일보 사장은 각 기관의 책임자들로부터 강경한 항의 전화를 받았다.

"그런 보도는 사전에 협의를 거쳤어야 하지 않겠습니까? 양식 있는 언론인이라면 어떻게 그런 보도를 함부로 할 수 있습니까? 책임자를 문책하십시오!"

대개 이런 식의 항의였다. 이에 대해 K일보의 사장은 한결같이 이렇게 대답했다.

"물의를 일으킨데 대해 사과합니다. K일보의 책임자는 바로 접니다. 따라서 모든 책임은 저한테 있습니다. 이미 지났으니 드리는 말씀인데 우리가 사전에 각 기관과 협의를 거쳤다면 보도를 하지 못했을 겁니다. 우리는 우리의 의무와 권리를 행사했을 뿐입니다. 신문사가 그런 능력도 없다면 차라리 문을 닫는 게 나을 테죠."

이렇게 강경하게 나오니 상대도 어찌 하는 수가 없었다. 이미 터진 일을 따지고 든다고 해서 주워 담을 수는 없었다.

메데오가 한국에서 망명생활을 할 것이라는 뉴스는 외신을 타고 전 세계로 급히 퍼져 나갔다.

즉시 전 세계의 눈과 귀가 한국으로 일제히 쏠렸다. 한국에 이미 잠입한 세계 각국의 게릴라들이 뉴스의 초점을 받으며 과연 그들의 계획을 실천할는지, 그것이 최대의 관심사가 되었다. 그와 더불어 대치하고 있는 한국의 비밀 수사 기관의 활약상에 대해서도 세계의 이목이 집중되고 있었다.

같은 날 저녁, 전 주한 치벨라 대사 벤무르는 세계의 어느 곳으로부터 걸려온 국제 전화를 받았다. 메데오로부터 직접 걸려온 전화였다.

"아, 각하……"

목소리를 듣자마자 벤무르는 목이 메어 울먹였다. 곁에 앉아 있던 미군 대령이 같은 코드에 연결된 수화기를 들고 그들의 대화를 엿들었다.

"외신 보도가 사실이오?"

"각하를 노리고 있다는 외신 말입니까?"

"그렇소, 바로 그거 말이오."

"다소 과장된 게 없지 않아 있지만 사실은 사실입니다. 그렇지만 그들은 곧 박멸될 것입니다."

벤무르는 관자놀이에 겨누어진 총구를 공포의 눈으로 좇으며 말했다.

"대사가 어떻게 그렇게 자신할 수 있지요?"

불안한 목소리가 가느다랗게 들려왔다. 벤무르는 납치된 딸을 생각했다.

"각하, 염려 마십시오! 한국의 수사 기관은 아주 우수합니다. 수사 책임자로부터 제가 직접 들었습니다. 암살단을 박멸하는 것은 시간문제라고 했습니다. 지금 그들은 도망치기 위해 혈안이 되어 있습니다. 각하는 안전하게 도착하실 수 있습니다."

"믿어도 될까?"

"네, 저를 믿으십시오. 하루 빨리 각하를 뵙고 싶습니다."

"별장은 어떻게 됐소?"

"네, 모두 완성되어 각하가 오시기만 기다리고 있습니다."

"내 가족들은……"

"모두 잘 있습니다."

"알겠소. 예정대로 한국에 가겠소. 한국 측에 연락해 두시오. 완전한 경호도 부탁하시오."

"각하 염려 마십시오."

"자, 그럼 나중에 봅시다."

"네, 각하……"

벤무르의 손에서 수화기가 굴러 떨어졌다. 그것을 미군 대위가 집어서 올려놓았다. 대령도 수화기를 내려놓으면서 만족하다는 듯이 고개를 끄덕였다.

"자, 이젠 한국 측에 연락하시오."

벤무르는 한참 동안 허탈에 빠져 허공을 바라보다가 수화기를 집어 들고 한 곳으로 전화를 걸었다.

"치벨라 대사관의 벤무르입니다. 각하께서는 어떤 난관도 무릅쓰고 예정대로 15일에 입국하실 것이라고 알려 왔습니다. 완벽한 경호를 부탁드리겠습니다."

Z와 레드 로즈

"이게 뭘 의미하죠?"

레드 로즈는 담배를 피워 문 채 실내를 왔다 갔다 했다.

탁자 위에는 K일보가 펼쳐져 있었다.

금테 안경을 낀 대머리 사나이의 눈이 계속 레드 로즈의 움직임을 쫓고 있었다.

"신문에 이렇게 노골적으로 발표됐다는 사실이 무엇을 의미하는지 한번 생각해 보세요."

레드 로즈는 탁자를 두드렸다.

여덟 명의 적군파 대원은 금테 안경을 바라보고 있었다. 금테 안경은 마지못해 입을 열었다.

"그들은 실수하고 있는 겁니다."

"실수라뇨?"

레드 로즈는 움직임을 멈추고 눈을 크게 떴다.

"신문에 그렇게 속속들이 발표하면 결국 자기들 손해지요. 우리에게는 오히려 경계를 강화할 수 있는 계기가 되고요."

"모르는 소리……"

붉은 티셔츠에 감싸인 레드 로즈의 젖가슴이 흔들렸다.

"모르는 소리 말아요. 그들은 자신만만하기 때문에 이렇게 신문에 발표한 거예요. 이젠 숨길 거 없다. 너희 따위야 얼마든지 섬멸할 수 있다. 이런 자신감이 있기 때문에 이렇게 발표해 버린 거 아닐까요?"

레드 로즈의 말에 금테 안경의 얼굴에는 한 가닥 불안한 빛이 스쳐 갔다. 레드 로즈는 냉소를 띠었다.

"부인하고 싶겠죠. 하지만 이 신문엔 자신감이 넘쳐흘러요. 어때요? 포기하고 돌아가는 게."

금테 안경은 벌떡 일어섰다. 그리고 완강히 고개를 저었다.

"그건 안 됩니다. 중도 포기는 있을 수 없습니다. 포기는 실패나 다름없습니다."

"실패하면 평양으로 소환되나요? 소환돼서 처벌을 받겠지요?"

"……"

굳어진 얼굴 근육이 부르르 떨렸다. 그것을 보고 여자는 재미있다는 듯이 깔깔거리고 웃었다.

"Z! 처벌을 몹시 겁내고 있군요. 어떤 처벌을 받기에 그렇게 겁을 내시나요? 영영 재기할 수 없는 처벌을 받게 되나요?"

"우리는 이번 일을 위해 너무나 많은 것을 투자했습니다. 이번 일은 너무도 중요한 일입니다. 결코 포기란 있을 수 없습니다. 너무나 중요하고 막중한 일이라 실패할 경우 엄청난 결과가……부탁합니다. 제발 그대로……"

"우리 적군파가 돌아가지도 못하고 여기서 모두 몰살이라도 당하면 어떻게 하지요? 우리 시체는 누가 거두어 주지요?"

레드 로즈는 다시 미친 듯이 웃어대다가 갑자기 웃음을 뚝 그쳤다.

"아까 그 말은 농담이었어요. 여기까지 와서 돌아갈 수야 없지요. 돌아가다니 말이 되나요. 세계의 용사들이 다 모였는데, 그까짓 메데오 하나쯤 제거하지 못하겠어요? 아무리 한국 수사관이 훌륭하다 해도 내가 보기에는 소꿉장난 같아요. 우리는 멋지게 해낼 게예요. 멋지게 해내고말고요! 문제는 메데오가 위험을 알고도 한국에 오느냐 하는 거죠.

그 때 전화벨이 울었다. Z가 수화기를 냉큼 집어들었다.

"여기는 Z……"

"여기는 비둘기……. 메데오는 예정대로 입국할 예정입니다. 메데오로부터 벤무르에게 직통 전화가 걸려 왔습니다. 알렝으로부터의 연락입니다."

"알았다. 메데오는 지금 어디 있는가?"

"그건 밝혀지지 않았습니다."

"두 사람은 지금 어디 있는가?"

"치벨라 대사관에 있습니다."

"알았다. 모세는?"

"호텔에 칩거하고 있습니다."

"안전하겠지?"

"네, 이상 없습니다."

"수고했다."

전화를 끊고 난 Z는 그를 주시하고 있는 적군파 대원들을 둘러보면서 말했다.

"메데오는 예정대로 입국할 것이랍니다!"

"흥, 죽고 싶어 환장했나 보군."

레드 로즈는 립스틱을 꺼내 입술을 빨갛게 칠했다.

4월 13일.

아침부터 비가 내리고 있었다. 추적추적 내리는 비를 맞으며 청년은 투덜거렸다.

"이거…… 우산도 없고 지랄 같은데……"

그 근방에는 비를 피할 만한 적당한 처마도 보이지 않았다. 우산을 사려면 큰길까지 나가야 했다.

그가 우산을 구하기 위해 큰 길 쪽으로 막 몸을 돌리려고 했을 때, 치벨라 대사관저의 육중한 철문이 삐걱하고 열렸다. 청년은 잽싸게 전봇대 뒤로 몸을 숨겼다.

눈에 익은 벤무르 대사의 고급 승용차가 미끄러지듯 굴러 나왔다. 이미 정권이 무너지고 대사직도 정지되었는데도 불구하고 차에는 치벨라 공화국 깃발이 달려 있었다.

청년은 호주머니에서 허둥지둥 망원경을 꺼내 들고 차도 쪽으로 굴러가는 캐딜락을 바라보았다.

차의 뒷자리에는 세 사람이 앉아 있었다. 가운데 앉아 있는 사람이 벤무르 대사인 듯했다. 왼쪽에 앉아 있는 사람은 군모를 쓰고 있는 것으로 보아 무관인 듯했다. 오른쪽에 앉아 있는 사람은 사복 차림이었는데, 비서라도 되는 것 같았다.

청년은 망설였다. 어디로 갈까. 벤무르 대사가 외출하는 것은 처음 있는 일이었다.

그는 차도 쪽으로 급히 뛰어갔다. 차도 한편에는 취재차가 대기하고 있었다. 그는 차에 오르며 소리쳤다.

"자, 출발!"

운전석에 기대어 자고 있던 운전사는 깜짝 놀라 상체를 일으켰다.

"저 차, 저 시커먼 외제차를 따라갑시다. 눈치 채이지 않게 조심히!"

차는 빗속으로 돌진했다.

캐딜락은 시청 앞을 지나 서소문 쪽으로 방향을 잡았다.

10분 뒤 신촌으로 들어섰다. K일보 특별 취재팀의 햇병아리 기자는 가슴을 쭉 펴고 독수리처럼 앞을 노려보았다.

캐딜락은 신촌을 지나 제 2한강교 쪽으로 질주했다. 갑자기 빗발이 세어졌기 때문에 시야가 뿌옇게 흐려 왔다.

"더 좀 밟아요! 보이지 않아요!"

기자가 소리치자 운전사는 빙긋이 웃었다.

"염려하지 말아요. 놓치지는 않을 테니까."

취재차는 다른 차들을 앞질러 쾌속으로 질주했다. 김포 가도로 들어선 캐딜락은 무섭게 달려갔다. 그 뒤를 취재차가 위태롭게 흔들거리며 따라갔다.

예상했던 대로 벤무르 대사 일행은 김포 공항에서 차를 내렸다. 그들은 이미 예약을 해 두었는지 제주행 출입구 쪽으로 걸어가 개찰이 시작되기를 기다렸다.

햇병아리 기자는 대합실 구석으로 들어가 세 사람의 움직임을 눈여겨보았다. 생각했던 대로 벤무르 대사 외에 두 사람은 무관과 비서인 듯했다. 두 사람 다 007가방을 들고 있었는데, 실권 없는 대사관 사람들 치고는 태도가 당당해 보였다.

그들에 비해 흑인 대사 벤무르는 어딘지 초조하고 불안해 보였다. 대사가 흑인인 데 반해 나머지 두 사람이 백인인 것이 어쩐지 기이해 보였다. 카메라가 있으면 잡아 둘 걸 하고 생각하면서 기자는 발을 동동 굴렀다. 아까부터 소변이 마려운 것을 참고 있으려니, 아랫배가 터질 것만 같았다.

마침내 개찰이 시작되었다. 제주행 개찰구는 엄중한 경계 속에 검문검색이 실시되고 있었다. 그러나 벤무르 일행은 그대로 무사통과되었다.

제주도 S호텔 1905호실의 전화벨이 요란하게 울었다.

안 기자가 달려가 잽싸게 수화기를 집어 들었다. 조금 뒤 그녀는 홍 기자를 불렀다.

"캡틴! 본부에서 전화예요!"

홍 기자는 수화기를 바꿔 들고 기침했다.

"캡틴이다. 뭐야?"

"본부 8홉니다. 벤무르 대사가 11시 10분 비행기로 제주도로 떠났습니다."

"혼자 떠났나?"

"아닙니다. 벤무르 대사 이외에 무관과 비서 두 명이 동행했습니다."

"벤무르 대사 얼굴이나 알고 있나?"

"네, 알고 있습니다."

"무관과 비서 얼굴은 그전부터 알고 있었나?"

"아닙니다. 오늘 처음 봤습니다."

"그럼 어떻게 그 사람들의 신분을 알고 있지?"

"그냥 짐작으로 알았습니다."

"바보 같으니! 짐작이 어딨어? 그 따위 말 하지 마!"

"그렇지만 한 사람은 분명히 무관 복장을 하고 있었습니다."

"그밖에 다른 사항은?"

"없습니다."

"알았어, 수고했다.!"

홍 기자는 빗물이 줄줄 흘러내리는 창문 쪽으로 다가갔다.

타오르는 육체(肉體)

비는 전국적으로 내리고 있었다.

따뜻한 남쪽 지방인 제주도에는 유난히 많은 비가 쏟아지고 있었다.

1시 20분 전이었다. 홍 기자는 제주 공항 대합실에 서서 벤무르 일행이 나타나기를 기다렸다.

조금 뒤 초조한 모습의 흑인이 나타났다. 그 뒤를 백인 무관과 비서가 따라 나왔다. 수행원들은 똑같이 색안경을 쓰고 있었다. 홍 기자는 고개를 갸우뚱했다.

"너무 대조적인데……"

"정말 그래요."

안 기자도 곁에서 중얼거렸다. 대합실을 나선 벤무르 일행은 미리 연락을 취했던지, 대기하고 있는 차에 올라 서귀포 쪽으로 사라졌다.

"별장으로 가나 보죠?"

"음, 그런가 봐."

메데오 일가가 별장이 완성되어 그 곳으로 옮긴 것은 이틀 전이었다.

홍 기자와 안 기자는 밖에 대기해 둔 택시에 뛰어올랐다.

"방금 떠난 백색 차를 따라갑시다."

"네에, 알았습니다."

택시는 빗속을 뚫고 덜컹거리며 달려갔다. 한참 달려가자 비로소 백색 차가 시야에 들어왔다.

섬을 가로질러 서귀포에 들어선 백색 차는 시내를 이리저리 가다가 갑자기 멈춰 섰다.

먼저 벤무르가 내리고 뒤이어 두 백인이 나왔는데, 벤무르는 얼굴을 잔뜩 일그러뜨린 채 배를 싸쥐고 있었다. 한국인 운전사가 뛰어나오더니 벤무르를 부축하고 가까이에 있는 병원으로 들어갔다. 백인 두 명도 뒤따라 병원으로 사라졌다.

"갑자기 배탈이 났나 보죠?"

"음, 위경련이라도 난 모양이야."

홍 기자는 차를 뒤로 멀찍이 빼게 하면서 그들이 들어간 병원 간판을 바라보았다. <김외과 의원> 이라고 표시된 아크릴 간판이 출입구 위에 큼직하게 붙어 있었다.

"우린 가는 게 좋겠어."

"더 기다려 보지 않구요?"

"뭐 별다른 거 없겠는데……"

그들은 택시를 돌려 그 곳을 떠났다. 안 기자의 말대로 거기서 더 기다려 보았다면 문제가 달라졌을 것이다.

벤무르는 복부에 심한 충격을 받고는 바닥에 나뒹굴었다.

"시키는 대로 하는 거야, 알았지?"

그와 동행했던 무관 복장의 사나이가 소파에 깊숙이 앉아서 물었다. 벤무르가 대답하지 않자 사복 차림의 백인이 다시 한 번 복부를 걷어찼다.

"아이구…… 그, 그만……"

벤무르는 바닥을 기면서 침을 흘렸다.

"시키는 대로 하겠습니다. 목숨만 살려 주십시오."

"조금이라도 수틀린 짓 하면 당신 딸이 죽는다는 걸 알아. 가장 잔인한 방법으로 딸을 죽일 테다. 가슴은 물론 음부까지 도려내 버릴 테다!"

"드, 듣겠습니다. 말씀만 하십시오!"

"너는 이 길로 별장에 들어가서 까뜨리느 여사에게 인사해. 그리고 그 곳에다 거처를 정하란 말이야! 알았어?"

"네, 알았습니다."

"그리고 수시로 이쪽으로 전화 연락을 해!"

"아, 알았습니다. 시키는 대로 하겠습니다."

"그럼 됐다! 꺼져!"

벤무르가 나가고 나자 무관 복장의 백인과 레드 로즈는 다른 방으로 건너갔다.

"오, 구르노!"

여자는 백인의 목을 끌어안으며 뜨거운 입김을 내뿜었다.

"유미꼬……"

그들은 부둥켜안고 열렬히 입을 맞추었다. 계집의 혀가 남자의 입속으로 들어가자 남자는 그것을 감미로운 듯 빨았다.

뜨겁게 입을 맞추고 난 그들은 서둘러 옷을 벗고 다시 서로를 부둥켜안았다.

여자의 키는 남자의 가슴팍 정도밖에 오지 않았다. 여자가 작은 게 아니라 백인의 키가 그 정도로 컸다.

구르노는 여자를 덥석 안아들더니 침대 위로 내던졌다. 스프링이 튀면서 여자의 몸도 파도를 타듯 출렁거렸다.

그는 혀와 손끝으로 여자를 애무해 나갔다. 몸이 달아오를 대로 오른 여자는 학학대면서 팔다리를 허우적거렸다.

마침내 그녀가 더 참을 수 없다는 듯 그를 끌어당기자 그는 지체하지 않고 돌격을 감행했다.

마치 태산이 무너지듯 여자는 소리를 질러 댔다. 근육질의 사나이는 절묘하게 몸을 움직여 나갔다.

거의 한 시간 넘게 그들은 관계를 끌고 나갔다.

드디어 행위가 끝났을 때 두 사람은 물에 빠진 것처럼 땀에 젖어 있었다.

레드 로즈는 젖은 솜처럼 침대 위에 늘어져 있었다. 한동안 정신을 차리기가 어려운 모양이었다.

구르노는 천장을 향해 기분 좋게 담배 연기를 내뿜었다. 한참 뒤 여자는 남자의 가슴 위에 머리를 올려놓았다.

"구르노…… 당신은 세계에서 제일이야."

"당신도 제일이야."

"당신하고 할 때는 언제나 죽을 것 같아."

"나도 마찬가지야."

"이번 일 자신 있으세요?"

"자신이 없으면 여기에 오지 않지."

"그런데 어쩐지 이번 일은 처음부터 잘 맞지가 않는 것 같아요. 벌써 우리 동지가 체포되어서 고생하고 있으니……"

"이런 일에는 희생이 따르게 마련이야. 처음부터 완벽하게 해낼 수도 있고 실수를 연발하면서 목표를 달성하는 수도 있지.

그날 밤, 홍 기자는 박남구 형사와 저녁 식사를 함께 하면서 벤무르 일행을 추적하던 일을 이야기했다.

"벤무르가 제주도에 온 건 나도 알고 있었어. 그는 메데오의 망명 정권에서 일하게 될 거야."

"도중에 복통을 일으켜 서귀포에 있는 병원에 들어간 걸 보고 나는 돌아왔지."

"벤무르는 지금 별장에 있어. 우리 요원이 확인했어."

"수행원들도 함께 별장에 들어갔나?"

"벤무르 혼자서 들어갔다고 보고받았어."

"거 이상한데……"

홍 기자는 고개를 갸우뚱했다.

"내가 볼 때는 무관과 비서가 동행이었는데…… 어떻게 된 일이지? 두 사람 다 백인이었거든."

"한번 알아보지."

박 형사는 식사하다 말고 자리를 떴다. 10분 뒤 그는 돌아와서 말했다.

"벤무르는 분명히 혼자 들어갔어. 저쪽 경호원들과 긴밀히 연락을 취하고 있기 때문에 자세히 알아봤어."

"그럼 수행원들은 어디 갔지? 이상하지 않나?"

"혹시 다른 곳에 묵고 있는 게 아닐까?"

"그럴 리가 있나? 수행원이라면 항상 함께 다니는 게 원칙 아닌가?!"

홍 기자의 말에 박 형사는 무엇인가 골똘히 생각하다가 갑자기 무서운 눈빛으로 홍 기자를 쏘아보았다.

"그 백인 두 명이 혹시 게릴라 아닐까?"

"뭐라구?"

홍 기자는 수저가 떨어지는 것도 모른 채 놀란 모습으로 박 형사를 바라보았다.

"벤무르가 게릴라들과 손을 잡았을지도 모르지."

"설마……."

"아니야. 약점을 잡히고 협박당하고 있을지 모르지 않나?"

"그렇다면 그 병원이 수상한데……?"

"병원을 습격해야겠군."

그들은 벌떡 일어섰다.

한 시간 뒤 서귀포에 자리 잡고 있는 김외과 의원은 철통같이 포위되었다. 매우 그곳을 조용히 포위했기 때문에 소란은 일어나지 않았다.

포위가 끝나자 박 형사는 밖에서 전화를 걸어 원장을 찾았다.

"원장님은 외출 중이신데요."

남자 목소리가 대답했다.

"당신은 뭐하는 사람이오?"

"저는 여기 조수입니다."

"잔말 말고 두 손 들고 나와! 5분간 여유를 주겠다! 5분이 지나면 폭파시키겠다!"

"뭐, 뭐라구요?"

"우린 경찰이다!"

일대에는 교통이 통제되었기 때문에 주검 같은 정적만이 깔려 있었다.

5분이 지났다. 그러나 안에서는 아무도 나오지 않았다. 건물의 불이 일시에 꺼졌다.

"쏴!"

명령과 함께 일제 사격이 시작되었다. 수백 개의 총구에서 터져 나오는 총소리는 지진이라도 난 듯 그 일대를 발칵 뒤집어 놓았다.

병원 안에서도 대담한 응사가 있었다. 기관단총 소리였는데 여러 명이 응사하고 있는 듯했다.

5분쯤 지나자 양쪽은 약속이나 한 듯 사격을 멈추었다. 이어서 입씨름이 벌어졌다.

"자수하라! 자수하지 않으면 폭파시키겠다!"

"마음대로 해! 이 안에는 입원 환자가 여섯 명이나 있다! 마음대로 해!"

"……."

입원 환자가 있다는 말에 독수리 요원들은 멈칫했다.

인질(人質) 구출 작전

도시 게릴라들은 인질을 잡고 협상을 벌여 왔다. 협상 내용은 물론 일방적인 것이었다. 다섯 시간 이내에 그들이 타고 갈 수 있는 차량과 비행기를 마련하라는 것이었다.

칠흑 같은 어둠과 숨막히는 긴박감 속에서 양쪽은 살벌하게 대치했다.

초조한 가운데 한 시간이 흘러갔다. 인질이 잡혀 있는 마당에 총격전을 벌일 수도 없었다. 독수리 요원들은 분노를 씹으며 발을 굴렀지만 어쩔 도리가 없었다. 그들은 병원 안에 과연 인질이 있는지 없는지조차 확인할 수가 없었다. 그렇다고 언제까지 막연히 대치하고 있을 수만도 없는 노릇이었다.

다시 또 한 시간이 지나갔다. 여전히 어떤 결정도 내려지지 않았다. 작전 본부는 회의를 거듭했지만 쉽게 결정이 나지 않았다.

"다섯 시간이 지나면 인질들을 차례로 살해하겠다."

적들은 계속 위협해 왔다.

X국장의 명령이 내려온 것은 세 시간 만이었다. 끝까지 버터 보라는 내용이었다.

그 동안 별장에 있던 벤무르는 체포되고, 김외과 의원에 대한 수사가 재빨리 진행되었다.

그 곳에 병원이 세워진 것은 6개월 전이었다. 원장 김기웅(金基雄)은 49세. 제일 교포 출신으로 2년 전 귀국하여 외과 의사로 전전하다가 서귀포에 빌딩을 짓고 개업한 것으로 나타났다. 밝혀진 것은 그것뿐이었다.

"바로 여기에다 거점을 마련한 거야. 치밀하게 계획을 세우고 말이야. 김기웅이 문제의 Z일 가능성이 많아."

박 형사의 말에 홍 기자는 고개를 끄덕였다.

"재일 교포라니까 냄새가 나는데……"

그는 어둠 속으로 손을 뻗어 안 기자의 보드랍고 따뜻한 조그만 손을 꽉 잡았다.

비가 그친 뒤라 밤 공기가 차가웠다. 안 기자의 옆모습이 창백해 보였다.

마침내 다섯 시간이 지났다. 자정이 지났지만 거리에는 아직 어둠이 깔려 있었다.

3층의 한 방에 불이 켜지더니 눈을 가린 인질 한 명이 창가에 세워졌다. 노파였다.

곧 한 방의 총성과 함께 노파의 몸뚱이가 밑으로 굴러 떨어졌다. 독수리 요원들은 분노에 차서 사격을 개시했다. 불이 꺼지고 빌딩은 다시 어둠에 싸였다.

"한 시간 후에 다시 인질 한 명을 사살하겠다."

게릴라들은 거침없이 나왔다.

보고를 받은 X국장은 고집을 꺾고 게릴라들의 요구대로 들어주라고 명령했다.

4월 14일.

날이 완전히 밝았을 때 대형 버스 한 대가 김외과 의원 앞에 도착했다.

적들의 요구대로 버스의 창문에는 커튼이 드리워지고 포위망은 시야 밖으로 흩어졌다.

버스 안에는 비무장의 운전사 한 사람만이 타고 있었다.

마침내 병원 셔터가 올라가고 문이 열렸다.

기관총으로 무장한 게릴라들은 인질들을 앞세우고 밖으로 나왔다.

인질들은 뒤로 손이 묶인 채 눈이 가려져 있었고, 게릴라들은 하나같이 짙은 선글라스를 끼고 있었다. 키가 큰 백인도 보였다.

"저 놈이 벤무르와 동행한 놈인가?"

"음, 그래. 바로 저 놈이야. 그런데 무관 복장을 한 놈은 보이지 않는데……?"

박 형사와 홍 기자는 멀리 떨어진 길모퉁이에 서서 망원경으로 그들의 움직임을 주시하고 있었다. 그들 곁에서 K일보 사진 기자는 연방 셔터를 눌러 대고 있었다.

수백 개의 총구가 그들을 노리고 있었지만 인질들이 다칠가 봐 하나같이 침묵만 지키고 있었다.

"고스란히 보내 주는 건가? 독수리 요원들도 별수 없군."

"기다려 봐. 그렇지는 않을 거야. 그렇게 쉽게 보내 주지는 않을 거야."

"무슨 자신이라도 있나?"

"자신이 있어."

인질은 다섯 명이었고 게릴라들은 꼭 12명이었다. 그중에는 대머리 사나이도 끼여 있었다.

"저 대머리가 원장 김기웅일 거야."

"키 큰 백인과 레드 로즈가 보이지 않아. 두 연놈은 벌써 샌 것 같아."

"글쎄……"

마침내 버스가 출발했다. 그 뒤를 멀리서 수사 요원들의 차가 따라갔다.

버스는 공항 쪽으로 달려갔다.

섬을 관통하는 차도에는 일반인들과 차량의 통행이 금지되어 있었고, 차도 양편 숲 속에는 M16 자동소총으로 무장한 기동경찰이 잠복해 있었다.

K일보의 취재차는 맨 뒤에서 따라갔다.

안 기자는 창백한 모습으로 시종 홍 기자의 팔짱을 꼭 끼고 있었다.

다른 기자들 역시 굳은 얼굴로 앞을 주시하고 있었다.

인질들과 게릴라들을 태운 대형 버스는 산 중턱을 향해 숨 가쁘게 올라가고 있었다.

인질들은 남자 3명과 여자 2명이었다. 남자 셋은 노인과 중년 남자, 그리고 10대 소년이었고, 여자 둘은 30대 부인들이었다.

그들은 버스의 맨 뒤쪽에 짐짝처럼 처박혀 있었고, 게릴라들은 의자에 흩어져 앉아 있었다.

운전사는 용감한 독수리 요원이었지만 무장을 하지 않았기 때문에 시키는 대로 잠자코 운전만 했다. 버스는 밀폐되어 있었고, 커튼으로 창문이 온통 가려져 있어서 내부의 모습이 전혀 밖으로 노출되지 않았다. 다만 앞쪽 창문만이 가려져 있지 않았다.

버스는 오르막길에서 갑자기 속도가 떨어졌다.

"뭘 하고 있는 거야? 속력을 내!"

한국인 게릴라 한 명이 운전사의 등 뒤에다 총구를 들이대고 소리쳤다. 운전사는 뒤를 힐끗 쳐다보았다.

"더 이상 속력을 낼 수 없습니다. 고개만 넘으면 속력을 낼 수 있습니다."

바로 그 때였다. 버스가 덜컹 하고 멈추는 것과 함께 숲속에서 돌덩이 같은 것이 날아왔다. 곧장 정면 유리창을 깨고 날아 들어온 그것은 바닥에 떨어지자마자 시커먼 연기를 내뿜었다. 이어서 사방에서 돌덩이 같은 것이 날아 들어왔다.

버스는 순식간에 시커먼 연기로 휩싸였고 그 속에서 사람들은 캑캑거리며 몸부림쳤다.

버스 유리창은 온통 박살이 났지만, 바람 한 점 없는 날씨라 시커먼 연기는 쉽게 흩어지지가 않았다. 버스는 이미 정거해 있었고 운전사는 먼저 비상구로 탈출하고 없었다.

버스 속으로는 계속 돌덩이 같은 것이 날아 들어갔다. 시커먼 연기 속에서 게릴라들은 마구 총을 쏘아 댔다. 그러나 그것도 잠깐이었다.

10분쯤 지나자 모든 것이 잠잠해졌다. 버스 속에서는 기침 소리 하나 들려오지 않았다.

버스를 포위한 수사 요원들은 검은 연기가 사라질 때까지 기다렸다.

10분 뒤 홍 기자는 박 형사 뒤를 따라 버스 안으로 뛰어 들어갔다.

버스 안에는 놀라운 장면이 벌어져 있었다. 인질이고 게릴라고 할 것 없이 모두가 의식을 잃고 쓰러져 있었던 것이다.

"마취당했나?"

"그래, 바로 그거야. 새로 개발된 테러 방지용 마취 가스지. 연막탄처럼 연기가 시야를 가리면서 순식간에 마취시키는 것이 특징이야."

다섯 명의 인질들은 의식만 잃었을 뿐 상처 하나 입지 않고 있었다. 작전은 대성공이었다.

그러면 레드 로즈와 구르노는 어디 있었을까?

그들이 김외과 의원을 빠져나온 것은 그 곳이 포위되기 직전이었다.

구르노에게는 다른 사람이 가지고 있지 않은 예감이란 것이 있었다. 그의 예감은 여느 사람들의 그런 것과는 전혀 다른 것이었다. 오랜 경험과 타고난 재능에 의해서 그는 위험한 고비를 수없이 넘기면서도 지금까지 살아 남을 수 있었던 것인지도 모른다. 전 세계의 수사 기관들이 잔뜩 눈독을 들이고 그를 찾고 있었지만 그는 한 번도 체포되지 않은 채 동에 번쩍 서에 번쩍 하고 있었다.

그것은 으레 따라 다니는 의심이었지만 그는 그 의심을 버릴 수가 없었다. 그리고 레드 로즈와 섹스를 끝내고 났을 때 그것은 눈덩이처럼 커져 있었다. 그러나 그런 의심을 밖으로 노출시킬 수는 없었다. 그래서 그는 레드 로즈에게 바닷가로 나가 산책하지 않겠느냐고 제의했고, 그들은 자연스럽게 그 곳을 빠져나오게 된 것이다.

눈치 빠른 레드 로즈는 어두운 밤에 바닷가로 나가자는 구르노의 제의가 무엇을 뜻하는지 얼른 깨달았다. 그렇지만 설마하면서 따라나선 것인데, 그것이 적중해 버린 것이다.

게릴라들이 모두 체포된 그 시간에 구르노와 레드 로즈는 바다가 멀리 내려다보이는 외딴 오막살이 안에 처박혀 있었다.

주위가 돌담으로 둘러싸인 그 집은 이제 그들에게 있어서 마지막 도피처였다.

연락책인 한국인 청년이 나타나 결과를 보고하자 레드 로즈는 안색이 창백해졌다.

"모두 체포됐다는 거야? 하나도 빠져나가지 못하고 말이야?"

"네, 모두……."

"인질은?"

"모르겠습니다."

"바보 자식들 같으니! 인질까지 잡고도 빠져나가지 못하다니, 병신 같은 자식들!"

한국에 침투한 적군파 게릴라들이 그녀를 제외하고 모두 체포되었다는 사실은 놀라운 일이 아닐 수 없었다.

구르노는 표정 없이 벽에 기대앉아 있었다. 초록색 눈이 초점 없이 허공에 머물러 있었다.

다가온 D데이

체포된 게릴라들 중 일본 적군파 대원들은 모두 8명이었다. 나머지 4명은 한국인들이었다.

독수리 요원들은 김 외과 의원 원장인 김기웅을 집중적으로 신문했다.

그는 철제 의자에 팔다리가 단단히 결박되어 있었고, 입에도 자갈이 물려 있었다. 따라서 자살을 하려 해도 할 수 없는 상태에 놓여 있었다.

"김기웅! 너희들은 끝장이다! 이렇게 된 이상 입을 다물고 죽을 필요가 뭐 있어? 솔직히 털어놔! Z가 누구냐?"

안경을 뺏긴 김가는 흐릿한 눈으로 허공을 바라보고 있었다.

신문이 시작된 지 두 시간이 지났지만 그는 입을 굳게 다물고 있었다. 그의 모습에는 죽음을 각오한 자의 결연한 의지 같은 것이 엿보이고 있었다. 아무리 다그친다 해도 그는 좀처럼 입을 열 것 같지가 않았다. 박 형사가 보기에는 고문으로 통할 것 같지가 않았다.

독수리 요원 하나가 피스톨을 이마에 갖다 대고 위협했지만 그는 미동도 하지 않았다.

"당장 사살해 버릴 테다!"

입을 틀어막고 있는 자갈을 풀어 주자 그는 외쳤다.

"빨리 죽여 줘!"

죽여 달라고 하는 데는 손을 쓸 재주가 없었다. 마음을 돌리게 하는 수밖에 다른 도리가 없었다. 박 형사는 다가섰다.

"당신은 죽으면 영웅이 되겠군. 영웅이라……. 얼마나 허황된 말인가. 영웅주의 때문에 얼마나 많은 사람들이 아까운 목숨을 잃었을까."

"빨리 죽여 줘!"

김가는 계속 외쳤다.

"죽이는 거야 간단하지. 방아쇠만 당기면 되니까. 그렇지만 한번 죽으면 다시 살아날 수 없으니까 신중을 기하는 게 좋겠지."

"……"

"당신은 실패했어. 보기 좋게 참패한 거야. 당신이 원한다면 석방시켜 주겠어."

박 형사는 갑자기 결박한 것을 풀어 주었다. 다른 요원들이 아연한 눈으로 쳐다보았지만 그는 상관하지 않았다.

"자, 가라구. 얼마든지 가라구. 붙잡지 않을 테니까 갈 데가 있으면 얼마든지 가라구."

김가는 박 형사에게 등을 떠밀려 문 쪽으로 몇 걸음 옮기다 말고 우뚝 멈춰 섰다. 그리고 움직이려 들지를 않았다.

무거운 침묵이 지하실을 가득 채우고 있었다. 숨 막힐 것 같은 침묵이 한참 흐른 뒤 박 형사가 조용히 말했다.

"당신은 여기서 나간다 해도 갈 데가 없을 거야. 북쪽으로 가면 처형될 테니까 말이야. 올데갈데 없어졌으니 어떡하지? 자결하는 게 제일 나을지도 모르지."

김가의 몸이 흔들렸다. 다리가 풀리는 것이 금방이라도 쓰러질 것만 같았다.

"그렇지만…… 다시 한 번 생각해 보는 게 어떨까? 우리 사회는 북쪽하고는 달라. 그렇게 꽉 막힌 살벌한 사회가 아니란 말이야. 누구에게나 살 길을 마련해 주고 있어. 적이라고 해서 예외는 아니지. 적을 동지로 만들어 함께 살고 싶어 하는 것이 우리 사회의 기본 윤리야. 갈 곳이 없는 사람에게 따뜻한 잠자리를 마련해 주는 것이 우리 사회의 인정이야. 자, 전향해서 우리와 함께 사는 게 어떤가?"

김가는 비틀비틀 박 형사 쪽으로 걸어오더니 갑자기 무릎을 꿇었다. 그리고 박 형사의 다리를 붙잡고 흐느껴 울기 시작했다.

"……Z ……내가 Z입니다. Z는 또 작전 암호이기도 합니다……. 전향할 테니 목숨을 보장해 주시오."

"보장하겠소."

김가는 눈물을 거두고 Z작전에 대해 털어놓기 시작했다.

▲ Z작전 = 치벨라 공화국에 석유 수입의 50%를 의지하고 있는 한국은 메데오 정권의 붕괴로 갑자기 그 수입이 중단되는 바람에 큰 혼란을 겪고 있다. 한국은 곤경을 타개하는 방법으로 메데오의 재집권을 원하고 있으며, 그를 위해 메데오를 강력히 지원해 주고 있다. 그 확실한 근거로 메데오가 한국에 망명 정권을 세우려 하고 있다는 정보가 있다. 이러한 정보는 소련의 KGB가 미국의 CIA요원(이중 스파이)으로부터 입수한 것으로 매우 근거 있다고 판단되었다.

그렇지 않아도 한국에 도시 게릴라 조직을 심으려고 부심하고 있던 Z는 메데오를 암살 내지 납치함으로써 2중의 효과를 볼 수 있다고 판단하고 세계의 유명 도시 게릴라들의 지원을 요청한 것이다.

2중의 효과란 첫째 메데오의 재기를 영원히 봉쇄시킴으로써 한국에 계속 유류 파동을 일으키는 것이고, 둘째는 그와 같은 큰 거사를 통해서 한국에도 도시 게릴라의 뿌리를 내릴 수 있다는 사실이다.

평양은 이 작전에 적극적인 지원을 해주었다.

이미 어느 정도 파악하고 있기는 했지만 사실을 확인하고 나니 경악과 분노를 금할 수 없었다.

"체포되지 않은 자들은 누구누구인가?"

"여자 하나…… 남자 둘입니다."

"여자는 누구인가?"

일본 적군파 두목인 유미꼬, 일명 레드 로즈…… 보통 여자가 아닙니다.”

“나머지는 ……?”

“세계적으로 유명한 구르노……”

“그것이 본명인가?”

“나도 모릅니다. 그에 대해서는 아무 것도 모릅니다. 이탈리아의 <붉은 여단> 출신이라는 것밖에는……”

“그밖에 또 한 명은……?”

“모세 다니엘……”

“본명은?”

“모릅니다. 죽음의 그림자라고 하는데, <바더 마인호프단> 소속입니다.”

“세 사람 모두 어디 있나?”

“모릅니다. 구르노와 레드 로즈는 어젯밤 정사를 나눈 후 산책 나간다고 나갔습니다.”

“모세는……?”

“그는 아직 서울에 있을 겁니다.”

“서울 어디……?”

“Y호텔에 있었는데 지금은 거기에 없을 겁니다. 피신하라고 연락했기 때문에……”

“그들을 빨리 체포할 수 있는 방법은 없을까?”

“없습니다.”

박 형사는 이마에 흐르는 땀을 닦았다.

"잘 생각해 봐."

"조직이 이렇게 된 이상 그들은 뿔뿔이 흩어져서 움직이고 있을 겁니다."

"거사 일을 언제로 잡았나?"

"15일, 메데오가 입국하는 날입니다."

"당신이 심어 놓은 조직이 아직 살아 있을 텐데……?"

"체포되기 전에 모두 피하라고 일렀기 때문에 지금은 뿔뿔이 흩어졌을 겁니다."

"모두 몇 명인가?"

"6명이 아직 체포되지 않았습니다."

"그들의 인적 사항을 모두 여기에 적어 줘."

김 가는 시키는 대로 순순히 따랐다.

4월 14일,

밤이 깊어 가고 있었다. 제주도 S호텔에 자리 잡고 있는 독수리 작전 임시 본부는 침묵과 긴장 속에 잠겨 있었다.

내일이면 메데오가 오는 것이다. 그런데 유명한 도시 게릴라 3명은 아직 체포되지 않고 있는 것이다. 그들이 어떻게 메데오에게 접근할는지는 짐작조차 할 수 없는 일이다.

한 가지 거의 확실하게 판단할 수 있는 것은 메데오가 입국하는 내일, 즉 15일에 일이 터질 것이라는 점이다. 김기웅의 자백이 아니더라도 그렇게밖에 결론이 나오지 않는다. 메데오가 유일하게 밖에 몸을 드러내는 날이 바로 내일인 것이다. 일단 그가 철옹

성 같은 별장 안으로 사라져 버리면 제아무리 날고 기는 구르노라 해도 그를 암살한다는 것은 불가능해진다. 게릴라들은 그 점을 잘 알고 있을 것이고, 그래서 반드시 내일 메데오를 해치우려고 들 것이다. 어떤 식으로 해치우려고 들까?

독수리 요원들은 서울 본부로부터의 연락을 기다리고 있었다. 그 연락이란 메데오의 입국 시간에 대한 것이었다. 그것은 가장 극비를 요하는 사항으로서, 메데오 측으로부터 도착 전에 미리 알려오도록 되어 있었는데, 아직까지 소식이 없는 것 같았다. 모두가 꿀 먹은 벙어리처럼 담배만 피우고 있는데 누군가가

"12시야."

하고 말했다.

자정이 막 지나고 마침내 4월 15일로 접어들고 있었다. 그 때 전화벨이 울렸다.

뚱보가 입에서 파이프를 빼고 수화기를 집어 들었다.

"여기는 독수리…… 도착 시간은 17시 30분…… 그 곳으로 직행한다. 내각 전원이 영접을 나갈 것이다. 만에 하나라도 실수가 있어서는 안 된다."

"알겠습니다."

"경비 상황은 어떤가?"

"해안은 완전 봉쇄되었습니다. 비행장은 1천 병력으로 엄호할 계획입니다. 도착 두 시간 전부터 모든 선박과 비행기의 출입을 막겠습니다. 비행장에서 서귀포로 향하는 길에는 3미터 간격으로 병력을 배치시키겠습니다."

"별장은 안전한가?"

"네, 별장 안에는 우리 요원 1백 명이 지키고 있고, 외곽에는 5백 병력이 수비하고 있습니다."

"그만하면 됐어."

뚱보는 파이프에 다시 불을 붙이면서 이맛살을 찌푸렸다.

수평선(水平線) 위에 지다

구르노는 어디론가 전화를 걸었다. 새벽 1시였다. 기다렸다는 듯 신호가 떨어지면서 여자 목소리가 들려왔다.

"누구십니까?"

조심스러우면서도 부드러운 영어 발음이었다.

"지중해의 황혼……"

"아……"

상대는 멈칫하는 것 같았다. 이윽고 몹시 억눌린 듯한 목소리로 말했다.

"17시 30분…… 제주 공항……"

"아이 러브 유."

"아이 러브 유. 그 여자를 제거하세요."

대화라고는 그것뿐이었다. 그것으로 통화는 끝났다.

전화를 끊고 난 구르노는 잠에 취해 있는 나체의 여인을 잠시 바라보았다. 레드 로즈는 엎드려 있었는데, 둥그스름한 엉덩이가 유난히 거대해 보였다.

구르노는 여자를 그대로 둔 채 위에서 그녀를 덮어 눌렀다. 그녀는 히프를 들어 올리면서 취한 목소리로

"통화했어요?"

하고 물었다.

"아직 안 자고 있었군. 17시 30분이야."

여자가 무릎을 꿇고 엎드렸다. 그는 뒤에서 그녀의 둥근 엉덩이를 쓰다듬다가 갑자기 공격해 들어갔다. 여자의 입이 벌어지면서 목이 뒤틀렸다. 뒤이어 신음이 터져 나오기 시작했다.

구르노는 한 시간쯤 관계를 계속하다가 폭발과 동시에 그녀의 목을 뒤에서 휘어 감았다.

처음에는 상대가 너무 흥분한 나머지 그러는 줄 알았던지 여자는 별 저항이 없다가 숨이 막히자 두 손을 쳐들고 몸을 뒤틀기 시작했다. 그것은 실로 섹스와 살인이 동시에 교차되는 광란의 순간이었다.

"으어억!"

레드 로즈는 몸부림쳤다. 육감적인 육체가 마치 미친 듯 춤을 추는 것 같았다. 구르노의 무쇠 같은 팔이 더욱 힘차게 그녀의 목을 죄었다. 동시에 오른쪽 팔꿈치로 그녀의 뒤통수를 눌러 대자 몸부림치던 여체에서 차츰 힘이 빠져나갔다.

이윽고 팔을 풀자 여체는 앞으로 철퍼덕 쓰러졌다. 구르노는

그녀의 등을 무릎으로 짓누르면서 그녀의 목을 오른쪽으로 힘껏 뒤틀었다. 그런 다음 그래도 미심쩍었던지 손바닥을 세워 그녀의 목덜미를 후려쳤다.

전화벨이 요란스럽게 울렸다. 금발의 사나이는 용수철처럼 뛰어 일어나 수화기를 집어 들었다.

"아이히만……"

상대방의 암호에 금발은

"아우슈비츠……"

하고 대답했다.

"17시 30분…… 제주 공항……"

"17시 25분에 한라산 정상에서 만납시다!"

"오우케이!"

전화를 끊고 난 금발의 사나이는 변장을 시작했다. 먼저 머리칼을 회색으로 물들이고 턱에도 온통 잿빛 털을 달았다. 거의 두 시간에 걸쳐 변장을 하고 난 그는 마지막으로 금테 안경을 끼었다. 그렇게 변장하고 나니 60대의 노신사로 보였다.

이윽고 그는 곧 큰 트렁크를 들고 아파트를 나왔다.

그로부터 30분 뒤 그는 서울에서 제일 큰 30층짜리 매머드 호텔인 D호텔 20층의 한 방에 미국인 존 베이커라는 이름으로 투숙했다.

거기서 그는 3시까지 꼼짝하지 않았다. 3시가 되자 그는 행동을 개시했다. 먼저 트렁크를 열고 그 속에서 소형 플라스틱 통 10

개를 꺼냈다. 통 속에는 노르스름한 액체가 가득 담겨 있었다.

먼저 두 개의 마개를 열고 액체를 카펫 위에 쏟아 부었다. 그리고 복도로 나가 아무도 없는 것을 확인한 다음 복도에다 나머지를 닥치는 대로 쏟아 버렸다.

준비가 끝나자 그는 자기가 투숙한 방문을 조금 열고 그 안에다 성냥을 던졌다. 불길이 확 치솟는 것과 동시에 그는 문을 쾅 닫고는 비상구 쪽으로 달려갔다.

옥상까지 단숨에 올라간 그는 팔짱을 끼고 아래를 내려다보았다. 이미 검은 연기가 치솟고 소방차의 사이렌 소리가 요란스럽게 들려오고 있었다.

10분쯤 지나자 불길은 걷잡을 수 없이 위로위로 치솟았다. 옥상으로 통하는 문 저쪽에서는 사람들이 밖으로 빠져나오려고 아우성치고 있었다.

다시 10분이 지나자 예상했던 대로 구명 헬리콥터가 날아왔다. 헬기는 모두 세대였다.

그는 두 손을 높이 흔들었다. 옥상에 한 사람밖에 없는 것이 이상한지 헬기는 한동안 호텔 상공을 빙빙 돌다가 그 중 한 대가 천천히 옥상 위로 내려앉았다.

외국인은 헬기에 오르는 것과 동시에 피스톨을 빼 들었다. 그것은 소방대 소속 헬기로 안에는 파일럿 외에 소방관 두 명이 타고 있었다.

"제주도!"

외국인은 서툰 한국말로 소리쳤다. 그리고 피스톨을 발사했다. 소방관 두 명이 쓰러지자 그는 시체들을 헬기 밖으로 차 버렸다. 두 구의 시체는 장난감처럼 수직 낙하했다.

메데오를 실은 점보제트기는 정시에 제주 상공에 나타났다. 치벨라 공화국의 대통령 인장이 선명히 찍힌 전용기는 잿빛 날개를 번쩍이며 공항 상공을 맴돌았다.

이미 활주로 한쪽에는 메데오를 영접하기 위해 전 각료들이 도열해 있었다. 그들 맞은편에는 메데오의 부인 까뜨리느와 두 자녀, 그리고 몇몇 망명 정객들이 굳은 얼굴로 서 있었다.

비행기는 기수를 내리고 착륙 준비에 들어갔다.

바로 그 때 다른 곳에서 프로펠러 소리가 들려왔다.

헬기 한 대가 산을 옆으로 돌아 공항 쪽으로 총알같이 날아오고 있었다.

"저게 뭐지?"

홍 기자가 헬기를 불안한 듯 쳐다보자 박 형사의 눈이 치켜 올라갔다.

"적이다!"

그가 고함치는 것과 동시에 헬기에서 기관단총 소리가 벼락 치듯 터져 나왔다. 헬기는 메데오의 전용기를 쫓아가면서 사격을 가했다.

헬기에는 구르노가 타고 있었다. 모세 다니엘이 파일럿을 감시하고 있었고 구르노는 기관단총을 쏘아대고 있었다.

비명과 아우성이 공항을 휩쓸었다. 영접 나온 사람들은 혼비

백산해서 공항 건물 쪽으로 뛰어갔다.

단 한 사람 그 자리에 서 있는 사람이 있었다. 다름 아닌 메데오의 부인 까뜨리느였다. 그녀는 경호원들에게 아이들을 데려가도록 이른 다음 자신은 하늘에서 벌어지는 광경을 지켜보고 있었다. 경호원들이 위협하다고 말렸지만 그녀는 움직이려 들지를 않았다.

"저 여자 봐요! 저렇게 대담할 수 있어요?"

안 기자의 외침에 홍 기자는 침을 꿀꺽 삼켰다.

공항을 지키고 있는 경비대는 메데오의 전용기가 맞을까 봐 함부로 사격을 가하지 못하고 전전긍긍하고 있었다.

마침내 전용기의 후미에서 시커먼 연기가 뿜어져 나오기 시작했다. 관제탑에서는 빨리 착륙하라고 악을 써 대고 있었다.

점보기는 기수를 더욱 내리면서 곧장 착륙을 시도했다. 헬기는 더욱 맹렬히 공격을 가하고 있었다.

점보기는 활주로에 처박히는 것과 동시에 뒷부분이 부러져 나갔다. 이어서 비행기는 화염에 싸였다. 폭발 직전의 아슬아슬한 순간이었다.

헬기는 총을 계속 쏘아대면서 까뜨리느 앞으로 날아와 앉는 듯했다. 까뜨리느는 기다렸다는 듯이 손을 뻗어 구르노의 손을 잡았다. 그녀의 몸이 대롱거리다가 헬기 안으로 사라졌다.

순식간에 일어난 일이었고 이해할 수 없는 일이라 사람들은 어리벙벙한 채 헬기를 바라보고만 있었다. 그녀가 헬기에 탔으니 공격을 가할 수도 없는 노릇이었다.

헬기는 공중으로 높이 치솟았고, 점보기는 더욱 맹렬히 불타올랐다.

독수리 요원 수 명이 점보기로 달려가 문을 열자 안에서 승객들이 무더기로 떨어져 내렸다. 그 중에는 메데오도 끼여 있었다.

독수리 요원들은 메데오를 끌고 안전지역으로 신속히 피신했다. 조금 뒤 점보기는 요란스러운 폭음과 함께 폭발해 버렸다.

그 때 헬기는 이미 바다 위를 날아가고 있었다. 메데오는 터진 이마를 손으로 누르면서 막료들로부터 자기 아내가 헬기에 탑승했다는 사실을 들었다.

"그년은…… 과거 구르노의 애인이었지. 그렇다고 나를 죽이려 하다니……"

메데오의 이 말은 한국 측 요원들을 아연케 만들었다.

그 때 두 대의 한국군 제트 전투기가 나타났다. 관제탑은 헬기를 공격하라고 무전 지시를 내렸다.

두 대의 전투기는 급선회해서 수평선 저쪽으로 사라지는 헬기를 추적했다. 그것은 상대가 될 수 없는 싸움이었다.

5분도 못 돼 수평선 위에 번쩍하고 불꽃이 일었다. 불꽃이 수평선 위로 낙하하는 모습이 석양빛을 받은 탓인지 유난히 아름다워 보였다.

이튿날 K일보 팀은 두 사람만 빼놓고 모두 서울로 돌아갔다. 남은 사람은 홍 기자와 안 기자였다.

"아이, 사람들이 이상하게 생각할 텐데 어떡하죠?"

얼굴이 홍당무가 되어 창밖을 바라보는 안 기자를 홍 기자는 뒤에서 끌어안았다.

"이상하게 생각하라면 하라지 뭐. 우리 결혼해 버리면 될 거 아니야."

"어머머머……"

그녀가 몸을 빼려고 하자 홍 기자는 독수리가 병아리를 채듯 그녀의 입을 덮쳐눌렀다.

– 끝 –

후 기

추리소설 분야에서 하드보일드물이 두각을 나타내고 있는 것은 극히 최근의 일이다. 그것은 현대(現代)라는 거대한 괴물(怪物)을 도려내는 방법으로서 가장 참신하고 적절한 스타일이기 때문이다.

감정이 통하지 않는 非인간적 비리(非理)의 세계는 20세기 문명사회의 가장 뚜렷한 특징으로서 부각되고 있다. 비리의 세계에서는 음모만이 그 기능을 발휘할 뿐이다. 음모는 음모를 낳고 음모 위에 군림한다. 세계는 온통 음모의 덩어리로 화한다.

그 거대한 음모의 덩어리 앞에 나는 숨 막히는 심정으로 서 있다. 반짝이는 조그만 칼을 들고 그 치부를 도려내기가 너무 벅차다. 그러나 포기하지 않고 도전해 볼 생각이다.

이것은 다분히 실험적인 작품이다. 그러나 하나의 가능성으로서 받아들일 수도 있을 것이다.

1980년 1월 김 성 종

◉ 김성종 추리소설

『최후의 증인』 - 상 · 하 | 김성종 장편추리소설

한국일보 창간 20주년 기념 공모 당선작! 살인 혐의로 20년간 억울하게 옥살이를 한 황바우의 출옥과 동시에 일어나는 살인 사건! 사건을 뒤쫓는 오병호 형사의 집념으로 20년 동안 뒤엉킨 사건의 전모가 백일하에 드러난다.

『제 5 열』 - 1 · 2 · 3 | 김성종 장편추리소설

일간스포츠에 연재한 최고의 인기소설! 대통령선거를 기화로 국제 킬러를 고용, 국가를 송두리째 삼키려는 범죄 집단의 음모를 적나라하게 파헤친 수사진! 종래의 추리물과는 그 궤를 달리한 한국 최초의 하드보일드 추리소설!

『부랑의 강』 - | 김성종 추리소설

여대생과 외로운 중년신사가 벌인 불륜의 사랑이 몰고 온 엽기적인 살인 사건! 살인범으로 몰린 아버지의 무죄를 확신하고 이 사건에 뛰어든 딸이 집요한 추적을 벌이는 정통 추리극! 사건의 종점에서 부딪치게 되는 악마의 얼굴은 과연?

『일곱개의 장미송이』 - | 김성종 추리소설

임신 3개월 된 아내가 일곱 명의 악당에 의해 유린당하자 평범하고 왜소하고 얌전하던 남편이 복수의 집념을 불태운다. 아내의 유언에 따라 범인을 하나씩 찾아 내어 잔인하게 죽이고 영전에 장미꽃을 한 송이씩 바치는 처절한 복수극!

『백색인간』 - 1 · 2 | 김성종 장편추리소설

허영의 노예가 되어 신데렐라의 꿈을 쫓는 미녀의 끈질긴 집념과 방탕! 그리고 그녀를 죽도록 사랑하는 나머지 그녀를 혼자 독차지하려는 이상 성격을 가진 청년의 단말마적인 광란! 그리고 명수사관이 벌이는 사각의 심리 추리극!

『제5의 사나이』 - 상 · 중 · 하 | 김성종 장편추리소설

국제 마약조직이 분실한 2천만 달러의 헤로인 6kg! 배신자들을 처치하고 헤로인을 찾기 위해 홍콩으로부터 날아온 국제킬러 '제5의 사나이'! 킬러가 자행하는 냉혹한 살인극과 경찰이 벌이는 숨가쁜 추적의 하드보일드 추리극!

◉ 김성종 추리소설

『반역의 벽』 –상·하 | 김성종 장편추리소설

한국이 개발한 신무기 '레이저-X', ―핵무기를 순식간에 녹여버릴 수 있는 레이저-X의 가공할 위력! 이를 빼내려는 국제 스파이의 음모와 배신, 이들의 음모를 저지하는 수사관들의 눈부신 활약. 국내 최초의 산업스파이 소설!

『아름다운 밀회』 –1·2 | 김성종 장편추리소설

신혼여행 도중 실종된 미모의 신부로 인해 갑자기 살인 용의자가 되어버린 신랑! 그가 벌이는 도피와 추적! 미녀의 뒤에 가려 있던 치정과 재산을 둘러싼 악마들의 모습을 밝혀낸 수사극의 결정판! 김성종 추리소설의 새로운 지평!

『라인-X』 –상·중·하 | 김성종 장편추리소설

교황을 살해하려는 KGB의 지령에 따라 잠입한 스파이 '라인-X'! 킬러의 총부리가 교황을 위협하는 절대 절명의 순간, 신출귀몰하는 라인-X와 이를 제압하는 한국 경찰의 생사를 건 한판 승부를 치밀하게 묘사한 국제적 추리소설!

『어느 창녀의 죽음』 – | 김성종 단편집

작가 김성종의 탄탄한 필력을 유감 없이 보여 주는 주옥같은 단편집! 신춘문예 당선작 「경찰관」및 「김교수 님의 죽음」, 「소년의 꿈」, 「사형집행」 등을 수록. 순수 문학과 추리기법의 접목으로 독자를 매료하는 김성종 추리소설의 백미!

『죽음의 도시』 – | 김성종 SF단편집

김성종 SF단편소설집! 김성종이 예견한 기상천외한 미래사회의 청사진! 「마지막 전화」, 「회전목마」, 「돌아온 사자」, 「이상한 죽음」, 「소년의 고향」 등 SF 걸작들! 새로운 문학장르를 개척하려는 김성종의 끊임없는 실험정신!

『여자는 죽어야 한다』 –상·하 | 김성종 장편추리소설

김성종이 시도한 실험적 추리소설! 첫 장에서 독자는 예고살인 속으로 여행을 시작한다. "오늘 밤 여자 한 명을 죽이겠다. 여자는 한쪽 귀가 없을 것이다. 잘 해봐!" 살인 예고장을 보는 순간 독자들은 숨가쁜 긴장 속으로 빠져든다.

◉ 김성종 추리소설

『한국 국민에게 고함』 - 1 · 2 · 3 | 김성종 장편추리소설

추악한 한국 국민들에게 보내는 對 국민 경고장! "한국 국민에게 고함! ―이 경고를 받아들이지 않으면 테러를 감행할 수밖에 없다"! 테러조직의 가공할 폭탄 테러에 전율하는 시민들과 이를 추적하는 수사진의 필사적인 노력!

『국제열차 살인사건』 - 1 · 2 · 3 | 김성종 장편추리소설

이탈리아 밀라노에서 눈 덮인 알프스산맥을 넘어 스위스 취리히에 이르는 낭만의 기나긴 여로―그 여로 위를 달리는 국제열차에서 벌어지는 살인 사건! 한 사나이의 父情과 분노가 국제열차 속에서 엮어내는 눈물겨운 복수의 드라마!

『슬픈 살인』 - 1 · 2 · 3 · 4 | 김성종 장편추리소설

부산 해운대를 무대로 펼쳐지는 김성종의 새롭고 야심찬 대하 추리소설! 뜨거운 여름 바닷가를 중심으로 벌어지는 젊은이들의 애욕과 애증의 파노라마가 몰고 온 엽기적 연쇄 살인 사건! 범인을 찾아 수사진이 벌이는 추리극의 백미!

『불타는 여인』 - 상 · 하 | 김성종 장편추리소설

불처럼 화려한 여인의 육체에 감염된 공포의 AIDS! 무서운 AIDS를 접목시켜 공포의 연쇄 살인을 연출해낸 김성종 최신 장편 추리소설―현대 여성의 비극적 자화상을 경탄할만한 솜씨로 묘파해낸 우리시대의 새로운 인간드라마!

『제3의 사나이』 - 1 · 2 | 김성종 장편추리소설

대통령 출마를 선언한 대재벌 회장! 일본에 의해 지배당할 운명에 처한 한국 경제를 구하기 위해 독재자에게 도전장을 낸 재벌 회장의 과거 약점을 쥐고 협박을 해 오는 검은 그림자! 그들을 무자비하게 칼로 살해하는 제3의 사나이는?

『죽음을 부르는 소녀』 - | 김성종 추리소설

친구들과 지리산에 올랐다가 실종된 무당의 딸 현미, 민가를 침범하는 호랑이와 산 속에 사는 사냥꾼 부자의 숙명적인 대결! 수십 년간 벼랑의 굴 속에서 숨어 살아온 빨치산 출신의 야수! 그들이 숨바꼭질하듯 벌이는 죽음의 드라마!

◉ **김성종 추리소설**

『홍콩에서 온 여인』 – 상 · 하 | 김성종 장편추리소설

군부의 지원을 받아 쿠테타를 성공시킨 염광림의 개혁 조치에 불안을 느낀 극우 보수 세력이 끌어들인 홍콩의 범죄 조직! 염광림을 제거하려는 킬러의 뒤를 끈질기게 추적하여 마침내 그들의 계획을 저지하는 오병호 경감!

『버림받은 여자』 – 상 · 하 | 김성종 장편추리소설

밝은 보름달 아래 피냄새를 쫓아 여자 사냥에 나선 식인개! 전설로만 전해 오던 그 개는 실제로 존재하는가? 맹수에게 물어뜯겨 살해된 시체로 발견된 한 남자의 아내와 그의 애인! 그녀들은 왜 그렇게 잔인하게 살해되었을까?

『미로의 저쪽』 – 상 · 하 | 김성종 장편추리소설

인생의 모든 것을 상실한 여인 吳月! 자신을 짓밟은 네 명의 악한을 상대로 '복수' 에 생의 최후를 건다! 연약한 여인이 벌이는 처절하리만큼 비정하고 완벽한 복수극! 독신 형사와 여대생이 등장하여 극적인 전환을 이루는 추리소설!

『최후의 밀서』 – 김성종 장편추리소설

다섯 살 된 아이의 유괴사건, 그 아이가 어느 재벌 2세의 사생아임이 밝혀지면서 시종 숨가쁜 호흡을 토해 내는 기업에 얽힌 악마 같은 드라마! 유괴범을 집요하게 추적하는 형사 앞에 마침내 얼굴을 드러낸 'X'! 그의 정체는 과연?

『피아노 살인』 –김성종 장편추리소설

밤마다 흐느끼듯 들려오는 핑아노 소리는 6개월 시한부 인생을 살고 있는 여인이 벌거벗은 몸으로 목졸린 채 피살되면서 사라진다. 욕망이라는 정신분열적 성격을 다룬 김성종의 또 다른 실험적 포스드모더니즘! 『피아노 살인』

『서울의 황혼』 – | 김성종 추리소설

도심의 20층 호텔에서 벌거숭이로 떨어져 죽은 여배우 오애라— 그 뒤에 도사리고 있는 비밀 요정의 정체는! 그곳에 도사린 마약 · 인신매매 · 밀항 · 국제 매음 조직 등 깊고 우울한 함정을 날카로운 시각으로 파헤친 김성종 추리소설!

金 聖 鍾
중국 제남 시에서 출생, 고향인 구례에서 성장기를 보냈다.
구례 농고와 연세대학교 정외과를 졸업한 후 주로 언론 매체에서 종사하다가
전업 작가로 변신했다.
1969년 朝鮮日報 신춘문예 단편소설「경찰관」당선.
1971년 現代文學 소설「우리가 소년이었을 때」추천 완료.
1974년 韓國日報 공모 장편소설「최후의 증인」당선.
장편 대하소설「여명의 눈동자」(전10권)는 TV 드라마로 방영.
장편 추리소설로는「최후의 증인」,「제 5열」, 등 100여 권의 책을 발표했다.

Z의 비밀

김성종 장편추리소설

초판발행 —— 2012년 07월 10일
초판 3쇄 —— 2014년 07월 25일
저자 —— 金 聖 鍾
발행인 —— 金 範 洙

발행처 —— 도서출판 바른책
등록일자 —— 2007년 12월 31일(제324-25100-2007-21호)
주소 —— 134-023 서울 강동구 천호동 451 산경 5층 B-502호
사업자등록번호 —— 212-91-34101
전화 —— 02-483-2115
팩스 —— 02-473-0481
E.mail —— rakihel@hanmail.net

ISBN 978-89-960955-3-8 03810

정가 : 12,000원

총판 : 남도출판사
전화 : 02-488-2923
팩스 : 02-473-0481

파본이나 잘못된 책은 교환하여 드립니다.

이 책은 1980년 도서출판 明知社에서 최초 발행되었습니다